「죽을 뻔한 거 알아!? 가족을 잃는 아픔을 나한테 또 안겨줄 셈이야!?」

「미안, 미안해요오오오……」

해골기사님은 지금 이세계 모험중 V

Skeleton Knight,
going out to the parallel universe

Enki Hakari 하카리 엔키 *illust.* KeG

폰타

아크

디멘션 무브

치요메

고에몬

아리안

「그럼 다들 가도록 모이시오! 하지!」

해골기사님은 지금 이세계 모험 중

Skeleton Knight,
going out to the parallel universe

V

Skeleton Knight,
going out to the parallel universe

V

❧ CONTENTS ❧

Ennki Hakari illust.KeG

서장

　남앙해를 넘은 곳에 펼쳐지는 남쪽 대륙.

　대륙 거의 모든 곳은 아직 인간족이 발을 들여놓지 않은 광대한 미지의 대지이다. 그러나 대륙 서부에 있는 반도에는 600년 전부터 레브란 제국이 정착하여 지배하는 땅이 있었다.

　제국이 동서로 분열된 뒤에도 서쪽의 대국, 레브란 대제국은 남쪽 대륙에 식민지의 교두보로서 도시와 마을, 밭 등을 정비했다. 그곳에서 들여오는 진귀한 향신료와 작물 등은 제국 본토의 귀족들에게 귀중하게 여겨졌다.

　그런 남쪽 대륙에 놓인 인간족 최대 규모의 도시, 타지엔트라고 불리는 항구 도시의 중앙에는 멋진 건물이 우뚝 솟아 있었다.

　거대한 한 쌍의 첨탑과 그곳으로 이어지는 대성당, 함께 설치된 커다란 숙사 등 도시 중심부에서 상당한 면적을 차지하는 그 건물은 남쪽 대륙에 있는 힐크교의 중앙교회이다.

　본토 교회와 같이 하얗고 장엄한 건축양식이 아니라, 붉은 벽돌과 그 가장자리를 꾸미는 하얀 석재의 조합이 자아내는 독특한 건축양식이다. 높이와 넓이를 제외하면 도시 경관에 잘 녹아든다고 말할 수 있었다.

타지엔트를 통치하는 이는 황제가 임명한 총독이지만, 그 총독이 거주하는 저택보다 멋진 저택이 교회 부지 안쪽에 지어져 있다.

교회와 동일한 건축양식을 채택한 좌우대칭형의 3층 건물이다.

그 저택의 어느 방에서 높은 신분인 듯한 한 남자가 커다란 배를 출렁이며 불쾌하다는 얼굴로 의자에 앉아 있었다.

애당초 몸집이 큰 체격 탓인지 비만으로 부푼 몸은 보통 사람의 영역을 뛰어넘었다. 앉아 있는 의자는 튼튼하게 만들어졌는데도 불구하고 남자가 몸을 움직일 때마다 삐걱거리는 소리를 냈다.

머리에는 머리털이 하나도 없고 서로 약간 동떨어진 두 눈과 불룩한 아랫볼 때문인지 개구리를 떠올리게 하는 남자는, 눈앞에서 한쪽 무릎을 꿇고 이야기하는 두 명에게 시선을 두며 눈썹을 찌푸렸다.

"──이상으로 교황님의 명을 받아 이곳에서의 임무 수행을 착실히 하기 위해, 저와 뒤에 있는 자가 새로이 차로스 님께 배속되었습니다. 이후에는 차로스 님의 명을 따르는 형태로 교황님의 뜻에 부합하는 임무를 수행하겠습니다."

힐크교의 사제복으로 몸을 감싼 남자는 부드러운 미소를 띠었다. 그는 차로스라고 부른 눈앞에 앉아 있는 거한에게 공손히 머리를 숙였다.

그를 따라 뒤에서 조용히 대기하던 복장이 검은색으로 통일된 인물도 머리를 숙였다.

거한의 개구리 남자—— 그는 힐크 교국의 기둥, 일곱 추기경 중 한 명이기도 했다.

이름은 차로스 아카디아 인더스트리아 추기경.

남쪽 대륙에서 힐크교의 중심지인 이 교회의 최고 책임자이기도 하다.

"이제 알았다, 알았다니까! 임무에 관해서는 네 지시로 움직여도 상관없다. 그러니 냉큼 그 뒤쪽의 짐승을 데리고 나님 집에서 나가라! 모처럼의 나님 성에 짐승 냄새가 배지 않느냐!"

차로스가 사제복을 걸친 남자 뒤에 대기해 있는 검은색 복장을 한 남자를 노려보면서 언성을 높였다. 그리고 쫓아내는 듯한 손짓을 하며 둘에게 퇴실을 재촉했다.

차로스의 말에 머리부터 후드를 눌러쓴 인물이 살짝 반응을 보였다. 그자는 허리에 달린 길고 검은 꼬리를 흔들며 자신의 존재를 감추듯이 뒤로 물러났다.

검은색 복장을 한 남자를 바라보던 차로스는 불쾌하다는 듯이 코웃음을 치고, 시선을 사제복 차림의 남자에게 힐끗 돌렸다.

그러나 차로스가 상대하는 사제복 차림의 남자는 본래 고위층일 터인 추기경의 태도에도 주눅 들지 않았다. 그는 미소를 띤 채 깊숙이, 실로 정중하게 예를 취한 후 뒤에서 대기하던 검정 일색의 복장인 남자를 데리고 조용히 방을 나갔다.

그들을 지켜본 차로스는 노골적으로 거친 콧숨을 뿜고 나서 한숨을 내뱉었다.

"아아, 시끄러운 놈들이 있는 본토에서 겨우 멀어져 느긋하게 게으름을 피울 나님 이상향인 환경이었는데. 타지엔트를 붕괴시켰다가는 맛있는 음식도 못 먹게 되지 않느냔 말이다……. 줄곧 여기 있으니 교황님이 무슨 생각을 하는지 전혀 모르겠구만."

차로스는 혼잣말하며 또 한 번 요란한 한숨을 내뱉더니, 자신의 크게 튀어나온 지방 덩어리 배를 출렁이고 입을 다물었다.

그러다 문득 뭔가를 떠올렸다는 듯이 배를 한 차례 치고 고개를 들었다.

"맞다! 여기는 지하에 보관한 병사도 1만 정도밖에 없어서 귀중하다고, 녀석들에겐 부하 100명만 붙여서 어떻게든 하라는 명령을 내리면 되지 않을까!?"

자신이 생각한 방책을 입에 담은 차로스는 자신의 책사 같은 면모에 들떠서 말을 이었다.

"100명 정도면 대단한 일은 못 하겠지! 그럼 타지엔트도 당분간 평안할 테고, 교황님의 명을 어기는 것도 아니겠지? 나님은 참 머리가 좋아!"

차로스는 요란한 혼잣말을 중얼거리고 거친 콧숨을 훅훅 뿜는 듯한 이상한 웃음소리를 냈다. 그리고 재빨리 그 지방 덩어리 몸에 걸맞지 않은 가벼운 움직임으로 의자에서 뛰어내렸다.

착지와 동시에 커다란 지방 덩어리 배가 물결치듯이 출렁거렸다.

"일단 타지엔트를 붕괴시킨 원인이 교회에 있다는 걸 눈치채여서는 안 되니까아, 얌전히 소수 인원으로 어떻게든 할 수밖에 없겠네에."

겉보기에는 어느 구석도 귀엽지 않은 개구리 남자가 소름이 끼칠 듯 간사한 목소리로 중얼거렸다. 그러더니 저택의 고용인에게 전언을 부탁하러 신이 난 발걸음으로 안쪽 방에 들어갔다.

그 무렵, 사제복을 걸친 남자는 교회에 마련된 저택을 떠나 앞으로 이 땅에서 활동할 계획을 생각하고 있었다. 그 남자를 차로스 추기경의 전언을 지닌 고용인이 서둘러 불러세웠다. 고용인은 조금 전 추기경이 떠올린 시책을 전했다.

"그렇군요, 쓸 수 있는 병사는 교황님이 보내주신 100명뿐입니까……. 하지만 난감하네요. 군사가 100명이어서는 할 수 있는 일은 별로 많지 않은 데다, 성과도 빨리 낼 수 없겠죠."

말로는 곤란하다면서도 사제복을 걸친 남자는 입가에 여전히 희미한 웃음을 머금었다. 그 모습은 어딘지 재밌다는 듯한 가벼운 분위기를 풍겼다.

"어쩔 수 없군요. 일단 달리 쓸 수 있는 게 없는지 찾는 일부터 시작해볼까요."

사제복을 걸친 남자는 자신의 뒤를 따르는 검은색 복장을 한 수인 남자를 돌아보며 얼굴에 미소를 지었다.

"당신도 교황님께 힘을 받은 몸이니까, 크게 활약해야겠죠?"

남자의 미소에 대답하듯이 검은색 복장을 한 수인은 그 자리에서 한쪽 무릎을 꿇고 묵묵히 머리를 숙였다.

그 모습에 만족스러운 얼굴로 고개를 끄덕인 사제복을 걸친 남자는 뒤쪽에 우뚝 솟은 교회의 성당을 올려다보고 조용히 웃었다.

"교황님이 내린 명마저 나태하게 처리해서는 안 되니까
요…… 후후후."

그렇게 말하고 웃는 남자의 목소리는 고요한 교회 부지 내에
꺼림칙하게 울렸다.

제1장 새로운 땅으로

　북쪽 대륙, 남앙해와 접한 동부에는 광대한 삼림이 펼쳐져 있다.

　인간족의 박해에서 벗어난 엘프족이 사는 광대한 숲—— 그 변경에 있는 라라토이아는 옅게 낀 아침 안개에 둘러싸여 아직 바깥에 인기척은 거의 없다.

　마을 중앙 부근에는 이곳 라라토이아를 다스리는 장로의 저택이 있지만, 건축 양식은 보통 인간족이 지내는 건물과는 전혀 다르다.

　크게 펼쳐진 가지와 나뭇잎 아래. 거대한 줄기에는 몇 개의 창문이 달려 있었고, 창문에 끼운 아름다운 유리창이 엿보였다.

　저택 전체가 한 그루의 거목과 동화되어, 느긋한 경치가 펼쳐진 마을 속에 여유롭게 우뚝 솟은 모습은 어딘가 환상적이고 이야기에 나오는 요정의 집 같았다.

　아크는 거목 저택의 어느 방에 놓인 푹신푹신한 침대에서 눈을 뜨고 몸을 일으켰다.

　엘프족이 몸에 걸치는 독특한 문양이 그려진 평상복 같은 속옷이 약간 흐트러져 있었다. 옷매무새를 바로잡은 아크는 살짝 드러난 자신의 뼈밖에 없는 해골 몸을 감추었다.

방에 걸린 거울에는 침대에서 상반신을 일으킨 해골이 눈구멍에 푸른 도깨비불 같은 빛을 내고 바라보는 모습이 비쳤다.

이 세계에 오고 나서 줄곧 접한 몸이다. 그러나 다른 물체에 비치는 모습을 보면 여전히 정말 자신이라는 확증을 얻기 위해, 이따금 기묘한 동작을 하고 거기 비친 모습을 하나하나 확인한다.

대충 확인을 끝내고 머리맡에 둔 가죽 물통을 끌어당겨 안에 담은 온천물—— 이미 식은 물을 단숨에 들이켜고 입가를 닦는다.

그럼 곧바로 자신의 몸에 변화가 나타난다.

옷 속의 해골 몸이 순식간에 바뀌는 이유는 물통에 담은 온천물, 바로 로드 크라운의 기슭에서 샘솟는 온천의 저주를 푸는 효능이 나타난 까닭이다.

그리고 거울 속에는 조금 전까지 기괴하게 움직이는 해골이 아니라, 멀쩡한 갈색 피부의 육체를 지닌 남자가 비쳤다.

30대 중반 정도의 나이, 조금 긴 검은 머리에 아랍계의 날카롭고 사나운 얼굴, 턱에 기른 짧은 수염, 진한 붉은색의 두 눈동자. 그러나 길고 뾰족한 특징이 있는 귀 모양은 한눈에도 사람과는 다르다는 점이 엿보였다.

이 세계의 엘프족이나 다크엘프족과는 약간 다른 특징을 지닌 그 모습은 굳이 말하자면 햇빛에 잘 그을린 엘프라고 해야 할까.

돌아온 육체가 좀 더 익숙해지도록 움직인 후 어깨 결림을 풀었다.

"흐음, 문제는 없는 듯하군."

아크는 어슴푸레한 방에서 혼잣말하고 침대를 내려왔다.

침대 위에는 여전히 새근새근 숨소리를 내며 자는 녹색 털뭉치가, 들썩거린 침대에 반응하여 커다란 솜털 꼬리를 살짝 흔들었다.

"폰타도 아직 자고 있나……."

평소에는 아크보다 빨리 눈을 뜨고 방 안을 어슬렁거릴 때가 많다. 그러나 오늘은 아무래도 아크가 일찍 잠을 깬 모양이다.

폰타라고 이름을 지어준 그 동물은 몸길이가 60cm 정도, 여우를 쏙 빼닮았는데, 앞다리와 뒷다리 사이에는 날다람쥐 같은 비막이 달렸다. 우연히 구해줬을 때부터 따라다녀서 이제는 완전히 여행 동료가 되었다.

폰타는 등 전체가 초록색 털로, 꼬리의 절반과 배는 하얀색 털로 덮여 있었다. 아크가 부드럽고 가지런한 털을 살짝 쓰다듬었지만, 폰타는 입가를 우물거릴 뿐 일어날 낌새를 보이지 않았다.

아크는 해골 몸을 감추기 위해 늘 장비하는 방구석에 놓인 백은의 전신 갑주와 커다란 양손검을 곁눈질했다. 옷을 갈아입을지 고민했지만 그대로 방을 나갔다.

이 세계에서는 해가 뜨자마자 사람들이 일어나 활동하지만, 아직 그 해도 얼굴을 내밀지 않은 시간대 탓인지 저택은 적막으로 가득 차 있었다.

이따금 저택을 구성하는 거목에 둥지를 튼 새들의 울음소리가 조그맣게 들려올 뿐이었고, 그 외에는 마룻바닥을 밟는 아크의 발소리만 울렸다.

아래층인 2층으로 내려간 아크는 항상 식사하는 식당도 살펴보았지만 인기척은 없었다.

"으음, 너무 일찍 일어났나……."

아크가 뒷머리를 북북 긁적이면서 아직 불을 지피지 않은 주방의 아궁이를 들여다보고 있자, 갑자기 뒤에서 누군가가 말을 걸었다.

"어머. 아크 군, 오늘은 꽤 빨리 일어났네요."

아크는 그 목소리에 뒤돌아보았다. 그곳에는 옅은 자주색 피부, 한데 묶어서 어깨에 늘어뜨린 눈처럼 하얀 머리, 그리고 황금색 눈동자와 뾰족한 귀를 가진 다크엘프족의 젊은 여성이 서 있었다.

풍만한 가슴을 밀어 올리듯이 팔짱을 낀 젊은 여성은 식당에서 어슬렁거리는 아크를 의아해하며 고개를 갸웃거렸다.

"오오, 그레니스 부인."

그레니스는 라라토이아를 다스리는 장로의 부인이다. 장로가 볼일 때문에 바깥에 나가 있는 현재는 장로 대리라는 지위를 가진 여성이다.

"평소 모습이 아니라서 잠시 누군지 몰라 깜짝 놀랐어요."

그레니스는 느긋하게 말하고, 킥킥 소리 죽여 웃었다.

아크의 평소 모습이라면 해골인데, 오히려 그 꼴로 집안을 돌아다니는 게 보는 이의 심장에 나쁘다. 그 점이 과연 익숙해지고 아니고 할 문제일까.

저주받은 해골 모습이 아주 잘 어울리게 되었는지도 모른다.

"그런데 이렇게 이른 아침부터 무슨 일이에요?"

그레니스가 다시 묻는 말에 아크는 자신의 몸에 떨어뜨린 시선을 그녀에게 되돌렸다.

"오오, 그랬지. 전에 말한 랜드프리아에서 남쪽 대륙으로 가는 교역선 승선 문제 때문이오. 허가가 나겠소? 아무래도 그게 신경 쓰이다 보니 잠들지 못해서 말이오……."

그레니스는 다분히 어이없다는 시선을 아크에게 보내고 어깨를 으쓱였다.

"하루아침에 랜드프리아의 허가를 받을 수 없다는 건 알잖아요? 왜요? 그렇게 남쪽 대륙에 가는 게 기대돼요?"

그레니스의 말에 아크는 초등학생이 소풍을 기다리지 못해 일찍 일어난 듯이 부끄러워져서 시선을 돌렸다. 그리고 식당에 달린 창문을 통해 바깥으로 눈길을 옮겼다.

그러자 어슴푸레했던 밖은 어느새 희미한 햇살이 새어 나왔고, 아침 안개의 경치 속에 빛의 띠를 드리우기 시작했다.

아크가 그 경치를 바라볼 때 또 다른 여성의 목소리가 들려 그쪽으로 돌아섰다.

"으음~ 잘 잤어요…… 누구우? 아, 아크구나아, 일찍 일어났네요…… 후아."

그레니스를 몹시 닮은 여성이 잠에 취한 눈을 비비고 하품을 크게 하면서 식당으로 들어왔다.

여성은 아크의 몸을 보는 순간 그렇게 물었지만, 아무래도 누구인지 떠올린 모양이었다.

옅은 자주색 피부, 아래로 죽 흘러내린 하얗고 긴 머리, 황금색 눈동자와 뾰족한 귀, 그리고 옆에 서서 어이없다는 표정을 짓는 그레니스와 판박이인 그녀는 그레니스의 딸이다.

이름은 아리안 그레니스 메이플.

엘프가 사는 캐나다 대삼림의 중심도시인 삼도(森都) 메이플에 소속된 전사이자, 아크가 이 세계에 오고 나서 그동안 많은 신세를 진 인물이기도 하다.

"아리안 양, 잘 잤소."

아크가 여전히 졸린 듯이 보이는 아리안에게 말을 걸자, 그레니스는 뭔가를 떠올린 것처럼 손뼉을 쳤다.

"교역선이 다니는 랜드프리아의 출입 허가는 당분간 시간이 걸릴 테니, 아침 식사를 준비할 동안 아크 군은 아리안을 상대해서 검으로 싸우는 법을 좀 더 배우는 게 어때요?"

그레니스는 아리안을 돌아보고 미소를 띠었다.

"으음, 나야 상대해 준다면 고맙지만……."

아크도 그레니스의 제안에 고개를 끄덕인 후, 아리안에게 시선을 돌리고 그녀의 대답을 기다렸다.

지금 아크의 육체는 게임에서 플레이하던 때의 아바타 능력을 그대로 이어받아 능력치는 쓸데없이 높았다. 그러나 정작 중요한 능력치를 다루는 아크 자신이 전투에 익숙하지 않은 탓에 움직임이 단조롭고, 그레니스 같은 실력자를 상대하면 허무하게 당해 버린다.

파워와 스피드는 몹시 뛰어나지만, 커브를 돌 수 없다──딱 그런 느낌이다.

뭐 그레니스 정도의 실력자가 세상에 흔하리라고는 여기지 않지만, 앞날을 생각하면 좀 더 제대로 전투에 익숙해지는 게 좋다는 점은 확실하다.

아리안은 조금 흐트러진 머리를 손으로 매만지면서 크게 한숨을 내뱉었다.

"알았어요……. 별로 땀을 흘리고 싶지 않으니까 가볍게 해도 되죠? 아크, 가요."

아리안은 아크를 재촉하며 먼저 식당을 나갔다. 주방에 남아 만면에 미소를 띠고 손을 흔드는 그레니스에게 인사를 한 아크도 아리안의 뒤를 쫓았다.

거목 저택을 나와 그곳의 뒤뜰, 커다란 나무 밑에서 아리안과 대치하듯이 선 아크는 연습용 목검을 쥐었다.

아리안도 삼도 메이플에서 전사인 만큼 검술 실력은 아크보다 훨씬 뛰어나다. 대련하기에는 더할 나위 없는 상대다. 반면에 아리안의 모친이자 검의 사범이기도 하는 그레니스와는 실력 차이가 너무 심해서, 오히려 대련에 적합하지 않다고 여겨질 정도로 일방적인 전개를 펼치며 끝난다.

아직 아크는 그레니스와의 대련을 통해 뭔가를 배울 수 있을 만한 단계는 아니다. 일단 아리안과 대련하며 좀 더 제대로 된 시합을 벌이지 못하면 소용없는 것이다.

평소의 『벨레누스의 성스러운 갑옷』을 걸치지 않은 덕분인지 오늘은 몸이 가벼웠다.

아크는 손에 든 목검을 고쳐 쥐고, 단숨에 간격을 좁히며 아리안에게 목검을 내리쳤다.

갑옷의 무게가 없어서 그런지 평상시의 파고들기보다는 다소 재빨리 간격을 좁힌 듯싶었다. 그러나 아리안은 그런 움직임에 대응하여 검끝을 살짝 미끄러뜨려서 아크의 공격을 튕겨냈다.

"으윽!"

튕겨난 반동을 이용하여 몸을 비튼 아크는 다음 공격으로 이어지도록 다시 목검을 아리안에게 내리치려 했지만, 그때 그녀의 반격을 받고 뒤로 물러났다.

그 틈을 놓칠 아리안이 아니었다.

한순간에 허를 찌르듯이 간격을 좁힌 아리안은 최소한의 움직임으로 찌르기를 넣었다.

"큭!?"

그 날카로운 찌르기에 몸이 반사적으로 반응하여 아크는 크게 뒤로 뛰었다.

딱히 심하게 반응할 마음은 없었는데, 목검을 고쳐 쥐려고 시선을 아리안에게 돌렸을 때는 3m쯤 훌쩍 멀어진 사실을 알아차렸다.

아크가 자신과 아리안 사이에 시선을 떨어뜨리고 그녀에게 눈길을 돌리자, 아리안은 몹시 불만스럽다는 표정을 지으며 손에 쥔 목검을 내렸다.

"저기요, 그렇게 멀리 피해버리면 대련이 안 되잖아요?"

"음, 미안하오. 나도 모르게……."

아크는 아리안의 항의에 솔직하게 사과하면서도 자신의 반응에 고개를 갸웃거렸다.

다시 목검을 거머쥐자, 이번에는 아리안이 먼저 공격을 해왔다.

한 번씩 휘두를 때마다 들어오는 아리안의 날카로운 공격에 몸이 반사적으로 움직였다. 아크는 들고 있던 목검으로 방어했지만, 평소보다 몸이 요란하게 반응하여 네 번째 공격에는 이미 자세를 무너뜨렸다. 그 순간을 노린 아리안의 목검이 단숨에 파고들어 아크의 옆구리에 닿았다.

"윽!?"

"잠깐만요, 보통은 좀 더 작은 동작으로 막았으면서. 오늘은 왜 그렇게 움직임이 커요?"

약간 이해가 안 된다는 표정을 지은 아리안에게 아크도 조금 혼란스러운 듯한 시선을 보냈다.

아크는 평소와 다르지 않다고 여겼지만, 결과를 보면 보통 때보다 움직임이 딱딱했다.

그 뒤에도 몇 번이나 검을 주고받았는데, 아리안에게 움직임이 약간 나아졌다는 말을 들은 것은 아까 마신 온천물의 효과가 끝나서 해골 몸으로 돌아왔을 때였다.

"모습도 원래대로 돌아갔고 몸 상태도 나빠 보이니까 오늘은 그만 끝낼까요?"

아리안이 목검을 어깨에 걸친 자세로 묻는 말에 아크는 고개를 가로저으며 대답했다.

"아니, 마지막으로 한 번만 더 부탁하겠소, 아리안 양."

"네네."

아리안이 다시 간격을 조금 벌리기를 기다린 아크는 자세를 바로잡았다.

조금 전과 크게 달라진 점이 전혀 없는 상황이었지만, 아크는 가슴속에 확신 같은 것이 있었다. 목검을 든 뼈대만 남은 자신의 손에 시선을 떨어뜨렸다.

"그럼, 가겠소!"

아크가 기합과 함께 간격을 좁히며 검을 휘둘렀다. 아리안은 그 공격을 초조해하지 않고 검의 중심으로 흘렸고, 아크의 검 끝이 살짝 빗나간 틈을 누비듯이 반격했다.

아크는 거듭 치고 들어오는 아리안의 일격을 냉정히 지켜보면서 그 공격을 받아냈다. 그러는 한편 반격의 실마리를 잡기 위해 슬쩍 방향을 틀어 공간을 비우고 그곳으로 아리안의 공격을 유도했다.

아크는 자신이 의도한 대로 공격을 받는 순간 튕겨내며 아리안의 빈틈을 만들었다. 즉시 그곳을 찌르려고 공세에 나섰지만, 그 의도를 눈치챈 아리안도 그대로 간격을 좁혔다.

서로가 치열한 대결을 벌이는 가운데, 아리안이 희미한 미소를 띠었다.

"뭐예요, 평소처럼 할 수 있잖아요."

"으으윽."

격렬하게 싸우는 상태에서, 저택 2층의 창문을 통해 그레니스의 목소리가 들렸다.

"아침 식사 준비가 다 됐어요."

"네에."

그 목소리에 아리안이 대답하면서 아침 대련이 끝났다.

"하~ 배고프다아."

기지개를 켜며 저택으로 돌아가는 아리안의 뒷모습을 바라보면서, 아크는 손에 든 목검을 휘둘러 바람을 베었다.

방금 아리안과의 일전으로 느낀 것이 자신의 가슴속에서 되살아났다.

"아무래도 틀림없는 듯하군……."

아크는 혼잣말하면서 조용히 한숨을 내뱉었다.

온천물의 힘으로 되찾은 육체, 그에 따라 돌아오는 감정이 싸움 중 상대의 공격에 민감하게 반응한 것이다.

상대의 공격이 닥쳐올 때 반사적으로 느끼는 '초조함'이나 고통에 대한 '공포' 같은 감정의 물결이 신체의 경직과 요란한 방어로 이어진다.

생각해 보면 납득이 가는 이야기다.

해골 몸일 때는 큰 감정이 제어되어서 상대의 공격을 냉정히 바라볼 수 있다. 그러나 육체를 되찾으면 감정 역시 평범하게 돌아온다. 따라서 얼마 전까지 검을 쥐고 싸운 경험이 전혀 없는 아크가 공격을 지켜보고 반격하는 행동을 그리 간단히 못하는 게 당연하다.

전투할 때 늘 해골이라면 냉정히 대처할 수는 있을 테지만, 그래서는 아무리 시간이 지나도 성장하지 않으리라.

앞으로도 자주 육체를 가진 몸으로 지낼 셈이라면, 그 상태로 대련을 철저히 되풀이하지 않아서는 언제 발목을 붙잡힐지 모른다.

"으음, 이건 생각보다 훨씬 고난이겠군……."

아크가 중얼거린 말은 머리 위에 펼쳐진 거목의 가지와 나뭇잎이 바람에 나부끼며 울리는 소리에 파묻혀 사라졌다.

그로부터 이틀 후.

중요한 일도 딱히 없이 아크는 그저 온천물을 마시고 육체를 가진 몸으로 돌아와서, 전투할 때 감정을 제어할 수 있도록 아리안에게 대련을 부탁하며 나날을 보냈다.

아침, 점심에 아리안과 대련을 한 뒤에는 육체를 가진 몸으로 진검을 휘둘러 단련하거나 마을에 친숙해지기 위해 밭일을 거들면서 지냈다.

TV도 게임도 인터넷도 없는 가운데 매일매일 시간을 보내는 일은 의외로 하루가 길게 느껴져서 뜻있는 날이었다.

아니, 뒤집어 생각하면 뭔가를 하지 않으면 하루의 시간이 길고 지루하다고도 말할 수 있지만 말이다.

그리고 그날 저녁 무렵, 아리안의 친가 저택의 욕실을 나와 2층 식당에서 저녁 식사를 먹을 때 비로소 랜드프리아의 허가가 내려졌다는 소식을 그레니스에게 들었다.

"조금 전에 랜드프리아에서 연락이 왔는데, 허가가 떨어졌대요."

그 소식을 듣고 아크는 벌떡 일어나서 그레니스에게 몸을 바싹 댔다.

"오오오, 그게 정말이오!? 그럼 교역선의 출항은 언제쯤 될 것 같소?"

"저기, 진정해요. 게다가 조건도 있으니까, 지금 당장 갈 수 있는 것도 아니에요."

그레니스가 아크의 흥분을 가라앉히고자, 손으로 막는 시늉을 하며 시선을 던졌다.

"조건이라니?"

남쪽 대륙에 있는 수인들의 왕국, 그곳과 엘프족 사이를 오가는 교역선에 동승한다. 따라서 나름의 조건이나 대가가 있는 게 당연하다. 그렇게 다시 생각한 아크는 살짝 진정하며 그 조건을 그레니스에게 물었다.

"랜드프리아의 장로님께 말을 전했더니, 당신들과 만나서 얘기를 듣고 싶대요."

그레니스의 대답에 제일 먼저 반응한 이는 아리안이었다.

"어, 저도요?"

의아하다는 얼굴로 묻는 아리안에게 그레니스는 고개를 끄덕이며 말을 이었다.

"그래, 형과 만났을 때의 얘기를 너희한테서 직접 듣고 싶다더라."

그레니스의 말에 아크와 아리안은 서로 얼굴을 마주 보고 고개를 갸웃거렸다.

그 이야기를 곧이곧대로 받아들인다면 아크와 아리안은 랜드프리아의 장로가 형이라고 언급한 엘프와 면식이 있다는 말이 될 테지만—— 공교롭게도 방금 눈을 마주친 아리안도 짚이는 바가 없는지 이상하다는 얼굴로 아크를 쳐다보았다.

아리안의 반응을 보건대 그동안 아크가 라라토이아에서 말을 나눈 엘프족 중에는 그런 인물이 없는 셈이다.

"나는 랜드프리아의 장로뿐만 아니라, 그 형이라는 자도 짐작이 안 가는데……."

아크는 마을 밖에서 지금까지 만났던 엘프족을 돌이켜보던 중 한 명의 엘프족이 머릿속을 스쳤다. 마침 옆자리에 앉은 아리안도 똑같은 인물을 떠올렸는지, 살짝 크게 뜬 황금색 눈동자를 아크에게 향하고 동시에 목소리를 높였다.

"카시 님인가!?" "카시!?"

카시 헬드. 그 인물은 로덴 왕국의 브란베이나령(領)에서 인간족 사이에 섞여 지내며 주변에 서식하는 마수를 연구하던 조금 별난 엘프 학자다.

두 사람의 대답에 만족스럽다는 미소를 띠고 고개를 끄덕인 그레니스는 조건에 대한 답변을 시선만으로 재촉했다.

"으음, 나는 만나는 데 딱히 지장은 없소만?"

아크가 아리안을 흘끗 곁눈질하고서 알았다는 뜻을 나타내자, 그녀도 동의한다는 것처럼 고개를 끄덕였다. 그런 아리안의 반응을 본 그레니스는 기쁘다는 듯이 손뼉을 치고 미소를 지었다.

"그래, 다행이구나. 너는 아크 군의 동행자로 교역선을 탈 예정이니, 벌써 중앙의 허가도 받아왔단다."

아리안은 아무렇지 않게 말하는 모친에게 기가 막힌다는 얼굴로 바라보았다.

"잠깐만요. 저도 파브나하에 가게 됐다고요?"

"그야 그렇지. 안타깝게도 아크 군은 아직 정식으로 마을 일원이 아니잖니. 이번에는 할아버지의 연줄까지 써서 대장로님 한 분에게 부탁했거든. 더구나…….'

그레니스는 그렇게 말을 이으면서 아크를 슬쩍 쳐다보더니, 아리안의 귓가에 뭔가를 속삭였다. 그러자 얼굴이 금세 붉게 물든 아리안은 미소를 띤 모친을 말없이 밀어냈다.

아크는 자신의 고집 때문에 그레니스에게 뜻밖의 엄청난 물밑 작업을 떠맡긴 사실을 깨닫고 약간 미안한 마음이 들었다. 그러면서도 이상한 표정을 짓고 있던 아리안에게 정신이 팔려 말을 걸었다.

"? 아리안 양, 왜 그러시오?"

아크의 질문에 아리안은 무언의 강압적인 시선을 던진 후, 그레니스를 다시 쳐다보고 고개를 숙였다.

"큥?"

발밑에서 그 모습을 바라보던 폰타가 신기해하는 얼굴로 아리안을 올려다보았다.

"아, 아무것도 아니에요! 알았어요, 갈게요…….."

뭔가 포기한 얼굴로 크게 한숨을 내뱉은 아리안에게 여전히 미소를 띤 그레니스는 새로운 제안을 추가한다는 듯이 말을 꺼냈다.

"그리고 남쪽 대륙에 갈 거라면 그 애도 데려가지 않을래? 산야의 민족 치요메 양!"

그레니스의 태도는 근처에 외출할 때 친구와 함께 가라는 것처럼 가벼웠다.

그러나 이제부터 향할 나라를 다스리는 종족을 고려하면, 그 제안도 딱히 부자연스럽지 않으리라.

그레니스의 입에서 나온 치요메라는 이름은 이곳 북대륙에 사는 산야의 민족—— 인간족이 말하기를 수인 종족인 묘인족 소녀를 가리킨다. 그 소녀가 소속된 일족은 인간족의 박해로부터 동포인 산야의 민족을 해방하고 보호하는 것을 목표로 삼는다. 아크와 마찬가지로 일찍이 이 세계로 건너온 한조라고 일컫는 초대 족장의 손에 의해 모인, 닌자를 생업으로 하는 집단이다.

인심일족(刃心一族)이라 불리는 그들 중에서도 가장 실력이 뛰어난 여섯 닌자의 한 명으로 선택되어 임무를 수행하는 치요메와는 이전에 왕도 노예 해방작전을 통해 여러 번 만나 협력한 사이다.

"나는 교역선을 타기 위해 이 마을에 소속되기로 했지만, 치요메 양은 어떡할 거요? 더구나 치요메 양은 그렇게 보여도 책임이 무거운 입장일 텐데, 가볍게 권해도 괜찮겠소?"

이번 교역선의 승선은 아크가 엘프족 마을의 일원이 되었기에 승인을 받았다는 인식이었다. 그래서 어디까지나 외부인에 지나지 않는 산야의 민족인 치요메의 승선은 어떤 형태로 될지, 그게 아무런 문제가 없는지를 그레니스에게 물었다.

그리고 무엇보다 남쪽 대륙으로 향하는 이유는 아크의 식재 조달이 주목적이다. 그런 여행의 동반자로 숨겨진 마을의 중요한 전력이기도 하는 치요메에게 근처에 놀러 가듯이 말해도 좋은 걸까, 하는 생각도 있었다.

아크의 걱정을 아는지 모르는지, 그레니스는 미소를 띤 채 고개를 갸웃거려 보였다.

"어머, 교역선이 가는 나라는 치요메 양이 소속한 산야의 민족이 다스리는 곳인데요? 교역선은 엘프족 외에도 산야의 민족이 타고 랜드프리아를 드나들어요. 게다가 치요메 양 일족은 북쪽 대륙의 지리에는 밝더라도 바다를 넘은 일은 없잖아요. 치요메 양 일족의 견문을 넓히기 위해서라도 한 번쯤 파브나하 대왕국을 보고 오면 좋은 경험이 되지 않을까요?"

아무래도 교역선에는 치요메 같은 산야의 민족도 동승하는 듯해서 그 부분은 문제가 없는 모양이다.

그리고 그레니스의 말처럼 대륙을 나가 견문을 넓힌다는 것도 대의명분으로서는 그럴싸하다. 인간족이 지배권 대부분을 얻은 북대륙을 떠나 넓은 시야에서 세계를 보는 일은 앞으로 산야의 민족에게 뜻깊은 경험이 될 가능성이 크다.

그 사실에 재빨리 머리를 굴린 아크는 흘끗 옆에 있던 아리안에게 시선을 보냈다.

"아크의 전이마법이 있으면 이동하는 데 딱히 힘들지도 않을 테고, 나도 모처럼 마을 밖에서 친구가 생겼으니까 동행에 문제는 없어요."

아크의 시선을 받은 아리안은 그레니스의 의견에 찬성하는 뜻을 비쳤다.

"으음, 그럼 내일 숨겨진 마을로 치요메 양을 데리러 가볼까."

"쿵! 쿵!"

일단 결론을 내고 다음 날 예정을 정하자, 저녁 식사가 늦어진 폰타가 자신의 접시를 물고 재촉하듯이 짖었다.

이튿날, 아침 대련을 아리안과 마친 후에 아침 식사를 끝내고 라라토이아를 나섰다.

마을을 나섰다고 해도 마을에 설치된 출입구로 드나든 것이 아니다. 장거리 전이마법인 【게이트】를 사용하여 이동하므로, 정확히 말하자면 마을에서 사라졌다고 하는 게 정확한지도 모른다.

지금 눈앞에는 로덴 왕국의 북부 중앙에 펼쳐진 칼카트 산악지대라고 불리는 풍경이 있는데, 약간 고지대가 된 그 장소에서는 산속에 만들어진 마을이 내려다보였다.

마수가 날뛰는 산속에 만들어진 그 마을이 바로 산야의 민족이 사는 숨겨진 마을 중 하나다. 현재는 인심일족이 거점으로 삼은 마을이기도 하다.

마을 주위에 둘러친 나무말뚝으로 만든 외벽과 돌담으로 만든 내벽이 이중 방벽을 이루었다. 외적의 침입을 막는 날카롭고 뾰족한 나무 외벽의 모습은 산에 있는 마을이라기보다는 요새 같은 분위기다.

도개교식 개폐문으로 된 입구는 단단히 닫혀 있고, 양옆에 놓인 망루에는 보초를 서는 자가 주위에 눈을 번뜩이는 모습이 엿보였다.

한차례 저 마을에 들어가 내부의 풍경을 기억하므로, 【게이트】를 사용하면 라라토이아에서 숨겨진 마을로 순식간에 이동할 수 있었다. 그러나 역시 절차를 지켜 찾아가는 게 좋으리라는 판단에 아크와 아리안은 밖에서 향하게 된 것이다.

산야의 민족은 신체 능력이 인간족보다 뛰어나서 눈과 귀도 상당히 밝다. 또한 산의 나무들 틈으로 어른거리는 아크가 온몸에 걸친 호화로운 백은의 갑옷과 바람에 나부끼는 칠흑의 망토는 멀리서도 잘 확인할 수 있으리라.

보초를 서던 자가 마을 입구에 천천히 다가가는 아크의 모습을 재빨리 알아차렸다. 그가 마을 내부에 뭔가를 소리치는 광경이 먼 곳에서도 보였다.

"순식간에 들켰네요."

그 장면을 옆에서 보던 아리안이 아크에게 시선을 던지고 말했다.

그러나 은밀성이 전혀 없는 이런 모습은 오히려 상대의 기억에 잘 남는 듯하다.

마을 입구 부근에 서서 아크가 손을 흔들자, 보초를 서는 자도 무기를 겨누지 않고 손을 올리더니 용건을 물었다.

"무슨 일이오?"

"치요메 양에게 전언을 부탁하고 싶소."

아크가 그 물음에 짤막하게 대답하자, 곧이어 마을 문이 열리고 안으로 들였다.

마을 안의 주민들은 벌써 오전 작업을 시작하는지, 여기저기에서 시끄러운 목소리와 아이들의 웃음소리가 들렸다. 이전에 찾아왔을 때보다 마을 분위기는 다소 밝아진 듯한 기분이 들었다.

비좁은 마을은 유지할 수 있는 인원을 이미 뛰어넘은 상태였지만, 새로이 발견한 이주지의 이야기가 널리 알려졌는지 스쳐지나는 이들의 얼굴에는 환한 미소가 보였다.

그런 주민들 속에서 유난히 체격이 좋은 한 명의 묘인족이 모습을 드러냈다.

신장 180cm 정도인 그의 하얀 머리에는 고양이 귀가 달려 있었는데, 긴 눈썹과 턱수염 탓에 어딘가 신선을 떠올리게 했다. 그러면서 그에 걸맞지 않게 눈썹 아래로 엿보이는 날카로운 눈빛과 반듯하게 펴진 등줄기에서는 전혀 노인의 분위기를 느낄 수 없었다.

"아크 님 그리고 아리안 님, 이런 산속까지 발걸음을 옮겨주셔서 송구스럽구료. 그런데 오늘은 어쩐 일로 오신 게요?"

조용히 미소를 띠고 가볍게 머리를 숙인 그 묘인족 남자는 인심일족을 다스리는 족장이자, 22대 한조로 불리는 자다.

아크도 살짝 머리를 숙여 인사하고, 오늘 찾아온 용건을 한조에게 곧바로 전했다.

"실은 치요메 양에게 볼일이 있어서 말이오……."

아크의 말에 반응했는지, 몸집이 작은 묘인족 소녀 한 명이 한조 옆에 소리도 없이 나타났다. 그리고 아크와 아리안에게 조용히 말을 걸었다.

"아크 님, 아리안 님, 제게 볼일이라니 그게 뭔가요?"

짧게 가지런히 자른 검은 머리에 투명하고 푸른 눈동자로 아크와 아리안을 바라보는 소녀.

온몸을 검은색으로 통일한 옷을 입은 치요메. 팔에는 토시, 다리에는 각반, 허리에는 단검을 차고 무장한 모습은 그야말로 닌자 복장이었다.

"오오, 치요메 양."

아크가 부르는 소리에 그 닌자 소녀, 치요메가 고개를 까딱했다.

"실은 이번에 우리는 엘프족의 교역선을 타고 남쪽 대륙으로 건너가게 되었소. 그런데 치요메 양도 함께 승선하는 게 어떻겠냐고 그레니스 부인이 제안해서 말이오. 남쪽 대륙에는 산야의 민족이 만든 거대한 나라가 있으니까, 이걸 기회로 견문을 넓혔으면 싶은데 어떻소?"

"네? 남쪽 대륙에요……?"

아크의 제안을 들은 치요메는 푸른 눈동자에 망설이는 빛을 띠더니, 옆에 서 있는 한조를 향해 시선을 보내며 대답을 살폈다.

그 시선을 받은 한조는 입가에 미소를 짓고 마음씨 착한 할아버지처럼 고개를 끄덕였다.

"사스케의 일이라면 츠보네도 움직이고 있다. 걱정 안 해도 괜찮을 테지."

한조의 말을 잇듯이 한 명의 여성이 앞으로 나섰다.

"그래, 여기 일은 우리한테 맡기고 넌 새로운 세계를 보면 돼. 가는 김에 늘 임무밖에 모르는 바보 같은 고에몬도 데려가."

닌자 복장으로 몸을 감싸고 날씬하게 뻗은 팔다리를 지닌 그 여성은 아리안과 엇비슷한 커다란 가슴을 자신의 팔로 밀어 올리듯이 팔짱을 낀 채 나타났다. 그녀는 길쭉한 눈으로 아크를 훑어보면서 요염한 미소를 띠고 치요메에게 손을 흔들었다.

"오오, 츠보네. 돌아왔느냐."

한조에게 츠보네라고 불린 그 여성은 가볍게 묵례하고 치요메를 뒤에서 꽉 껴안으며 자신의 뺨을 비벼댔다. 치요메도 어딘가 간지럽다는 듯이 여성을 뒤돌아보았다.

길고 윤기 나는 검은 머리를 가진 묘인족의 츠보네가 그러고 있자, 치요메와 자매처럼 보이기도 한다.

"츠보네, 그런데 결과는 어땠느냐?"

한조의 단적인 질문에 츠보네는 앞가슴에 껴안은 치요메에게 한 번 시선을 떨어뜨리고 나서 살짝 고개를 가로저었다.

"그러냐……."

"내부 사정이 조금 혼란스러운 듯싶은데, 다음에는 멀리 노잔에도 발길을 뻗쳐 볼게요. 그보다 남쪽 대륙에서 견문을 넓히는 건 좋지만, 귀여운 치요메를 혼자 보낸다는 결정은 탐탁지 않아요. 체력이 남아도는 그 멍청이라면 치요메의 방패막이쯤은 되겠죠?"

츠보네는 대화의 흐름에서 약간 어두운 그림자를 드리운 분위기를 떨쳐내듯이, 애써 밝은 어조로 조금 전의 남대륙으로 건너가는 이야기로 화제를 돌렸다.

고에몬에 대한 츠보네의 평가는 심하지만, 말투로 보건대 사이가 나쁜 것은 아니리라.

그녀가 귀여워하는 치요메를 맡길 수 있을 만큼 믿는 듯했다.

츠보네의 그 의견을 듣고 한조도 고개를 끄덕이며 아크와 아리안에게 시선을 돌렸다.

"그렇군, 이번 일은 젊은이가 견문을 넓힐 좋은 기회—— 마을 아이들에게 여행담이라도 갖고 오시게. 아이들에게 보이는 길은 많으면 많을수록 더할 나위 없이 좋으니 말이오. 두 분에게는 미안하지만, 고에몬도 동행시켜줄 수 없겠는가?"

고에몬은 현재 호숫가의 새로운 개척지에서 임무를 맡고 있으므로, 전이마법을 사용하여 아크가 데려와야 했다. 딱히 힘들지도 않아서 문제는 없지만——.

아크가 그 물음에 고개를 끄덕이고 아리안에게 시선을 던지자, 그녀도 고개를 끄덕이며 대답했다.

"어머니한테는 저희가 부탁해둘게요. 고에몬이라면 저도 얼굴을 아는 사이니까 괜찮겠죠."

아크와 아리안의 대답에 만족스러운 표정을 지은 한조는 마지막 결정은 본인의 몫이라고 말하는 것처럼 치요메에게 눈길을 돌렸다.

한조의 시선에 치요메도 작게 고개를 끄덕이더니, 아크와 아리안을 향해 꾸벅 머리를 숙였다.

"기쁜 마음으로 동행을 받아들이겠습니다."

"당분간 또 잘 부탁할게요, 치요메 양."

치요메의 대답에 아리안도 미소를 지으며 작게 손을 흔들었다.

이 둘은 로드 크라운 옆에 있는 온천에서 아크가 이레나 정신을 잃은 사이 친구가 된 모양이다. 평소 표정 변화가 별로 없는 치요메가 입가에 미소를 띠고, 등에 숨겨둔 긴 꼬리를 기쁜 듯이 흔들었다.

아크는 약간의 소외감을 느끼면서도 일단 남쪽 대륙으로 갈 멤버를 갖추었다고 한숨을 내뱉었다.

"고에몬 공은 나중에 데려오기로 하고, 한동안 다시 네 명이 여행을 떠나게 되었군."

아크가 그렇게 말하자, 늘 투구 위에 자리를 잡은 폰타가 뭔가를 따지듯이 앞발로 투구를 치며 짖었다.

아무래도 멤버의 수에 넣지 않은 사실을 항의한 모양이다.

"오오, 미안미안. 그렇군, 폰타도 함께였지."

"큥!"

아크는 커다란 솜털 꼬리를 바쁘게 흔드는 폰타의 턱을 쓰다
듬으면서도, 설레는 마음으로 이곳이 아닌 남쪽에 펼쳐졌다는
대륙의 풍경을 상상했다.

다음 날 이른 아침, 일단 치요메를 숨겨진 마을까지 맞이하러
간 일행은 호숫가의 임시거점으로 전이했다. 전날 설명한 대로
여행 준비를 마친 고에몬을 데리고 라라토이아로 되돌아갔다.
오늘은 마침내 남쪽 대륙으로 출항하는 교역선이 있는 엘프
마을 랜드프리아로 향할 예정이다.
하루 전에 여행 준비를 마쳐두었고, 각자 필요하다고 판단한
물건을 넣은 배낭을 짊어졌다. 그래도 다들 딱히 부피가 큰 물
건을 챙기지는 않았다. 캐나다 대삼림 속에서 마수 토벌을 위
해 며칠이나 야영을 하며 지내는 엘프 전사이기도 한 아리안이
나, 북쪽 대륙에서 거침없이 활동하는 데 익숙한 닌자 치요메
와 고에몬도 여행 준비는 몸에 익은 눈치였다.
그러나 치요메는 평소의 닌자 복장인 반면, 고에몬은 상반신
을 드러내고 단련된 근육을 아낌없이 내보였다. 팔에 토시만
장비한 차림으로 짐을 짊어졌다.
어딘가의 전투민족 같은 모습이지만, 여행에 지장은 없는 걸
까.
"준비는 됐어요?"
"그렇소." "네." "……."
"쿵!"
아리안이 확인하는 물음에 아크와 치요메가 고개를 끄덕였

다. 고에몬도 문제없다는 듯이 묵묵히 고개를 끄덕이며 가슴 근육을 한 번 실룩거렸다.

발밑에는 꼬리를 흔들고 이제나저제나 기다리던 폰타도 그 자리에서 빙글 돌고 짖었다.

"그럼 마을의 전이진이 있는 사원에서 랜드프리아까지 갈 테니 따라와요."

아리안은 마을 중앙에 우뚝 솟은 한 그루의 거목을 가리키며 걷기 시작했다.

아리안의 뒤를 치요메와 고에몬도 잠자코 따라갔다. 그 세 명의 뒷모습을 바라보면서 앞으로 향할 곳을 떠올린 아크가 맨 앞에 가는 아리안에게 말을 걸었다.

"아리안 양, 이런 말을 하는 것도 새삼스럽지만, 치요메 양과 고에몬 공을 엘프족의 그 사원으로 안내해도 괜찮은 거요?"

아리안이 방금 가리켜 보인 마을 중앙의 거목에는 엘프족이 절대── 주로 인간족에게 감추는 전이진의 사원이 자리 잡고 있다.

그곳에 산야의 민족인 치요메와 고에몬을 데려가면, 그대로 엘프족의 비밀을 들키게 된다.

그러나 아직 임시라고는 해도 엘프족의 일원으로서 받아들여진 아크가 혼자 전이마법을 다룰 수 있다는 사실이 둘에게 알려진 시점에서 새삼스러운 이야기이기도 했다.

그러자 아리안은 가느다란 턱에 손가락을 대고 나서 고개를 갸웃거렸다.

"으음~. 그 점은 이미 허가를 내렸다고 들었어요. 더구나 앞으로 갈 파브나하 대왕국에도 전이진 사원은 있어요. 나도 아직 실제로 본 적은 없지만……."

아리안의 말에 놀란 목소리를 낸 이는 아크뿐만 아니라, 평소에는 별로 큰 감정을 겉에 보이지 않는 치요메도 마찬가지였다.

"전이진의 사원이란, 아크 님이 순식간에 공간을 건너는 술법 같은 거죠? 그게 엘프의 마을에도, 이제부터 향하는 우리 동포들이 만들었다는 나라에도 있습니까?"

치요메의 질문에는 아크도 동감했기 때문에 그 대답을 바라고 아리안에게 시선을 보냈다.

이 북대륙에 있는 인간족의 국가에는 '전이진의 사원' 같은 물류에 혁명을 일으킬 만한 시설은 존재하지 않는다. 그렇기는커녕 인간족에게는 그 존재를 감춘 까닭에 엘프족만의 기밀이라고 여겼지만, 아무래도 그게 아니었던 모양이다.

"애당초 전이진의 사원은 초대 에반젤린 님이 고안해서 만들어냈어요. 당시 갓 건국된 파브나하의 초대왕과 교류를 가졌을 때 에반젤린 님이 그쪽으로 건너가서 몇 개를 지었다고 들었어요."

캐나다 대삼림의 엘프족과는 건국 당초부터 관계를 이어왔다는 말인가.

"웅? 하지만 이제 남쪽 대륙으로 향하는 배에 탈 계획이었는데, 대륙 사이를 잇는 전이진의 사원은 없는 것이오?"

아크가 아리안의 이야기를 듣고 문득 떠오른 의문을 입밖에 내뱉자, 그녀는 정말 어이없다는 시선을 보냈다.

"초대님부터 친교와 교역이 있다고 해도 어디까지나 타국이에요. 사람들을 한순간에 오가게 하는 사원에서 대륙을 잇지는 않겠죠."

"오오, 그렇군."

아리안의 당연한 지적에 아크가 뒷머리를 긁적이며 웃고 얼버무렸다.

캐나다 대삼림과 파브나하는 친교는 있어도 엄밀히 말해 타국이다. 눈 깜짝할 사이에 양쪽을 오가는 시설이 있다면 상대의 목구멍에 군사력을 보내는 것도 가능해진다.

더구나 전이진의 사원이 엘프족의 기술로 만들어진 이상, 전이진을 다루는 우위성은 파브나하보다 캐나다 대삼림으로 기울어진다.

파브나하가 제대로 된 '국가'로서의 통치기구를 가졌다면, 그 일은 안전보장의 관점에서 그다지 환영할 수 없는 사태이리라.

그 밖에도 여러 가지 있는 듯싶지만, 이곳에서는 그런 점들은 딱히 중요하지 않다.

치요메를 데리고 사원을 이용할 수 있다는 말은 남쪽 대륙으로 건널 시기가 빨라진다는 뜻이다.

"그럼 랜드프리아까지 한 번에 갈 수 있다는 건가. 나도 엘프족이 사용하는 전이진의 사원에 들어가는 건 처음인 까닭에 조금 기대되기도 하는군……."

아크는 시선을 지금 향하는 사원으로 옮겼다.

마을 중심에 우뚝 솟은 한 그루의 거목에 있는 사원. 그 뒤편에는 마을을 동서로 나누듯이 아침 햇살을 반사하며 반짝반짝 빛나는 작은 시내가 졸졸 흘렀다. 그 풍경 속에서 작은 새들이 지저귀며 먹이를 구하기 위해 날갯짓을 하는 모습이 눈에 비쳤다.

그런 한가로운 광경 한편으로 가지가 많이 달린 줄기 윗부분에서 나무 그늘을 만드는 거목의 뿌리 부근—— 사원 주위에는 간이 목제 울타리가 둘러쳐져 있다. 그 울타리는 사원의 경계선 역할을 할 뿐 딱히 엄중한 시설이라는 느낌을 주지 않았다.

구조는 장로의 저택과 마찬가지로 사원이라는 건조물을 거목이 집어삼킨 듯한 모습이었다.

사원 입구의 문 앞에는 허리에 검을 찬 엘프족 전사 두 명이 보초를 서고 있었다. 그들은 사원에 접근하는 일행을 경계하듯이 시선을 보냈다.

그런 엘프족 전사들에게 아리안은 가볍게 인사를 하고 두세 마디 말을 나누었다.

그러자 이미 이야기를 전해 들었는지, 두 명의 보초는 좌우로 비켜서고 길을 열어주면서 안으로 들어가라는 듯이 재촉했다. 아리안은 살짝 고개를 끄덕인 후 사원 입구로 들어갔다. 그 뒤를 치요메와 고에몬, 폰타를 투구에 얹은 아크가 쫓았다.

거목의 사원 내부는 저택만큼 넓지는 않았지만, 그보다 높은 통풍창이 거목을 관통했다. 주위를 빙 둘러싼 굵은 기둥이 통층 구조의 공간을 유지하는 형태였다.

사원 안에 설치된 마도구인 수정형 램프의 불빛이 중앙의 약간 솟은 원형 무대 같은 장소를 비추었다. 그 때문에 그곳만 붕 떠오른 것처럼 보이기도 했다.

그 원형 무대 위에 그려진 복잡하고 기괴한 마법진이 자체적으로 희미하게 빛을 내뿜어서 통층 구조의 공간 전체를 아래로부터 밝히고 있었다.

그 모습은 정말 판타지라는 이름에 부끄럽지 않은 광경이라고 할 수 있었다.

아크와 치요메가 사원 내부에 놓인 전이진에 시선을 빼앗긴 사이, 아리안은 가까이 다가온 몸집이 작은 엘프족 남자 한 명과 뭔가 말을 나누었다. 그러고 나서 빛이 나는 원형 무대의 전이진에 올라섰다.

"아크, 고에몬 씨, 치요메 양. 이제 갈게요. 어서 전이진 위로 올라와요."

아리안의 재촉에 다들 고개를 끄덕이고 부랴부랴 전이진으로 발걸음을 옮겼다.

그나저나 아리안이 자신과 고에몬을 부르는 호칭에서 느껴지는 이 미묘한 차이는 무엇일까.

아크가 그런 생각에 잠겨 있자, 발밑의 마법진에서 눈부신 빛이 흘러넘쳐 눈앞이 새하얗게 물들었다. 무심코 눈을 돌린 아크는 갑자기 발밑이 떠오른 감각에 몸이 기울었다. 이번에는 어두워지면서 눈 부신 빛이 사라졌고, 주변이 급속히 모습을 되찾았을 때는 이미 주위 풍경이 달라져 있었다.

조금 전까지 전이진의 바깥에 서 있던 몸집이 작은 엘프족 남자는 보이지 않았다. 지금은 눈앞에 세 명의 엘프족 남녀가 일행을 맞이하듯이 서 있는 게 눈에 비쳤다.

그 이외의 실내 모습은 크게 변하지 않았고, 전이진 사원의 규모가 약간 커진 듯한 분위기만 느껴졌다.

세 명 중 두 명은 사원 앞을 지키는 보초 같은 차림으로 무기를 쥔 채 대기했다. 반면 한복판에 서 있는 여성은 전혀 무장하지 않은 모습이었는데, 엘프족 특유의 민족의상을 걸치고 부드러운 미소를 띠고 일행 네 명과 한 마리의 얼굴을 살폈다.

겉보기로는 어딘가 비서 같은 인상을 풍겼다.

"기다리고 있었습니다. 라라토이아에서 오신 아리안 씨죠?"

"네, 신세를 지겠습니다."

"장로님이 기다리고 계시니 안내해 드리겠습니다."

엘프 여성의 질문에 아리안이 고개를 끄덕이며 대답하자, 그녀는 조용히 말하고 등을 돌려 앞장서기 시작했다.

그 뒤를 쫓듯이 아리안이 따랐고, 아크와 치요메 그리고 고에몬도 발걸음을 옮겼다.

보초로 여겨지는 무장한 엘프족 남자 두 명은, 백은의 전신갑주를 걸치고 대검을 등에 멘 아크와 상반신을 드러낸 체격이 우람한 묘인족 고에몬의 모습에 어안이 벙벙해진 눈치였다. 그러나 그게 틀림없이 올바른 반응이리라.

오히려 둘의 그런 모습을 처음 보고도 긴 귀를 살짝 움직이는데 그친 엘프 여성의 담력을 칭찬해야 한다.

엘프 여성의 뒤를 따라 전이진이 놓인 사원에서 밖으로 나가자, 그곳은 한가로운 라라토이아의 경치와 아주 정반대였다.

주변에는 여러 그루의 거목이 우뚝 솟아 있었고, 어느 거목이나 주거지가 될 만한 건조물의 기능을 갖고 늘어서 있었다.

거목들의 나무 그늘이 진 길에는 벽돌 블록으로 포장되어 많은 엘프족이 오갔다. 그중에는 드문드문 치요메와 똑같은 산야의 민족도 보였다.

그 광경을 옆에 있던 치요메가 살짝 두 눈을 휘둥그레 뜨고 바라보았다.

"정말 북적이는 마을이군……."

"이 마을은 남쪽의 파브나하를 잇는 관문이어서 캐나다 대삼림 내에서도 손꼽을 정도의 규모예요."

아크의 혼잣말에 아리안이 돌아보면서 대답했다.

곧 맨 앞에 서서 안내를 해주던 엘프 여성이 한 채의―― 아니 이 경우는 한 그루일 테지만, 거목 저택이 세워진 부지의 문을 들어갔다.

거목과 저택이 융합된 건축양식은 라라토이아와 비슷하지만 그 형태는 꽤 다르다. 주위의 키가 큰 거목 건조물보다 높이는 상당히 낮다.

그러나 그 저택의 기초가 되는 줄기는 주변의 거목들보다 훨씬 굵고 묵직했다. 주위의 거목을 그대로 평평하게 압축시켜 만든 듯한 플라스크 형태였다.

그런 거목 저택 안으로 발을 들여놓자, 그곳은 아리안의 친가인 라라토이아의 저택과는 완전히 다른 모습이었다.

정교하게 짜인 쪽매붙임 문양의 바닥에 정밀한 장식을 새겼으나―― 결코 화려하지 않은 기둥, 벽, 천장, 세련되게 늘어선 많은 실내 장식은 어딘가 엘프족이 지내는 저택이라기보다는 인간족의 영주가 사는 저택을 닮았다.

아마 이곳이 랜드프리아를 다스리는 장로의 저택일 테지만, 아리안도 여태껏 발을 들여놓은 적이 없었는지 아크와 치요메처럼 신기하다는 듯이 내부를 둘러보았다. 반대로 고에몬은 별

로 그런 데 관심이 없는지, 묵묵히 그 모습을 시야에 담아둘 뿐
이었다.

일행의 반응을 헤아린 엘프 여성이 2층으로 올라가는 발길을
멈추지 않은 채 설명을 곁들여주었다.

"여기는 남쪽의 파브나하뿐만 아니라, 린부르트와 거래를 하
는 새스커툰의 물품도 들어오기 때문에 여러모로 다른 마을에
서 볼 수 없는 게 많습니다."

"호오, 그렇군."

아크는 엘프 여성의 해설에 맞장구를 치면서 다시 주위를 바
라보았다.

린부르트 대공국은 로덴 왕국의 이웃 나라이자, 유일하게 캐
나다 대삼림의 엘프족과 교역을 하는 인간족의 국가였던가.

새스커툰이라는 이름은 처음 듣지만, 이야기에 따르면 린부
르트와의 교역 창구가 된 마을이리라. 전이진이 놓인 커다란
마을이라도 이곳만큼 인간족의 물품이 들어와 있지 않은 모습
을 보건대, 교역 물품들은 전이진 이외의 수단으로 옮겨지는
듯하다.

이곳이 대륙 사이에서 교역하는 항구도시라면 그 수단은 자
연히 배라는 대답에 이르지만, 그럼 새스커툰도 연안에 있는
항구도시인 셈이 된다.

그런 정보들을 통해 추측하건대, 아마 전이진만으로는 너무
많은 화물을 이동시키기에는 적합하지 않은 듯하다.

그토록 왕래에 편리한 전이진을 사용하면, 보통은 마을 간의
화물 거래는 몹시 간단할 터다.

다른 마을에서도 인간족의 물품 등을 실제로 볼 기회는 많아질 테지만, 최근 며칠 동안 라라토이아를 돌아다녔어도 그런 모습은 없었다.

전이에 드는 비용이 비싼지, 아니면 전이진에 대한 제약이 엄격한 걸까.

"여기서 잠시 기다려주십시오."

아크가 그런 생각에 잠겨 있자, 앞장서던 엘프 여성이 갑자기 일행을 남겨두고 안쪽 방으로 사라졌다.

그곳은 대기실로 쓰이는 방인지 조금 전의 1층과는 다르게 두드러진 실내 장식도 거의 없었다. 약간 공들인 세공으로 꾸며진 의자와 둥근 테이블 몇 개가 놓여 있을 뿐 간소한 구조였다.

아크는 그중 한 개의 테이블에 등에 멘 짐을 내려놓고 안에서 가죽 물통을 꺼냈다.

그 모습을 본 아리안이 아크에게 의아하다는 시선을 보냈다.

"잠깐만요, 왜 지금 여기서 물통을 꺼내는 거예요?"

"아니, 역시 장로를 만나 얘기하는 자리에서 투구를 쓴 채 있을 수는 없잖소."

아크가 짐 속에서 짚을 찾아 물통 입구에 꽂았다.

아리안은 아크의 행동을 지켜보고 뭔가를 떠올린 듯한 표정으로 고개를 가로저었다.

"깜빡했네요……. 그런 일을 잊다니, 익숙해지는 게 무섭군요. 이번에는 도중에 모습이 원래대로 돌아가거나 그러지는 않겠죠?"

혼자 한숨을 내뱉고 중얼거린 아리안을 바라보면서, 아크는 오늘 아침에 담아온 로드 크라운 기슭에 샘솟는 온천물을 투구의 틈새를 통해 짚 빨대로 빨아올렸다.

"나를 편견 없이 받아들여 주는 아리안 양에게는 감사하게 생각하오. 이 물은 오늘 아침에 갓 담았으니까, 회담 중에 효과를 잃고 해골 몸으로 돌아가는 일은 없을 거요."

아크가 가슴을 펴고 말하자, 아리안은 미심쩍다는 시선으로 쳐다보았다.

그런 아리안의 반응에 동의하듯이 기척을 감추며 서 있던 치요메도 투명하고 푸른 눈동자를 가늘게 뜬 채 의미심장하게 아크를 바라보았다.

아무래도 이 일에 관해서는 딱히 믿음이 가지 않는 모양이다.

아크는 자신의 편을 들어줄 이를 찾기 위해 고에몬에게 시선을 돌렸지만, 그는 그대로 팔짱을 끼고 눈을 감은 자세로 조각상처럼 꼼짝도 하지 않은 채 서 있었다.

"킁!"

아크는 고개를 푹 숙인 자신을 위로하듯이 투구에서 어깨로 내려와 짖어준 폰타를 어루만지며 마음의 상처를 치유했다. 그러자 조금 전의 엘프 여성이 안에서 얼굴을 내밀고 말을 걸었다.

"놀란 님이 만나시겠답니다. 들어오세요."

엘프 여성의 안내를 받아 아크는 안쪽 방으로 이어지는 문을 열었다.

"일부러 불러내서 미안하네."

방으로 들어가자마자 말을 건 이는 한 명의 엘프족 남성이었다.

녹색이 섞인 약간 긴 금발을 세 갈래로 땋아 양옆과 뒤로 늘어뜨린 독특한 머리 모양의 남성은 엘프의 민족 문양을 곁들인 옷을 입고 있었다.

얼굴에는 부드러운 미소를 띠었지만, 엘프족의 특징인 초록색 눈동자를 담은 눈매는 어딘지 브란베이나에서 만난 카시를 닮았다. 그 때문에 그들이 형제라는 사실을 떠올리게 했다.

"마을을 뛰쳐나가 오랜 세월 동안 소식이 끊겼던 형님의 행방을 설마 이런 식으로 알게 되다니······. 세상일은 어디서 어떻게 이어질지 모르는 법이군."

인사를 한 일행에게 이 마을의 장로일 남성이 쓴웃음을 지으며 말하는 모습을 보고, 대기하던 엘프 여성이 가볍게 헛기침을 했다.

"아아, 미안하네. 내가 이 마을을 맡고 있는 장로인 놀란 헬드 랜드프리아── 자네들이 인간족의 도시에서 만났다는 마수 학자 카시의 동생이기도 하지. 잘 부탁하네."

카시 헬드의 남동생이라고 밝힌 랜드프리아의 장로인 놀란은 방에 마련된 응접 공간으로 일행을 재촉하기 무섭게 인간족의 도시에서 지낸다는 형님의 이야기를 물었다.

카시를 만난 적이 없는 치요메와 고에몬은 차를 마시면서, 카시와의 만남을 늘어놓는 아크와 아리안의 이야기에 귀를 기울였다.

"형님은 아무리 세월이 흘러도 변함이 없나 보군."

아리안이 카시의 마수 연구를 돕기 위해 샌드웜 포획에 동행한 사정을 말하자, 놀란은 어이없다는 얼굴로 중얼거리면서 어던가 밝은 미소를 띠었다.

어디든지 연결하는 통신기기가 없는 세계에서는 멀리 떨어진 자와의 연락은 아크가 생각했던 것보다 힘들었다. 따라서 한 번의 이별은 그대로 평생의 이별이 될 수도 있으리라.

이처럼 행방을 몰랐던 가족의 근황을 다른 이를 통해 전해 들으면, 가족도 안심할 수 있는 기쁜 소식이 되는 듯하다.

형님의 별다를 것 없는 근황을 대충 들은 후 놀란은 천천히 일어나서 아크와 아리안에게 고맙다는 말을 했다.

"오늘은 일부러 발걸음을 옮기게 해서 미안하네. 형님이 지내는 곳을 알았고, 건강하다는 사실도 알았네. 장소가 장소인 만큼 자주 연락할 방법은 없지만, 이제 아버지와 어머니에게 좋은 소식을 전할 수 있겠어."

놀란은 깊숙이 머리를 숙이고 다시 고맙다는 말을 한 후, 일행이 이 마을에 찾아온 목적으로 화제를 돌렸다.

"자네들이 탈 교역선의 화물 적재가 오늘 중에 끝나면, 내일 아침 첫배로 출항할 예정이네. 이 저택에 방을 준비할 테니, 느긋하게 쉬도록 하게."

줄곧 배를 탈 생각으로 들떴던 아크는 놀란의 말에 허탕을 친 기분이 들어 어깨를 늘어뜨렸다.

"그렇군, 오늘이 출항일이 아니었나……."

옆에 앉아 있던 아리안이 아크의 혼잣말에 곧바로 지적했다.

"보통은 출항일에 항구로 오지 않아요. 언제 예정이 바뀔지도 모르는데……."

"그런가……."

아크는 아리안의 지적에 맞장구를 치면서도 살짝 고개를 갸웃거렸다.

생각해 보면, 원래 세계에서도 정각에 맞춰 교통편이 오가기란 매우 어렵다.

고도로 발달하고 관리되는 사회에서조차 그러니, 날씨에 좌우되기 쉬운 이 세계의 범선은 미루어 짐작할 만하다.

보통 이런 사회에서의 여행은 전후로 며칠 여유 있게 행동하는 게 상식이리라.

그동안 전이마법의 이동에 기대어 쾌적한 여행을 해왔기 때문에 그런 감각을 아직 따라가지 못하는지도 모른다.

장로의 방을 떠난 일행은 엘프 여성에게 안내를 받아 방에서 짐을 풀었다. 아크는 방에 마련된 나무 침대 옆의 창문으로 바깥을 내다보았다.

여전히 해는 높았고 저택 부지 밖에는 많은 이가 오가는 모습이 눈에 띄었다.

이곳에서 내일 출항 시간까지 보내기는 아깝다는 생각이 든 아크는 검을 내려놓고 짐에서 돈이 든 작은 가죽 주머니를 꺼냈다.

방을 나가자 그곳에는 벌써 아리안과 치요메가 객실에서 복도로 나와 있었다. 아크는 그 두 명과 시선이 맞았다.

"아크도 밖에 나갈 거예요?"

아리안이 아크를 보고 이후의 목적을 알아맞혔다.

"으음, 아직 해도 높아서 말이오. 내일 탈 배도 미리 봐두고 싶은 데다, 항구 근처라면 뭔가 진귀한 걸 볼 수 있을지도 모르잖소."

"그럼 우리도 함께 갈게요. 혼자 보내면 어쩐지 걱정이 되니까요……."

아크가 아리안의 물음에 고개를 끄덕이자, 그녀는 아크를 반쯤 뜬 눈으로 쳐다보고 동행하겠다는 뜻을 알렸다.

아크는 아리안의 반응을 보고 있자, 자신이 가는 곳마다 문제를 일으키는 듯한 착각이 들어서 이상했다. ……이상했다.

농담은 이쯤하고, 랜드프리아의 지리에 밝지 않은 자신이 혼자 어슬렁거리기보다는 아리안과 치요메를 데려가는 편이 여러모로 편한 것은 확실하다.

아크도 아리안의 그 제안에 고개를 끄덕이고, 저택의 관계자에게 전언을 남긴 다음 항구로 향했다.

이전에도 이곳을 찾아온 적이 있는 아리안이 랜드프리아의 항구까지 안내를 맡아 앞장섰다. 그 뒤로 아크와 치요메, 고에몬이 주위를 둘러보면서 따라갔다.

옆에서 보면 시골에서 올라온 촌뜨기 같은 세 명이지만, 이 마을의 발전 모습을 접하면 어쩔 수 없는지도 모른다.

마을 사람들 대부분이 지내는 곳은 거목으로 만들어진 고층 아파트 같은 건물이다. 7, 8층 건물의 높이를 자랑하는 여러 개의 거목이 대로를 따라 늘어서 있었다.

거목 건물들은 멀리에서는 언뜻 키가 큰 거목들이 모인 것으로만 보이는데, 가까이서 확인하면 원래 세계의 고층 건축물 같은 양상을 띠고 있다.

그 밖에도 공중에는 거목 건물들을 잇는 복도까지 설치되어, 여러 명의 엘프족이 건물 사이를 오가는 장면이 아래의 길에서도 보였다.

폰타도 그 광경에 관심이 있는지, 아크의 투구에 올라탄 채 위를 올려다보았다. 이따금 흥미를 끄는 것을 발견하고 들떠서 꼬리를 흔들었는데, 그 덕분에 투구도 깨끗해졌다.

"상당히 북적거립니다만, 이 마을에 어느 정도의 인원이 살고 있습니까?"

주위를 바라보던 치요메가 신기하다고 여긴 의문을 그대로 꺼냈다.

앞장서서 걷는 아리안이 치요메의 물음에 뒤돌아보더니, 잠시 생각에 잠기듯이 살짝 고개를 갸웃거렸다.

"자세한 인원은 모르지만, 3, 4만 명 정도였나? 이 마을은 드나드는 이들이 많아서, 어쩌면 좀 더 많을 수도 있어요."

아리안의 대답에 치요메가 두 눈을 휘둥그레 떴다.

"캐나다 대삼림 깊숙이 자리 잡은 라라토이아도 상당히 큰 마을이라고 생각했습니다만, 이곳은 규모가 다르네요……. 설마 이만한 도시가 숲속 깊이 지어져 있다니."

치요메는 감탄의 한숨을 흘렸다.

치요메 일족이 지금 거점으로 삼은 칼카트 산악지대에 만들어진 숨겨진 마을, 그곳의 인구가 현재 1천 명쯤이므로 가볍게 30배 이상의 인원이 랜드프리아에 사는 셈이 된다.

이보다 규모가 큰 도시라면, 아크가 그동안 들른 곳 중에서는 로덴 왕국의 왕도 정도이리라.

이윽고 거목 아파트 숲이 중간에 끊기자, 라라토이아에서도 봤던 버섯 형태의 목조 가옥이 비좁게 늘어선 떠들썩한 장소로 나왔다.

그런 건물 한 채 한 채가 상점인지, 가게 앞에 여러 종류의 상품을 진열하고 대로를 지나다니는 이들을 향해 호객하는 광경이 여기저기에서 벌어졌다.

그 분위기는 활기 넘치는 상업 지역의 상점가를 떠올리게 했다. 남쪽 대륙에서 넘어왔는지 인간족의 도시에서는 볼 수 없었던 각양각색의 물품이 눈에 띄었다. 그와 동시에 바닷바람을 타고 구수한 냄새가 대로 전체에 자욱이 끼었다.

"으음, 이 냄새는…… 향신료도 알차게 있는 듯하군."

"큥!"

잡다한 냄새에 섞여 코를 자극하는 향을 맡은 아크와 폰타가 주위를 둘러보자, 맨 앞에서 걷던 아리안이 보충 설명을 덧붙여 주었다.

"파브나하에서는 많은 향신료가 들어오니까, 이곳의 시장은 독특한 냄새를 풍겨요."

아리안의 설명에 아크는 라라토이아에서 먹은 향신료를 사용한 햄버거의 맛을 떠올리고, 자기도 모르게 침을 꿀꺽 삼켰다.

투구 위에 자리 잡은 폰타도 온갖 냄새에 이끌렸는지, 여기저기 시선을 던지고 바쁘게 움직이는 모습이 투구 너머로 전해졌다.

그처럼 안절부절못하는 아크와 폰타를 보고, 한 명의 엘프족 상점 주인이 대로를 걷는 아크에게 말을 걸었다.

"양손에 꽃을 들고 가는 거기 갑옷 형씨, 며칠 전 남쪽에서 들어온 신선한 토마토는 어떻수?"

조금 녹색이 섞인 금발에 길고 뾰족한 특징적인 귀, 그리고 엘프족 대부분이 공통된 젊고 가지런한 용모. 그러나 얼굴과 너무 어울리지 않는 어딘가 저속하게 호객하는 말투에 조금 난감해하면서도, 아크는 그가 손에 든 물건에 자연히 눈길이 빨려 들어갔다.

상점 주인이 손에 든── 가게 앞에 쌓인 물건들은 틀림없이 새빨갛게 익은 토마토였다.

"오오, 이 항구에서도 신선한 토마토를 파는 건가."

아크는 무심코 그 토마토를 파는 상인 엘프에게 발걸음을 옮겼다.

라라토이아에서 본 토마토는 전부 말리고 난 드라이 토마토 밖에 없었다. 그 때문에 남쪽 대륙에서 캐나다 대삼림의 마을에 들어오는 토마토는 전부 그처럼 가공을 끝낸 것들뿐이라고 생각했다.

엘프 상인이 손에 든 그 토마토는 원래 세계에서 보던 크고 둥근 모양과는 달리, 조금 작고 세로로 길쭉한 형태였다.

"랜드프리아에서 살 수 있으면 파브나하까지 갈 필요도 없지 않아요?"

토마토 가게로 이끌린 아크의 뒤에서 아리안이 얼굴을 내밀며 말했다. 그런 아리안의 말에 아크는 고개를 가로젓고 단호하게 부정했다.

"그건 그거고, 이건 이거요. 모처럼 신천지로 향하는 발판이 생겼소. 이제 와서 되돌아가기에는 아깝지. 게다가 치요메 양의 동포가 만들었다는 나라는 꼭 한 번 눈으로 봐두고 싶어서 말이오."

아크가 그렇게 대답하자, 뒤에서 따라왔던 치요메와 고에몬이 힘차게 고개를 끄덕이며 동의를 나타냈다.

어깨를 으쓱이는 아리안을 바라보면서, 아크는 토마토 상인에게 다시 시선을 돌리고 주문했다.

"상점 주인, 맛보기용 토마토를 하나 팔아주게."

"에? 토마토를 맛보기용으로 하나…… 말입니까?"

아크의 말에 단정한 용모의 엘프족 상인은 의아해하는 얼굴로 그 주문을 앵무새처럼 되물었다. 아크가 엘프족 상인의 표정이 의미하는 바를 모른 채 고개를 갸웃거리자, 뒤에서 그 모습을 보던 아리안이 뭔가를 떠올렸다는 듯이 상점 주인에게 물었다.

"아, 이 토마토, 처리하기 전이죠?"

"맞습니다, 우리는 가공 전의 토마토를 도매하기 때문에 값이 쌉니다만."

아리안은 아크의 의문에 대답하지 않고, 토마토를 파는 상인에게 말을 걸었다. 상인도 그 물음에 답하자, 아리안은 이해했다는 듯이 고개를 끄덕였다.

"이곳의 토마토는 가공 전이어서 독을 빼지 않았어요. 그래서 이 토마토는 사더라도 바로 먹을 수는 없어요. 그리고 엘프 마을에서는 화폐를 금화만 다루기 때문에, 4분의 1 금화로 내더라도 한 개만 사면 값이 비싸져서 양으로 조정해야 돼요."

아리안의 말에 잠시 사고가 멈춘 아크는 시장의 떠들썩한 소음이 급속히 멀어져 가는 착각을 느꼈다.

"아리안 양, 방금 뭐라 했소……? 아니, 토마토에 독이 있다고 한 거요!?"

아크는 너무 놀란 나머지 목소리가 커져서 얼떨결에 자신의 입을 손으로 막았다.

그런 의문에 대답한 이는 아크와 아리안의 대화를 듣던 엘프 상인이었다.

"뭐요? 갑옷 형씨는 평소에 별로 요리를 하지 않수? 그야 놀랄 만도 하겠지! 토마토는 원래 독이 있어서, 독을 빼내지 않으면 먹을 수 없거든. 뭐, 독을 먹어본들 설사를 해서 변소에 달려갈 정도지만 말이오! 하하하하."

엘프 상인은 갖고 있던 토마토를 손안에 굴리면서 크게 웃었다.

그 말을 잇듯이 아리안은 보충 설명을 들려주었다.

"애당초 토마토는 남쪽의 파브나하에서는 '설사하는 열매'라고 불려서, 변비가 있는 이들이 먹는 설사약이었어요. 하지만 파브나하 대왕국을 일으킨 초대 국왕이 설사를 하면서도 그 열매를 '토마토'라고 부르며 먹을 만큼 좋아했나 봐요. 그걸 본 당시의 초대 에반젤린 님이 토마토의 독을 빼기 위해 마도구를 만들어 선물하자, 파브나하 국왕은 무척 감사하게 여겼대요. 그때부터 캐나다 대삼림과 파브나하의 친교가 더욱 깊어졌다는 얘기를 들었죠."

아크는 아리안이 이야기하는 캐나다 대삼림과 파브나하 대왕국 두 나라가 친해진 계기에 맞장구치면서 상점 주인이 든 토마토를 내려다보았다.

"······설사하는 열매라니, 정말 노골적인 이름이군."

아크는 너무나 불명예스럽고 안이한 이름에 무심코 고개를 가로저으며 혼잣말을 내뱉었다.

토마토를 날것으로 먹으면 배탈이 난다는 말은 자신이 지금의 몸 상태에서 먹어도 배탈이 난다는 걸까?

설사하는 해골은 들어본 적도 없지만, 그렇다고 적극적으로 시험해보고 싶은 생각도 들지 않는다.

그러나 이른바 설사 유발약으로 불리던 열매에 '토마토'라는 이름을 붙이고, 그 열매를 적극적으로 먹었다는 파브나하의 초대 국왕은 아무래도 아크 자신과 마찬가지의 인간인 듯싶었다.

캐나다 대삼림을 만들었다는 600년 전의 초대 에반젤린도 비슷한 존재일 가능성이 크다. 그 둘은 토마토를 계기로 알게 되어 어떻게든 토마토를 먹을 수 있게 개량했는지도 모른다.

파브나하 대왕국이 세워진 시기는 500년 전이었던가. 당시의 친교가 지금도 이렇게 남북간의 교역으로 이어지는 사실에서도 둘 사이를 미루어 짐작할 수 있다.

"하지만 이 토마토의 독을 빼는 작업은 어떻게 하는 거요?"

아크는 일단 상점에 늘어선 토마토에서 시선을 떼고 옆의 아리안에게 물었다.

독을 빼지 않으면 먹기에는 적합하지 않다면, 눈앞에 산처럼 쌓인 이 토마토는 바라볼 수밖에 없다.

"토마토는 '안티도트크리스털(解毒晶玉)'과 함께 한두 시간 물에 담그고 나서 그대로 조리하든지, 말려서 보존하든지······ 두 가지

방법이었던 걸로 기억하는데요?"

아크의 질문에 대답해준 아리안은 조금 자신 없다는 눈치로 맞는지 틀리는지를 묻듯이 상점 주인에게 시선을 보냈다. 상점 주인은 만면에 미소를 띠고 고개를 끄덕였다.

"지금 이 자리에서 날것을 못 먹다니……. 하지만 뭐, 그 '안티도트크리스털'이라는 걸 손에 넣으면 토마토를 날것으로 먹을 수 있다는 사실을 알았으니 수확이라고 해야 할까."

미련을 남긴 채 아크는 상점 주인에게 작별을 고하고 그 가게를 떠났다. 그리고 다시 눈앞에 늘어선 상점들을 구경하면서 나아갔다.

가게 앞에 벌여놓은 남쪽 대륙에서 들어왔다는 향신료도 종류가 무척 풍부했다. 그 향신료들을 보고 있자, 먹고 싶은 요리가 머릿속에 떠올라 배에서 꼬르륵 소리가 들린 기분이 들 정도다.

아크는 오로지 식재계통의 상점에만 시선을 빼앗겼지만, 어떤 노점에 진열된 상품에 눈길이 멈추어 그곳으로 발걸음을 옮겼다.

그 노점은 양피지와 파피루스 같은 종이를 다루는 가게인 듯했다. 아주 새로운 두루마리나 종이 묶음 등 종류도 다양한 크기의 상품을 가게 앞에 펼쳐 놓았다. 그중에서 가장 아크의 눈길을 끈 물건은 간판을 꾸미듯이 처마 끝에 매달린 몇 개의 그림 종이다.

"노점 주인, 이 종이에 그려진 풍경은 어느 곳이오?"

노점 주인이 가게 앞에서 발길을 멈춘 전신 갑주 차림의 아크를 의아하다는 듯이 올려다보았지만, 아랑곳하지 않은 아크는 관심을 나타낸 상품을 가리키며 물었다.

아크가 가리킨 앞에 있던 상품은 한 장의 종이에 어딘가의 도시 경치를 정밀한 터치로 묘사했다. 그 풍경화 같은 상품은 한 장만이 아니었고, 다른 장소를 그린 것도 몇 점이 가게 앞에 걸려 있었다.

"아아, 이거 말입니까? 이건 파브나하 대왕국의 왕도를 그린 겁니다. 그리고 그쪽의 몇 점은 항구도시 프리마스를 그린 거죠."

상품에 관심을 나타낸 아크를 손님으로 인식했는지, 노점 주인 남자는 기묘한 일행을 거느린 아크의 질문에 정중히 대답해 주었다.

아리안과 치요메, 고에몬도 그림 풍경에 관심을 나타낸 것처럼 노점 주인의 설명을 귀로 들으면서 가게 앞에 걸린 풍경화들을 뚫어지라 바라보았다.

그다지 교통수단이 발달하지 않은 이 세계에서는 이런 타지의 풍경이나 별난 생물의 그림 등은 일종의 오락 비슷한 감각이리라.

"어디 마음에 든 그림이 있습니까?"

그 노점 주인의 질문에 아크는 크게 고개를 끄덕이며 가게 앞에 늘어놓은 상품 중 하나를 가리키고 구매할 뜻을 전했다.

"왜 그걸 샀어요? 당연히 종이 그림을 살 거라고 생각했는데."

조금 전의 노점을 떠나고 얼마 지나지 않자, 아리안은 이상하다는 얼굴로 물었다.

아리안의 말대로 아크가 방금 노점에서 산 물건은 풍경이 그려진 그림은 아니다. 구매한 물건은 A4 크기 정도의 종이를 몇 장이나 끈으로 철한 종이 묶음과 필기구였다.

"아리안 양, 내 장거리 전이마법 【게이트】는 기억한 풍경의 장소라면 한순간에 이동할 수 있소. 하지만 기억에 의존하는 한 그 마법은 자신의 기억력에 반응하는 제한이 따르오. 그런데 이 종이에 행선지의 풍경을 그려두면, 그걸 실마리로 삼아 기억을 되살리는 게 쉬워지지 않겠소."

아크는 두께가 있는 종이 묶음을 훑으며 아까 노점에서 종이 그림을 보고 떠올린 생각을 말했다.

그러자 아리안도 솔직하게 감탄했다는 듯이 크게 고개를 끄덕이고 손뼉을 쳤다.

"정말이네요. 확실히 그 방법이라면 많은 목적지를 기억하기에도 좋겠어요. 안 그러면 아크는 머지않아 목표로 삼은 곳이 아닌, 기억과 다른 장소로 날아가서 못 돌아올 것 같으니까요."

아크가 아리안의 그런 실례되는 말을 듣는 동안, 상점이 늘어선 대로를 지나 랜드프리아 항구의 관문 같은 장소까지 와 있었다.

푸른 바다가 눈 아래 펼쳐진 광경을 보건대, 아무래도 이 마을은 조금 고지대에 자리 잡은 듯싶었다.

배가 정박한 항구는 후미진 상태의 장소에 있었다. 따라서 항구로 가기 위해서는 거의 절벽이나 마찬가지인 급한 경사면의 계단을 내려가는 구조였다.

그러나 눈 아래 보이는 항구에는 많은 이들이 돌아다니지만, 항구와 이어지는 계단을 이용하는 자는 적었다.

그처럼 엄청난 높이의 안벽(岸壁) 계단을 내려가면 항구가 위치한 절벽 밑에 커다랗게 뚫린 동굴이 나타나는데, 내부에는 항만 창고와 지하 부두 같은 시설까지 병설되어 있었다.

아무래도 이곳은 지상과 지하의 2층 구조로 이루어진 모양이다.

동굴이 뚫린 안벽에 지어진 창고 등은 지상과 연결되는지, 많은 인원과 화물이 드나드는 모습이 보였다.

"비밀기지 같은 항구로군⋯⋯."

아크는 두근거리는 기분으로 항구에 다가갔다. 그러나 계단을 통해 이어진 장소에서는 항구로 들어가는 것을 원칙적으로 금지한 듯했다. 허리 높이 정도의 목책을 설치하여 더 이상의 접근을 막았다.

"이 앞은 항만 관계자 이외에는 출입금지예요. 하지만 내일은 저곳에 정박한 리브벨타호(號)를 탈 테니까, 안으로 들어갈 수 있어요."

아크가 약간 아쉬운 마음에 항구 내부를 고개를 내밀고 들여다보자, 옆에 선 아리안이 지하 항구에 정박해 있는 한 척의 범선을 가리켰다.

리브벨타호라고 불린 범선의 전체 길이는 100m쯤 될까. 이 세계에서는 지저호의 수수께끼 범선이 지금까지 으뜸가는 크기를 자랑했지만, 그 크기를 거뜬히 뛰어넘었다.

인간족이 만들어낸 범선처럼 장식의 종류는 많지 않았다. 굳이 말하자면 기능미를 추구한 형태였다. 접힌 돛을 지닌 돛대 세 개가 갑판에 우뚝 솟은 모습은 상당히 위풍당당한 느낌이다.

선체 부분은 목제 종류가 아닌지, 조금 하얗고 매끄러운 딱딱한 표면이 물결에 반사하는 빛으로 반짝반짝 빛났다.

"아리안 양, 저 범선은 뭘로 만들어졌소?"

아크는 어딘가 현대적인 배의 질감에 무심코 아리안에게 물어봤지만, 그녀도 선박에 관해서는 잘 모르는지 고개를 갸웃거리고 신음했다.

"으음~~ 나도 배는 별로 자세히 알지 못해서……. 하지만 배의 내구도를 높이는 데 드래곤의 비늘을 쓴다는 얘기를 듣기는 했어요."

그렇게 말하면서 아리안은 정박해 있는 범선 리브벨타호를 다시 보았다.

배의 장갑에 드래곤의 소재를 사용하다니, 몹시 판타지적인 느낌이 넘치는 사양에 무심코 아크도 정박해 있는 범선을 뚫어지라 바라보았다.

드래곤의 비늘이 어느 정도의 방어력을 자랑하는지 몰라도, 말하자면 이 범선은 장갑함이다.

이 위치에서는 멀어서 별로 또렷하지는 않지만, 갑판에 늘어선 몇 문의 대포를 보건대 교역상선이라기보다는 교역전함이라고 일컫는 게 어울리리라.

본래 철이나 강철 따위를 사용한 장갑함은 적의 대포가 쏘는 작약 포탄에 대항하여 진화했다고 기억하는데, 저 장갑은 대체 무엇을 상정한 무장일까.

이전에 지저호의 범선에 탑재된 대포를 봤을 때 아리안의 말투를 통해 추측하건대, 인간족은 작약 포탄은커녕 대포조차 아직 제대로 제조하지 못하는 인상이었지만……

그렇다면 바다 위에는 저 정도의 방비가 필요해지는 다른 위협이 있다는 건가——.

아크가 그런 생각에 잠겨 있자, 갑자기 아리안이 어깨를 두드려서 돌아보았다.

"슬슬 돌아가죠. 그렇게 이곳에서 안 봐도 내일은 질리도록 가까이서 볼 수 있을 테니까."

아리안의 말에 고개를 끄덕인 아크는 항구에 정박한 교역전함 리브벨타호를 뒤돌아보았다.

지금은 복잡한 생각을 하지 말고 얌전하게 내일 항해를 생각하며 들뜬 마음에 조용히 몸을 맡기도록 하자.

지금의 걱정은 소풍이라도 앞둔 듯한 이런 기분으로 과연 오늘 밤에 잠자리에 들 수 있을지다.

제2장 파브나하 대왕국

이튿날 이른 아침. 아직 하늘은 짙은 남색이었고, 바다에서 세차게 부는 바람을 탄 채 흘러오는 바다 안개로 랜드프리아의 항구는 연기가 엷게 낀 듯한 모습을 보여주었다.

주변에 자욱이 낀 습한 바다 안개 속을 눈앞에 정박한 범선 리브벨타호의 선원으로 보이는 남자들이 출항 준비로 바쁘게 돌아다녔다.

그런 가운데 약간 흥분한 기색이랄까, 여행길을 앞두고 고양감을 느끼는 이는 아크와 치요메 둘뿐인 듯했다. 아리안과 폰타는 잠에 취한 눈을 비비면서 하품을 참고 있었다.

그리고 여행의 또 다른 동행자인 고에몬은 오늘도 변함없이 단련된 상반신을 드러낸 채 팔짱을 끼고 조용히 항구 앞에 펼쳐진 바다를 바라보며 우두커니 서 있었다.

"설마 건물 내에 물건을 싣고 오르내리는 장치가 있으리라고는 생각지도 못했습니다. 확실히 그 장치라면 지상과 지하 항구에서의 물자 반출입이 편하겠네요."

치요메는 뒤쪽에 우뚝 솟은 항만시설의 건물 내에서 움직이는 이들에게 시선을 돌리며 감탄한 목소리를 내뱉었다.

치요메가 지적한 그 승강 설비는 지상과 지하를 잇는 항만시설 내에 있던 장치다. 원래 세계에서는 엘리베이터나 리프트 등으로 불리는 것이다.

그러나 그 원리는 기계적인 것이 아니라, 마법적인 작용으로 움직이는 듯해서 약간 SF 같았다.

"엘프족의 마을은 편리한 게 정말 많군."

"……그래요? 그거 다행이네……요."

아크도 치요메의 그 의견에 동의하고 고개를 끄덕이자, 옆에 선 아리안이 건성으로 맞장구를 쳤다.

하얗고 긴 머리가 바닷바람에 나부꼈고, 아리안은 옅은 자주 색 피부가 엿보이는 앞가슴을 누르며 몸을 부르르 떨었다.

낮에는 따뜻한 계절일 테지만, 아침의 항구는 꽤 쌀쌀하리라.

그렇게 잠이 부족한 기색을 보이는 아리안 옆을 자주색 피부 를 가진 다크엘프족의 남자들이 놀려대는 것처럼 휘파람을 불 면서 지나갔다.

출항 전의 어수선한 항구에서 라라토이아에서는 별로 볼 수 없었던 아리안의 동족인 다크엘프족이 눈에 많이 띄었다. 그 이유는 역시 단순히 육체 노동인 선원의 적성이 평범한 엘프족 보다 높기 때문일까.

남쪽 대륙 출신일 수인계의 종족들도 대체로 체격이 뛰어난 자들이 많아 보였다.

그런 강인한 선원들 사이를 헤치며 일행에게 성큼성큼 다가 온 한 명의 남자가 넉살 좋은 미소를 띤 채 큰 소리로 인사했 다. 다크엘프족으로 보이는 남자의 햇빛에 그은 피부는 아리안 처럼 아름다운 옅은 자주색 피부가 아니라, 잿빛을 띤 자주색

이어서 좀 더 '다크엘프족'이라는 인상이 강했다.

육체를 되찾은 아크의 갈색 피부와 조금 비슷한지도 모르겠다.

"자네들이 장로님이 말한 승객인가? 난 이 리브벨타호의 선장을 맡고 있네. 이제 곧 출항이니까 얼른 올라타게! 갑판에 있어도 괜찮지만, 출항 작업은 방해하지 말게나!"

눈앞에 정박한 거대 교역전함의 선장이라고 밝힌 다크엘프족의 거한은 그 말만 남기더니, 벌써 용건을 마쳤다는 듯이 큰 걸음으로 발길을 돌렸다.

그러나 도중에 뭔가를 떠올린 것처럼 돌아보고, 일행을 가리키며 선내의 행동에 경고하였다.

"너무 까다롭게 굴 마음은 없지만, 아래층 뒤쪽의 선창에는 접근하지 말게! 얌전히 배를 타고 여행하는 기분으로 있으면, 내일 아침에는 맞은편 프리마스에 도착할 테니까! 다음에 보세!"

이번에는 정말 볼일을 끝냈으리라. 선장은 주위 선원들에게 지시를 내리듯이 소리치면서, 교역전함 리브벨타호를 타러 갔다.

아리안도 한 번 크게 기지개를 켠 후 그 뒤를 쫓듯이 걸음을 옮겼고, 치요메와 고에몬도 등의 짐을 고쳐 메더니 잔달음으로 따랐다.

그러나 아크는 선장이 떠날 때 했던 말에 정신이 팔린 나머지, 무심코 그 자리에서 굳어버렸다.

"저기, 아크? 빨리 안 타면 우리를 이대로 남겨두고 떠날 거예요!"

뒤를 돌아본 아리안이 아크의 행동을 의아하게 여기며 말을 걸었다.

그러나 아크는 조금 전에 들은 선장의 충격적인 말에 아리안에게 질문으로 되물었다.

"아리안 양, 아까 선장의 말이 사실이오!?"

아크의 약간 갈피를 잡을 수 없는 그 물음에 아리안이 더욱 고개를 갸웃거리고 머리에 의문부호를 띄웠다.

"아니, 방금 선장이 내일 아침에는 맞은편 항구에 도착한다고 말하지 않았소!?"

아크가 선장에게 들은 예상치도 못한 말——기대했던 배 여행이 겨우 하루 만에 끝난다는 사실이었지만, 그 점을 아리안에게 따지자 그녀는 이상하다는 얼굴로 치요메를 보았다.

"일찍 도착하는데 더 바랄 게 있어요? 발이 닿지 않는 바다 위의 배에서 며칠씩이나 지낼 필요도 없으니까 오히려 기뻐할 일이죠. 안 그래요, 치요메 양?"

아리안이 동의를 구하는 말에 치요메도 작게 고개를 끄덕였다.

"확실히 발밑이 불안정한 바다에서 머무는 날이 줄어드는 건 솔직히 고마운 일이네요. 다만 제가 놀란 부분은 남쪽 대륙까지의 거리가 의외로 가까웠다는 사실입니다."

치요메가 순순히 놀라는 모습에 아리안은 항구에 정박한 리브벨타호를 올려다보고 주석을 달 듯이 입을 열었다.

"이곳에서 남쪽 대륙을 하루 만에 갈 수 있는 이유는 앞으로 탈 배가 리브벨타호이기 때문이에요. 인간족이 가진 일반적인 배라면 나흘은 걸린다고 하죠."

뭔가 조금 우쭐대듯이 말하는 아리안의 이야기를 들으면서, 아크도 정박한 교역전함을 올려다보았다.

아리안의 이야기가 진짜라면, 이 배는 인간족의 범선보다 단순 계산으로 네 배의 속도를 낼 수 있다는 셈이다.

*붉은 혜성도 뛰어넘는 수준이다…….

그러나 한창 그런 대화를 나누던 와중에 리브벨타호의 선상에 높은 종소리가 울려 퍼졌다.

그 소리에 반응한 아리안이 당황한 모습으로 짐을 고쳐 메고 배를 향해 잰걸음을 옮겼다.

"아크, 출항 전 종소리에요! 얼른 가지 않으면 정말로 못 타게 돼요! 서둘러요!"

"! 알겠소!" "쿵!"

아리안의 말에 아크도 허둥지둥 대답하고 짐을 고쳐 멘 후 배로 움직였다. 그런 가운데 고에몬이 보이지 않아서 주위에 시선을 돌리자, 그는 이미 갑판 위에서 일행을 내려다보고 있었다.

역시 닌자라고 해야 할까—— 거구에 걸맞지 않게 행동이 재빠르다.

일행이 선상에 오르자, 곧바로 뱃전에 걸친 다리를 내린 선원들은 갑판을 분주하게 돌아다니기 시작했다.

잠시 후 간격을 크게 두고 울려 퍼지는 유독 높은 종소리를 신호로, 거대한 교역전함 리브벨타호가 안벽에서 천천히 멀어졌다. 일행은 선원들을 방해하지 않도록 뱃머리 부근의 갑판에서 눈 아래의 물보라를 일으키는 바다를 내려다보았다.

아크는 부두에 있는 이들이 선상의 선원들에게 손을 흔드는 모습을 바라보았다. 그러면서 선상의 뒤쪽을 살짝 올려다보듯

---

*건담 시리즈의 캐릭터 샤아 아즈나블의 별명. 그의 전용기가 다른 자쿠보다 세 배 빠르다는 설정이 유명하다.

이 시선을 돌리고 위화감에 고개를 갸웃거렸다.

"아리안 양. ……이 범선은 돛을 펴지 않은 채 가고 있소만?"

그 위화감의 정체를 그대로 내뱉은 아크는 무심코 자신이 한 말의 의미를 깨닫고 놀랐다.

"리브벨타호는 마도선(魔道船)이에요. 지하 항구는 바람이 불지 않으니까, 먼 바다로 나갈 때까지는 마도력을 써서 가는 게 아닐까요?"

치요메도 바람을 사용하지 않고 나아가는 범선의 움직임에 놀란 눈빛으로 돛대 위에 접힌 돛을 올려다보았다. 그러나 아리안은 아무렇지도 않은 듯이 말하더니, 뱃전의 가장자리에 허리를 기대었다.

요컨대 이 교역전함에는 동력이 실려 있고, 추진기관이 존재한다는 뜻이다.

출항 전에 선장이 출입금지 경고를 내린, 아래층 뒤쪽에 있다는 선창은 아마 기관실에 해당하는 장소이리라.

인간족에게 마도선의 기술이 보급되지 않은 점을 헤아리면, 출입금지는 기밀유지의 측면도 있다는 것일까.

"아리안 양은 이 배가 움직이는 구조를 파악하고 있소?"

아크가 왠지 호기심이 생겨 리브벨타호의 동력 구조를 아리안에게 물어보자, 그녀는 허리를 기댄 뱃전에 체중을 실어 등을 젖혔다. 그리고 해수면에 상반신을 내놓으며 건성으로 대답했다.

"몰라요. 난 기술자가 아니니까, 자세한 구조는 알지 못해요."

몸을 뒤로 젖힌 채 하늘을 바라보는 아리안의 커다란 가슴이 파도에 흔들리는 배에 맞추어 똑같이 흔들렸다.

아크는 그 풍만한 가슴이 흔들리는 모습을 곁눈질하며 턱을 쓰다듬었다.

아리안의 말처럼 기술자도 아닌 자에게 동력 구조를 물어봐도 자세한 설명은 못하겠지.

마찬가지로 차가 엔진으로 움직인다는 사실을 알지만, 정작 엔진이 어떤 구조로 움직이는지 설명할 수 있는 사람은 적다.

추진기관을 탑재한 범선이라면 인간족의 배보다 네 배 빠르다는 점도 수긍이 간다.

기대했던 배 여행이 하루 만에 끝난다는 것은 유감스럽지만, 신천지인 남쪽 대륙에 그만큼 빨리 건너갈 수 있다고 생각하면 그도 나쁘지 않은 이야기일까.

아크는 그렇게 자신을 타이르며 납득했다.

"돛을 펼쳐라아!!"

그때 선미에서 바람을 타고 희미한 목소리와 함께 규칙적인 종소리가 울리자, 세 개의 돛대에 접혀진 돛이 순서대로 펼쳐졌다.

아무래도 항구에서 어느덧 크게 멀어진 마도선 리브벨타호는 몇 개의 작은 섬과 암초가 떠 있는 먼바다로 나온 듯하다.

흔들흔들 속도를 높인 배는 파도를 가르듯이 작은 섬과 암초 지대를 빠져나가려 했다.

그러나 다음 순간, 선상에 매우 소란스럽게 경종 소리가 울려 퍼지면서 주위가 조금 분주해졌다.

그 소리에 몸을 일으킨 아리안이 비스듬히 배의 후방으로 시선을 던졌다.

"해적선일지도 모르겠네요……."

세차게 불어오는 바닷바람에 하얀 머리를 나부끼는 아리안의 황금색 눈동자가 가늘어졌다.

아리안이 응시하는 전방—— 앞바다에 떠 있는 작은 섬의 그늘에서 이제 막 모습을 드러낸 두 척의 배를 일행이 자리 잡은 뱃머리 근처의 갑판에서도 확인할 수 있었다.

"해적도 나타나나……."

여기는 랜드프리아의 항구를 떠나고 나서 아직 별로 멀지 않은 장소다. 아크는 그런 곳에서 해적의 습격을 받아 놀라기는 했지만, 동시에 해적이 제정신인지 의심스러웠다.

이쪽 배와 나란히 달리듯이 항해하는 해적선은 리브벨타호 전체 길이의 절반도 되지 않는다.

덤으로 리브벨타호는 용의 비늘을 쓴 장갑함이지만, 상대인 해적선은 어떻게 보아도 평범한 목조 범선에 불과하다. 더구나 배의 속도도 리브벨타호보다 느린 게 뚜렷하게 보였다.

의기양양하게 매복했다가 모습을 나타내기는 했지만, 서서히 배의 거리가 멀어지기 시작했다.

"엘프족의 조선술을 노리는 인간족 국가가 해적을 가장한다는 말을 들었는데……. 저 상태라면 가만히 내버려 둬도 괜찮겠네요."

아리안도 해적의 이야기는 들은 적이 있는 눈치였지만, 서로의 차이가 명백한 모습을 보더니 힘을 빼듯이 어깨를 으쓱였다.

이만한 조선기술이라면 어느 나라든 갖고 싶어 하리라.

해적선은 엘프족의 배와는 비교할 바도 못 되지만, 그래도 한낱 해적이 소유하기에는 조금 도를 뛰어넘었다는 점은 분명하다.

그 사실은 랜드발트의 항구에 정박했던 많은 배를 통해 어느 정도 유추할 수 있었다.

아크가 그런 생각에 잠기자, 느닷없이 두 발의 굉음이 선상에 울려 퍼졌다.

갑판 중앙 부근에 갖춰진 편현(片舷)의 대포 두 문이 해적선을 향해 발사된 것이다.

리브벨타호가 파도를 헤치는 소리에 더해 어딘지 바람을 가르는 소리가 멀어졌고, 다음 순간—— 해적선 근처에서 폭발이 일어났다.

한 발은 바다 위에서 물기둥이 솟아오르게 했고, 또 한 발은 멋지게 해적선의 돛대를 중간부터 부러뜨리는 데 성공했다. 해적들이 혼란에 빠진 소리가 먼 곳에서도 들려왔다.

해상 전투에서 금속제 포탄을 쏘아댈 뿐인 대포전은 파도의 영향도 받으므로 거의 명중시키기가 어렵다는 말을 들은 기억이 있다.

그러나 발사하는 탄이 작약 포탄이라면 약간 조준이 빗나가도 폭발 범위에서 명중시키는 일은 가능하다.

저 포탄은 호반 내란 때도 사용된 『버스트 볼』과 비슷한 종류이리라.

순식간에 항해 능력을 잃은 해적선을 향해 다른 한 척이 구조를 위해서인지 속도를 늦추고 뱃머리를 돌렸다.

그런 두 척의 해적선을 내버려 두고 속도를 높인 리브벨타호는 거리를 벌리기 시작했다.

"인간족의 해적선을 상대로 편현 열 문의 '마나 캐논'은 과잉전력이군⋯⋯."

아크가 해상 전투를 바라보면서 중얼거린 혼잣말에 아리안이 대답해주었다.

"저건 애당초 마수 영격용이지, 해적선을 가라앉히려는 무기가 아니에요."

"놀랍군, 그렇단 말인가."

아리안의 말을 들었을 때 비로소 바다에도 마수가 존재한다는 생각에 이르렀다. 초원이나 숲에 많이 서식하는 마수가 바다에는 없지 않을 것이다.

푸르고 드넓은 바다는 떠오르는 아침 햇빛을 받아 하얗게 빛났고, 반짝이는 파도가 아크의 시야를 좁혔다.

손으로 가림막을 만든 아크는 눈을 가늘게 뜨며 앞에 펼쳐진 바다와 하늘을 둘러보았다. 그러나 광대한 대해의 파도에는 리브벨타호를 위협할 만한 존재를 확인할 수 없었다.

육지에는 ^{거대 바위 개구리}그랜드 드래곤이나 드래곤 로드 같은 존재가 있었는데, 바다에는 교역용 범선을 전함으로 교체할 필요를 느낄 만큼의 마수가 존재한다는 뜻이다.

바다의 가장 유명한 괴물이라면── 역시 그걸까?

"바다에서 저 정도의 화력으로 영격할 필요가 있는 마수란 대체 어떤 녀석이오?"

아크는 모든 게 순조로운 배 여행의 경치를 즐기면서, 옆에 선 아리안에게 그런 질문을 던졌다.

그 이야기에 흥미를 느꼈는지, 고에몬도 머리에 달린 고양이 귀를 쫑긋 세웠다.

대포로 영격할 수준이라면 표적으로서는 상당히 커다란 몸집일 터다.

아크의 질문에 대답한 이는 갑판에서 바다를 들여다보던 치요메였다.

"이 남앙해의 유명하면서도 위험한 마수 중 으뜸은 역시 크라켄이겠죠. 실물을 본 적은 없습니다만, 배 한 척을 삼킬 정도의 거대한 생물이라더군요. 더구나 몸통이 없고 머리에는 무수한 촉수가 달려 있다니…… 정말 어떻게 생겼을까요?"

푸르고 투명한 눈동자를 바다 저편으로 향하면서, 치요메는 아직 한 번도 보지 못한 마수의 모습을 상상하듯이 뱃전에 팔꿈치를 괴며 고개를 갸웃거렸다.

치요메는 평소에 별로 감정을 드러내지 않았다. 그러나 이번에는 배를 타고 가는 첫 여행이라서 들뜨기도 했는지, 숨길 수 없는 감정이 흔들거리는 꼬리에 나타났다.

아크는 그런 치요메의 모습을 시야에 담고 나서, 그녀가 말한 이 세계의 크라켄을 머릿속으로 재현하더니 고개를 갸웃거렸다.

"배 한 척에 맞먹을 크기와 머리에 달린 무수한 촉수……."

크라켄이라는 말을 듣고 제일 먼저 떠오르는 모습은 거대한 오징어나 문어 같은 연체 동물이다.

그러나 조금 전 치요메가 소문으로 들었다는 마수의 특징은 아크가 상상하는 크라켄과 어딘지 어긋나는 느낌이다.

——오징어 눈부터 그 윗부분 전체를 머리라고 이해한다면, 머리에 무수한 촉수가 달려 있다는 묘사는 딱히 잘못된 이미지는 아닌 걸까.

아크는 자신이 탄 리브벨타호와 동등한 크기의 크라켄이 배를 덮치는 장면을 떠올리면서, 너무나 압도적인 괴수의 모습에 고개를 가로저으며 그 상상을 떨쳐냈다.

만약 이 배에 필적하는 크기라면, 전체 길이는 100m라는 말이 된다.

"그다지 장비를 충실히 갖추지 않은 인간족의 배가 크라켄에게 습격당하면 잠시도 못 버티겠군."

대포로 무장하더라도 맞설 수 있을지 어떨지 의심스러울 지경이다. 따라서 대포 기술이 없다고 여겨지는 인간족은 대포를 대신할 원거리 공격수단을 얻지 못하면, 크라켄을 마주친 시점에서 외통수에 몰릴 가능성이 크다.

그 예측에 치요메가 아크를 올려다보고 천천히 이야기 하나를 꺼냈다.

"크라켄의 이름이 일약 유명해진 원인은 제국이 현재처럼 동서로 분열된 계기가 된 대륙원정 때문입니다. 당시 제국은 남쪽 대륙을 자국령으로 삼기 위해 대규모 선단을 꾸려서 남쪽으로 원정을 떠난 모양이지만, 크라켄에 의해 모조리 괴멸되었다고 합니다."

아크는 이전에 치요메가 들려준 초대 한조가 '인심일족'을 일으킬 즈음하여 제국의 권위가 한때 실추된 동안 암약했다는 이야기를 떠올렸다.

그 이야기를 들었을 때는 로덴 왕국의 왕도에서 에츠아트 상회를 습격하기 전이었던가.

초대 한조의 그 암약으로 말미암아 차기 황제의 자리를 둘러싸고 파벌 다툼이 격화되어 제국은 오늘날같이 동서로 분열을 초래했다는 내용이었다.

"호오, 일전에 치요메 양이 말한 얘기에서 초대 한조 님이 제국밀정으로부터 지금의 일족을 빼내고자 벌였다는 공작——그 계기가 된 게 제국의 남쪽 대륙원정 실패라는 거요?"

찾아낸 기억을 더듬으면서 아크가 치요메에게 시선을 돌리자, 그녀는 고개를 끄덕였다.

"네, 대규모 선단을 편성한 원정은 두 번에 걸쳐 이루어졌지만, 전부 거의 괴멸하는 끔찍한 일을 겪으면서 당시 황제의 권위가 실추되었다고 들었습니다."

선단이 어느 정도의 규모였는지는 몰라도, 배 한 척조차 싸지 않다는 점은 안다.

남쪽 대륙으로 원정을 떠나 제국의 위신을 넓히려는 노림수가 두 번이나 선단이 괴멸하는 사태에 이르면, 권위를 실추시키기에는 충분한 사건이었으리라.

제국 분열의 계기를 만든 근본 원인이 바다의 대표적인 마수 크라켄이라니…….

그건 그렇고——.

"두 번이나 선단이 크라켄의 습격을 받다니, 그 황제도 어지간히 운이 따르지 않았나 보군……."

약간 동정을 금할 수 없는 황제에 대한 말이었지만, 그게 아니라며 고개를 가로저은 이는 줄곧 잠자코 이야기를 듣던 아리안이었다.

"크라켄은 해수면에 무리를 이룬 그림자를 먹이로 착각하고 해저에서 올라와요. 선단을 꾸리고 크라켄이 서식하는 해역으로 들어가면 눈 깜짝할 사이에 물고기 밥이 되죠. 그래서 이 바다를 건널 때 배는 한 척으로 항해하는 게 상식이에요."

"……그렇군요, 그런 이유가 있었습니까."

아리안은 한숨을 내뱉듯이 어깨를 으쓱였고, 치요메와 고에몬은 새로이 알게 된 이야기였는지 관심을 보이며 고개를 끄덕였다.

아크도 그런 반응을 따르는 것처럼 맞장구를 쳤다.

해수면을 미끄러지는 배의 그림자가 크라켄에게는 평소부터 잡아먹는 먹이인 대형 물고기의 그림자로 비치는 모양이다. 따라서 인간족이 타는 배보다 큰 이 배는 단독 항해하는 평범한 배에 비해 노려지기 쉽다는 느낌이 든다.

아크가 그런 걱정을 아리안에게 묻자, 고개를 갸웃거린 그녀는 뱃전에서 바다로 시선을 옮겼다.

"자세히는 모르겠지만, 빠른 속도로 피하지 않을까요? 더구나 인간족의 배는 해수면에 올라온 크라켄에게 대처할 수 없으니까 이 배보다 더 위험해요——."

아리안이 한창 설명을 하는 가운데, 그동안 투구에서 기분 좋게 바닷바람에 꼬리를 흔들던 폰타가 벌떡 일어나더니 뭔가를 경계하듯이 짖어댔다.

"큥! 큥!"

그러자 그 소리를 신호로 삼은 것처럼 선상에서 요란한 종소리가 울려 퍼졌다.

가장 높은 돛대의 꼭대기 부근에서 망을 보는 엘프족 선원이 전방을 가리키며 어딘지 고함치는 듯한 몸짓을 취했다.

잠시 후 배 전체에 설치된 전성관(傳聲管)으로 보이는 금속관 하나에서 남자의 목소리가 경계를 재촉하듯이 울렸다.

《우전방, 크라켄 성체!! 반복한다, 우전방, 크라켄 성체!!》

곧이어 곳곳에 지시를 내리는 목소리가 울렸고, 선상은 시끄러운 분위기에 휩싸였다. 그러나 선원들의 동작에는 허둥대는 모습이 없었고, 오히려 재빠르게 움직여 역할을 맡는 듯했다.

아크와 치요메도 이야기로 거론한 크라켄의 실물을 볼 수 있다며, 뱃머리 갑판에서 우전방의 바다로 시선을 고정하고 눈앞에 펼쳐진 대해를 주시했다.

그러나 아무리 바라보아도 푸른 하늘과 바다만 펼쳐져 있을 뿐 그럴싸한 모습을 찾을 수 없었다.

"내 눈에 크라켄은 비치지 않는데…… 치요메 양은 어디 있는지 알겠소?"

아크는 뱃전에서 살짝 몸을 내밀었지만 전혀 눈에 띄지 않기 때문에, 옆에 서서 똑같이 바다를 응시하는 치요메에게 말을 걸었다.

"아뇨, 저도 안 보입니다."

그러나 치요메의 반응도 아크와 마찬가지여서 작게 고개를 가로저었다.

고에몬 역시 그 험상궂은 눈매를 더욱 찌푸렸지만, 바다에서 문제의 마수를 찾아내지 못하는 듯했다.

그때 배가 갑작스럽게 왼쪽으로 키를 꺾었는지, 갑판이 약간 비스듬히 기울어 바람을 받은 돛이 펄럭펄럭 커다란 소리를 내었다.

아크가 선상을 둘러보자 엘프족 선원과 승객들은 하나같이 우전방으로 시선을 돌렸지만, 다른 수인계 승객들은 크라켄을 찾아 시선을 사방으로 보냈다.

혹시나 싶었던 아크가 옆에 있는 아리안에게 눈길을 옮기자, 그녀는 얼굴에 살짝 미소를 머금고 고개를 끄덕인 후 다시 바다를 뚫어지라 보았다.

"아크도 눈치챘어요? 크라켄 성체는 이따금 해상에 나타나지만, 주변 풍경을 집어삼키는 마법으로 모습을 감춰요. 그 때문에 이 거리에서는 보통은 찾지 못해요. 엘프족처럼 마나를 보는 힘으로 마법을 간파하지 않으면, 해상에 떠오른 크라켄을 발견할 수 없어요."

아리안의 말을 듣고 아크도 우전방의 바다를 노려보았다.

아크도 일단은 엘프족의 마나를 보는 능력을 조금이나마 가진 듯했다. 그러나 아무래도 그 능력은 엘프족은 물론이고 마나를 보는 힘이 비교적 약하다는 다크엘프족보다 낮은 것 같았다.

거리가 너무 먼 걸까. 아크의 눈에는 아무리 기다려도 푸른 바다밖에 비치지 않았다.

"풍경과 동화하면 자칫하다가는 다가와도 습격을 받기 전까지 알아차리지 못하겠군……."

아크가 자신의 감상을 늘어놓으면서 크라켄의 경이적인 능력에 경악했다.

"크라켄에 그런 능력이⋯⋯."

그 말에 치요메도 솔직하게 놀람을 드러냈다.

주변 풍경을 집어삼키고 동화하는 능력은 요컨대 광학미채다.

오징어나 문어는 몸의 표면을 변화시켜서 보호색을 두르는 능력이 알려졌지만, 이 세계의 크라켄은 외계인도 소스라치게 놀랄 광학미채 능력을 가진 하이테크 생물인 듯하다.

아니, 마나를 보는 능력으로 그 존재를 확인할 수 있다는 말은 광학미채가 마법적인 힘에 의해 실현된다는 의미이니 매지컬 생물이라고 하는 편이 옳은 걸까.

"해수면에 올라오는 이유는 알려지지 않았지만, 풍경과 동화한 크라켄을 미리 찾아낼 수 있는 이는 엘프 종족뿐이에요. 이번 크라켄은 상당히 크네요. 바다 위에 산이 튀어나온 것 같아요⋯⋯."

아리안은 조금 우쭐대듯이 말하면서도 다른 일행에게 보이지 않는 크라켄의 거대한 크기에 두 눈을 휘둥그레 뜨는 시늉을 했다.

아크는 대해양에 펼쳐진 장관을 눈앞에서 직접 볼 수 없다는 사실에 약간 분한 마음도 들었지만, 안전한 항해가 으뜸이라며 한숨을 내쉬고 뱃전에 턱을 괴었다.

기분 탓인지 다른 수인계 승객들도 아쉽다는 표정으로 각자 선내로 돌아갔다.

"⋯⋯크라켄은 쫓아오지는 않소?"

그 모습을 곁눈질하면서 아크가 멍하니 바다를 바라보고 물었다.

그러나 아리안은 근처의 선체를 탁탁 두드리며 가슴을 젖혔다.

"리브벨타호의 속도라면 크라켄 성체는 쫓아오지 못해요. 이 배를 쫓아올 수 있는 마수는 크라켄 유체 정도겠죠. 마주치는 일은 좀처럼 없는 모양이지만——."

아리안이 하던 말을 미처 끝내지 못했을 때 투구 위에 있던 폰타가 살짝 반응을 보이며 몸을 움직였다. 다음 순간, 배에 커다란 충격이 전해졌고, 투구에 달라붙은 폰타가 조금 미끄러졌다.

"쿵!"

"무슨 일이지!?"

아크는 폰타를 원래 자리로 밀어 올리면서 주위를 살폈다. 고에몬은 잽싸게 그 이변을 알아차렸는지, 시선을 선미로 돌리고 엄중하게 지켜보았다.

그때 선미에서 누군가가 고함을 질렀다.

"선미 좌현에 크라켄 유체가 따라붙었다!!"

그 목소리에 반응한 듯이 갑판에 있던 이들의 움직임이 한순간 멈췄다.

곧이어—— 선내에 메아리친 소리는 마수에게 습격을 당했다는 비명이 아니라, 환희에 가까운 포효였다.

"핫하아!! 녀석들아, 선미로 서둘러!!!"

"웃샤아!! 늦은 놈 몫은 없어진다!!!"

"기다렸다아, 크라켄!!!"

그처럼 두드러진 반응을 나타낸 자들은 아까 아쉽다는 표정을 지으며 선내로 돌아갔던 수인계 종족이다. 저마다 손에 무기를 들고 쏜살같이 선미로 달렸다.

그 모습은 바겐세일을 하는 날의 백화점 개점 때를 보는 듯한 환각을 일으켰다.

반대로 평소와 다름없다――라고 할지 그런 그들을 조금 난감해하고 이해할 수 없다는 것처럼 엘프족의 선원과 승객들이 바라보았다.

그러나 두 종족의 공통점을 말한다면, 본래는 바다에서 두려워하는 마수의 습격일 텐데 어느 쪽이나 비장감을 찾아볼 수 없다는 사실이리라.

"뭔가 축제의 예감이 드는데……!? 어디, 나도 끼어들어 볼까?"

혼잣말을 내뱉은 아크는 『칼라드볼그』를 뽑고 선미로 달려갔다. 그리고 그 뒤를 따라 고에몬도 양손에 낀 토시를 맞부딪친 후 쫓아갔다.

이윽고 아크가 선미 갑판에 이르자, 그곳은 무기를 손에 든 수인들이 10m 이상은 될 법한 거대한 오징어에게 떼지어 모여 무기를 내리치는 지옥도였다.

저게 크라켄의 유체인 듯싶었지만, 그래도 그 크기는 충분히 박력이 넘쳤다.

그러나 무기를 들고 몰려든 다수의 체격 좋은 수인들 때문에, 소에게 달라붙는 피라니아 무리 같은 광경이 눈앞에 펼쳐졌다.

다만 역시 바다의 마수라고 할까, 그 강인한 크라켄의 다리에 날아가서 갑판에 내동댕이쳐지는 자들도 많이 보였다.

그런데도 애당초 몸이 튼튼한지, 코피를 닦으면서 다시 무기

를 손에 들고 크라켄에게 뛰어가는 모습은 늠름하다고 해야 하리라.

그러는 가운데 한 명의 낭인족(狼人族)으로 여겨지는 남자가 크라켄의 두꺼운 다리 하나를 잘라서 떨어뜨리더니 그 다리를 하늘 높이 치켜들고 우렁차게 외쳤다.

마침 그 뒤에서 크라켄의 긴 촉수팔이 낭인족 남자를 덮치려 했다. 그 모습을 발견한 아크가 반응하는 것보다 한순간 빨리 옆을 빠져나가는 커다란 그림자가 시야에서 스쳐 지나갔다.

그 그림자는 조금 전까지 나란히 달리던 고에몬이다.

고에몬은 습격을 받을 뻔한 낭인족 남자를 한쪽 팔로 쉽게 갑판에 넘어뜨려 몸을 구부리게 했다. 그러자 한 박자 늦게 크라켄의 촉수팔이 허공을 가르는 둔탁한 소리를 울렸다.

촉수팔은 굉음과 함께 공격을 헛손질하며 죽 뻗었다. 아크도 고에몬에 뒤질세라 단숨에 간격을 좁히고, 손에 든 검으로 촉수팔을 쳐올리듯이 베어냈다.

유체라고는 해도 몸길이 10m를 넘는 거구인 만큼 확실한 반응을 팔로 느끼는 가운데, 유달리 두꺼운 촉수팔이 판자를 댄 갑판에 둔탁한 소리를 내며 떨어졌다.

"방심하지 마시오."

"더, 덕분에 살았소, 형씨들."

고에몬이 넘어뜨렸을 때 갑판에 부딪쳤으리라, 아크는 이마가 빨갛게 부은 낭인족 남자에게 말을 걸며 검에 묻은 바닷물을 떨쳐냈다.

아크가 갑판에서 일어난 고에몬과 시선이 마주치자, 그는 입가에 조용한 미소를 머금고 묵묵히 주먹을 내질렀다. 아크도 무언으로 대답하며 똑같이 주먹을 맞대었다.

그때 전방에서 환호성이 터져 나와 시선을 앞으로 돌렸더니, 그곳에는 이미 다 죽어가는 크라켄을 둘러싸고 승리의 함성을 올리는 수인종족들이 보였다.

"의외로 허무했군……."

검을 검집에 넣으면서 그 광경을 바라보자, 방금 구해준 낭인족이 아크가 잘라낸 촉수팔을 품고 다가왔다.

"이건 형씨 몫이오! 어떡하겠소?"

낭인족 남자는 무겁다는 듯이 촉수팔을 아크에게 들어 올렸다.

모두 기뻐하는 모습도 그렇고, 대응도 그렇고, 역시 목적은 그걸까?

"이 크라켄은 먹는 건가?"

마수 크라켄이라고 해도 거대한 오징어다. 쓸 곳은 그 정도밖에 떠오르지 않았다.

그리고 그 짐작은 아무래도 맞는 듯싶었다.

"물론이지! 신선한 지금이라면 소금을 쳐서 날것으로도 먹을 수 있을걸? 그다음은 말린 포지! 구워서 먹으면 이게 술안주로 딱이거든!"

"큐큐~웅☆" "……."

그 남자의 말에 반응한 이는 투구 위의 폰타와 뜻밖에도 고에몬이었다.

고에몬은 묵묵히 날카로운 눈빛을 크라켄의 촉수팔에 고정해서, 곰곰이 검사하는 것처럼 보이기도 했다.

아크가 그런 고에몬과 함께 크라켄을 어떻게 먹는지 낭인족 남자의 강좌를 듣자, 뒤늦게 아리안과 치요메가 다가왔다.

아크가 손에 넣은 촉수팔을 들어 보이며 먹을지 어떨지를 묻자 둘은 다른 반응을 보였다.

제일 먼저 고개를 거칠게 가로젓고 뒤로 물러난 이는 아리안이었다.

반면에 치요메는 고에몬과 마찬가지로 한걸음 나와서 흥미진진하다는 얼굴로 꼬리를 세웠다.

그때 투구를 탁탁 치며 항의를 나타낸 이는 평소처럼 폰타였다.

"알고 있다. 폰타 몫도 충분하니까 안심해라."

"큥!"

그런 의사소통을 나눈 후, 아크와 고에몬 그리고 치요메는 조금 전의 낭인족 남자가 알려준 대로 말린 포로 만들러 가기로 했다.

다른 부위를 둘러싸고 쟁탈전을 벌이던 자들도 매듭이 지어졌는지, 넓은 갑판에서는 저마다 해체작업과 동시에 가공작업으로 들어갔다.

10m나 되는 거구는 순식간에 모습을 감추었다. 그리고 지금은 리브벨타호의 돛을 떠받치는 삭구(索具)에 크라켄의 토막이 대량으로 매달려서, 국기를 나부끼는 듯한 모습이 되었다.

한편 말린 포란, 말하자면 온종일 바람에 말린 오징어다.

바닷물로 씻어서 점액을 없애고 말리기 쉬운 크기로 잘라서 표면이 마를 때까지 놔두면 완성이다. 상당히 간단한 제작 방법이었지만, 바닷바람에 나부끼는 모습을 보자 군침이 돌았다.

오징어를 구워서 먹는다면 간장과 일본술을 곁들이고 싶은데, 공교롭게도 엘프족 마을에서도 본 적이 없다.

지금은 분에 넘치는 소리를 하지 말자——.

아크는 크라켄의 말린 토막을 올려다보는 폰타와 치요메의 꼬리가 어우러지듯이 좌우로 흔들리는 모습에 흐뭇해져서 자신의 짐을 가까이 끌어당겼다.

안에서 물통을 꺼낸 아크는 오늘 아침에 담아온 로드 크라운 기슭의 온천물을 짚 빨대를 사용해 빨아올렸다. 그리고 짐자루에서 어제 랜드프리아에서 산 종이 묶음과 필기구를 꺼냈다.

크라켄의 말린 포가 만들어질 때까지는 조금 시간이 있었다.

아크는 갑판에 책상다리로 앉아 종이 묶음의 첫 장을 넘겼다.

"흐음, 역시 투구가 걸리적거리는군……."

혼잣말을 내뱉은 아크가 투구를 벗어서 옆에 내려놓고 필기구—— 흑탄 막대기를 조금 뾰족하게 깎은 원시적인 연필을 쥐고 종이에 끄적였다.

윤곽선을 가볍게 잡고 나서 대강의 형태를 묘사하듯이 종이에 선을 덧그렸다.

이렇게 그림을 그리는 것도 오랜만이군—— 아크는 그런 생각을 하면서 사생 대상인 갑판 풍경에 시선을 맞추었다.

폰타와 치요메는 뱃전에서 바다를 바라보며 꼬리를 흔들었고, 고에몬은 뱃머리 끝에서 팔짱을 낀 자세로 우뚝 서서 배의 진로를 주시했다.

아크가 그런 풍경에 눈을 가늘게 뜨고 열중하여 선을 그려 넣자, 갑자기 옆에서 아리안이 종이에 그려진 그림을 들여다보며 감탄한 목소리를 냈다.

"아크, 그림도 그렸어요? 꽤 잘 그리네요."

"그렇소? 뭐, 걸음마를 뗀 수준이지만 말이오."

아크는 아리안에게 대답하면서 문득 옛날 일을 떠올렸다.

옛날부터 뜻밖에 미술은 잘하는 편이었는데, 몇 번 전람회에 작품을 출품한 적도 있었다.

그게 언제쯤이었을까—— 어떤 반 여자아이가 자신의 그림을 보고 칭찬해 주었지만, 아크는 굳이 말하자면 그 여자아이의 그림이 분위기가 있고 잘 그렸다는 생각을 했다.

결국 전람회에 출품된 작품은 아크의 그림이었고, 어쩐지 그 여자아이에게 미안한 마음이 들었던 기억이 났다.

그 여자아이는 지금쯤 뭘 하고 있을까?

그런 쓸데없는 생각에 잠기자, 갑자기 시선을 가리듯이 아리안의 얼굴이 크게 눈동자에 들어왔다.

"아크, 왜 그래요?"

다크엘프족 특유의 황금색 눈동자가 아크를 살펴보듯이 고정되어 있었다.

아무래도 육체가 돌아온 상태에서는 망향의 심정이랄까, 평소에는 의식하지 않는 어두운 감정이 겉으로 나오는 모양이다.

아크는 고개를 가볍게 가로젓고 바다 냄새가 나는 바닷바람을 가슴에 힘껏 들이마시듯이 심호흡을 했다.

그리고 시선을 아리안의 커다란 앞가슴에 옮긴 후 기분을 바꾸었다.

"아니―― 아리안 양의 살짝 벌어진 앞가슴이 햇볕에 그을리지 않을까 싶어서――."

거기까지 말한 순간, 뺨이 새빨개진 아리안이 아크의 얼굴에 손찌검을 날렸다.

"괜한 걱정을 했네요."

아리안은 앞가슴을 감추듯이 팔짱을 끼고 고개를 홱 돌렸다.

아리안의 손찌검이 뜻밖에도 콧등을 세게 때려서 눈가에 눈물이 맺혔다.

아크는 이런 상태로 오징어구이를 간장에 찍어 먹고 일본술을 들이키면, 자신이 감정을 제어할 수 있을지 의심스러워서 약간 커다란 한숨을 내뱉었다.

아크는 크라켄의 여러 토막이 깃발처럼 나부끼는 모습을 올려다보았다. 그리고 오늘 밤 즈음에는 만들어질 크라켄구이의 맛을 상상하며 기대했다. 자신이 그런 감정을 느낀다는 것은 좋은 경향이리라.

지금은 그저―― 그렇게 생각하기로 했다.

그렇게 태양이 수평선으로 기울고 대해가 석양빛으로 붉게 물들 무렵, 크라켄의 말린 포를 만들던 자들이 저마다 삭구에 널어놓은 토막들을 일제히 거두어들였다.

슬슬 적당한 시기이리라. 아크도 그들을 따라 자기 몫의 말린 포 한 가닥을 삭구에서 떼어내어 표면의 감촉을 확인하듯이 만듦새를 보았다.

선상을 스치는 바닷바람을 맞아 먹기 좋게 표면이 말랐는지,

반들반들하고 탄력적인 촉감, 조금 오그라든 토막이 마른 오징어의 완성 상태를 알려주었다.

"흐음, 먹음직스럽게 말랐군."

손에 든 말린 포를 석양빛에 비추고 고개를 끄덕이자, 옆에서 아리안이 말을 걸었다.

"……그거, 정말 먹을 생각이에요?"

아리안은 낮에 본 거대 연체동물 크라켄의 모습을 떠올렸는지, 아크가 손에 든 말린 포에 시선을 던지면서 얼굴을 찌푸렸다. 아크는 아리안의 반응에 쓴웃음을 지었다.

아리안이 사는 마을은 비교적 내륙에 위치해서, 해산물에는 별로 익숙하지 않은지도 모른다.

그러는 아크도 마른오징어를 먹어본 적은 있지만, 말린 크라켄을 먹어본 적은 없다. 그 때문에 이것만큼은 직접 먹고 자신의 혀로 확인해야 하리라.

"나도 크라켄을 먹는 건 처음이지만, 한번 먹어볼 수밖에 없겠지."

아크가 주위에 시선을 돌리자, 어느새 갑판에는 어디선가 가져온 화덕이 늘어섰다. 그리고 그 위에서 꼬챙이에 끼운 말린 포를 굽기 시작하고 있었다.

선내에서는 술통을 껴안은 자들도 잇따라 나타나 갑판은 연회장의 분위기로 바뀌었다.

그러나 자세히 보면 말린 포를 떠들썩하게 굽는 이들은 치요메와 고에몬 같은 수인계 종족뿐이다. 반면에 엘프족의 모습은 거의 없다. 식문화의 차이일까.

완성된 말린 포는 거대한 촉수팔 한 개의 절반쯤을 가공하여 만들어서 엄청난 양이었다. 그처럼 삭구에서 내리는 데도 고생할 정도의 말린 포를 치요메와 고에몬의 도움으로 그럭저럭 죄다 거두어들였다.

이만한 양을 과연 전부 먹을 수 있을까.

그러려면 우선 맛을 봐야 한다.

"그럼 얼른 맛을 보기로 할까."

"큥!"

아크의 말에 기다렸다는 듯이 폰타가 투구 위에서 짖었다.

근처에 남은 화덕을 빌려온 아크가 크라켄의 말린 포를 꼬챙이에 꿰어서 굽자, 무척 구수한 냄새가 피어올랐다.

"상당히 맛있을 것 같은 냄새가 나네요……."

치요메가 눌은 자국이 나는 말린 포를 들여다보며 긴 꼬리를 흔들었다. 그 옆에서 무서운 얼굴로 고에몬이 고개를 끄덕이고 동의했다.

반면에 아리안은 구수한 냄새는 허용하는 눈치였지만, 원래 소재의 모습이 머릿속에 어른거리는지 미간을 찌푸리며 복잡한 표정을 지었다. 그러면서 말린 포를 굽는 과정을 멀리서 지켜보았다.

아크는 물통에 넣은 온천물을 머금었다. 그리고 육체를 되돌린 후 투구를 벗고 다 구워지기를 기다렸다.

마침 잘 구워진 꼬치 세 개를 집어서 치요메와 고에몬에게 건네고, 나머지 한 개를 폰타 앞에 두었다.

그리고 또 한 개의 꼬치를 들고 아리안에게 시선을 보냈지만, 아무래도 그녀는 먹지 않겠다는 결정을 내린 모양이다. 고개를 가로젓고 거절의 뜻을 나타냈다.

"그럼 아리안 양한테는 미안하지만, 실례하겠소……."

아크는 갓구운 크라켄의 말린 포를 베어 물고 씹으면서 맛을 확인했다.

코에서 빠져나가는 그 맛은 틀림없는 구운 오징어다. 약간 눋도록 구운 향기로운 오징어구이를 정신없이 잔뜩 입에 넣자, 치요메와 고에몬도 아크를 따라 손에 든 꼬치를 베어 물었다.

먹는 순간, 둘 다 살짝 눈을 휘둥그레 뜨고 꼬리를 세우더니, 게걸들린 듯이 꼬치 한 개를 뚝딱 먹어치웠다.

아무래도 치요메와 고에몬은 몹시 마음에 든 듯하다.

눈 깜짝할 사이에 다 먹어버린 치요메는 남아 있는 말린 포를 힐끔거렸다. 그 모습에 아크는 말린 포를 추가로 꼬챙이에 꿰어서 또 구웠다.

발밑에서는 마법으로 바람을 일으킨 폰타가 첫 번째 뜨거운 말린 포를 식히고 나서, 얼마나 뜨거운지 확인하려고 혀로 날름날름 핥는 모습이 보였다.

두 번째 꼬치가 구워진 정도를 지켜보는 가운데, 치요메가 아크와 근처의 말린 포 사이에서 흘끗흘끗 시선을 헤매었다. 아크는 치요메에게 말을 거는 듯한 눈길을 던지며 입을 열었다.

"좀 더 기다려주시오. 눋도록 구워야 맛있으니까……."

아크의 말에 고양이 귀를 쫑긋 세운 치요메가 허둥지둥하는 몸짓으로 고개를 가로저었다.

"아, 아닙니다, 아크 님! 이건 그게 아니라, 저기, 긴히 상담하고 싶은 일이……."

보통은 냉정하고 침착한 치요메가 조금 초조한 표정으로 아크의 생각을 부정하더니, 뭔가 난감하다는 얼굴로 그런 말을 꺼냈다.

아크는 그 반응에 고개를 끄덕이며 치요메를 재촉했다.

"돈을 드릴 테니 크라켄의 말린 포를 몇 개쯤 주실 수 없겠습니까?"

치요메의 예상치 못한 말에 아크는 그녀를 물끄러미 바라보았다.

푸르고 투명한 눈은 진지했다. 그러나 평소와는 달리 뺨을 살짝 붉게 물들인 모습은 어딘가 나이에 걸맞은 소녀 같아서 아크는 무심코 입꼬리를 올렸다.

옆에 앉은 고에몬도 그런 치요메의 모습이 신기한지, 먹던 손을 멈추고 시선을 그녀에게 향했다.

"주고 말고 할 것 없이, 이건 나와 고에몬 공이 올린 성과요. 따라서 몇 개가 아니라 절반은 고에몬 공의 몫이니 좋을 대로 가져가도 전혀 상관없소만? 그보다 치요메 양은 어지간히 크라켄을 말린 포가 마음에 든 모양이군."

아크가 조금 웃자, 치요메는 시선을 근처의 꼬치구이에 떨어뜨리고 살며시 뺨을 긁적였다.

"이토록 맛있는 음식은 평소에는 좀처럼 입에 댈 수 없어서……. 더구나 제 마음에 든 맛이라면, 오라버니도 분명 똑같으리라 싶어서 선물로 주고 싶었습니다."

"호오, 치요메 양에게 오라버니가 있소?"

아크는 그동안 치요메로부터 가족의 이야기를 들은 적이 없었기 때문에 의외라고 생각해서 되물었다.

아리안도 대화 내용에 관심이 생겼는지, 살짝 반응하며 뾰족한 귀를 쫑긋 세웠다.

아크의 질문에 치요메는 작게 고개를 가로젓고 입을 열었다.

"아뇨, 오라버니라고 해도 동문 사형입니다. 지금은 여섯 닌자의 한 명인 사스케라는 이름을 받았습니다."

눈꼬리를 내린 치요메는 조금 먼 하늘을 내다보며 완전히 해가 진 허공을 응시했다.

고에몬은 말린 포를 다 먹고 남은 나무 꼬챙이를 입에 문 채묵묵히 치요메의 말에 귀를 기울였다.

그 이름은 들은 기억이 난다. 숨겨진 마을을 찾아갔을 무렵에 치요메가 22대 한조와 말을 주고받을 때였나—— 행방을 알 수 없다는 대화를 나누었다.

달과 별만 빛나는 어둠 속에 놓인 화덕은 희미한 불빛을 일렁였고, 치요메의 푸른 눈동자에는 확실하게는 알 수 없지만 괴로워하는 심정이 떠오른 듯이 보였다.

아크는 치요메의 그런 눈빛을 보자마자, 사스케의 행방을 묻던 그녀의 모습을 떠올리고 턱을 쓰다듬었다.

우연히 듣게 되었을 뿐인 데다, 치요메는 딱히 사정을 말해 줄 것 같지 않았다. 그래서 아크는 너무 자세히 묻기도 꺼려져서, 애매하게 맞장구를 치고 흘려 넘겼다.

"말린 포는 꽤 많이 있으니까, 항구에 도착하고 나서 일단 어딘가에 맡기도록 하지."

아리안은 먹을 마음이 전혀 없는 듯했고, 개인이 소비하는 데도 한계가 있다. 더구나 앞으로 남쪽 대륙을 여행하는 상황에서 이 많은 양을 갖고 다니면 몹시 귀찮아지리라.

장거리 전이마법인 【게이트】가 어느 정도의 거리를 이동할 수 있는지 실험도 겸해서, 말린 포를 직접 치요메의 숨겨진 마을로 옮기는 일도 검토해 둘까.

말린 포의 절반을 숨겨진 마을에 주더라도 여전히 상당한 양이 남는다. 나머지는 두드리고 얇게 펴서 건조시킨 다음 크라켄 튀김으로 만들면 맛있을지도 모른다.

몰래 만든 크라켄 튀김을 아리안에게 먹여보는 것도 한 재미일 수도 있겠군.

아크가 그런 유쾌한 상상을 하자, 옆에서 아리안의 뚫어질 듯한 시선이 꽂혔다.

표정이 없는 해골 몸이라도 아크의 미묘한 감정을 알아차리는 아리안이다. 따라서 육체를 가진 상태로 방심한다면 당장 아크의 의도를 짐작할 게 틀림없다.

아크는 될수록 아무렇지 않은 모습을 꾸미면서, 꼬챙이에 꿴 말린 포를 굽는 작업에 집중하고 마음속의 사념을 떨쳐내기로 했다. 평상심이다, 평상심.

이튿날 이른 아침. 좁은 선실의 딱딱한 바닥에서 갑옷을 걸친 채 잠들었던 아크는 갑자기 얼굴 주위에서 커다란 털뭉치가 곰실곰실 움직이는 감촉에 눈을 떴다.

아무래도 아크의 가슴에서 몸을 둥글게 말고 자던 폰타가 파도에 흔들리는 장단에 맞춰 굴러온 모양이다.

뭔가 입을 우물우물하며 행복한 얼굴로 잠꼬대하는 폰타의 목덜미를 붙잡아 옆으로 밀었다.

그러나 폰타는 그 때문에 잠을 깼는지, 허공에 내놓은 팔다리를 바둥거렸다. 몸을 홱 뒤집은 폰타가 자신을 붙잡은 아크의 팔에 매달렸다.

"큥!"

"으, 일어났냐? 폰타."

아크는 팔을 타고 어깨로 올라오는 폰타에게 말을 걸면서 좁은 선실을 둘러보았다.

선내에 갖춰진 둥근 창문으로는 바깥의 빛이 희미하게 쏟아져서, 살풍경한 선실 내부를 어렴풋이 비추었다.

좁은 실내의 양옆에는 관을 포갠 듯한 침대 몇 개를 설치하였고 좁은 통로로 나뉘었다. 마침 남아 있던 선실이었는지, 실내에는 아크와 폰타 그리고 벽에 등을 기댄 자세로 앉은 채 눈을 감은 고에몬만 보였다.

다만 고에몬의 그 모습은 잠들었다기보다는 어딘가 도를 깨우치기 위해 명상하는 수도승 같은 분위기다. 그런 꼴로 자면 피로가 풀릴 수 있을까?

뭐, 그렇게 따지면 자신도 급한 사태에 대비하고자 갑옷을 입은 상태로 바닥을 굴러다녔으니 딱히 사돈 남 말 할 처지는 안 되겠지만.

일단 배가 지금 어느 주변을 항해하는지 잠시 바깥을 보러 가기로 하자.

아크는 자느라 비뚤어진 투구를 손으로 바로잡으면서, 머리를 부딪칠 듯한 문을 열고 선실에서 나왔다.

아크는 이따금 파도로 흔들리는 선내에서 구르지 않도록, 벽에 손을 짚으며 갑판으로 올라갔다. 돛이 펄럭이는 갑판 위에서 하늘로 시선을 향하자, 날이 밝으면서 파란색으로 물들어갔다.

아크가 시선을 돌려 배의 진행 방향에서 오른쪽 바다로 옮기자, 그곳에는 짙게 남은 어둠 속에서 벽처럼 이어지는 검은 육지가 보였다.

육지는 아직 어둡고 그 모습을 뚜렷하게 볼 수 없었다. 그러나 지금 보이는 육지는 절벽이어서, 배를 대고 내릴 만한 장소가 아닌 듯했다.

"호오, 벌써 남대륙 가까이 와 있었나……."

아크가 새까맣게 이어지는 대륙을 바라보면서 혼잣말을 내뱉자, 산야의 민족 남자 한 명이 곁으로 다가와 가벼운 말투로 말을 걸었다.

"배 위에서까지 갑옷을 걸치다니 당신도 별나구만. 그런데 남쪽 대륙에 있는 파브나하는 처음이오?"

치요메와 똑같은 묘인족으로 여겨지는 그 남자는 약간 하품을 섞어 말하며 기지개를 켠 뒤 뱃전에 턱을 괴고 아크를 올려다보았다.

아크는 조용히 고개를 끄덕이고 그 남자를 바라보았다.

"산야의 민족이 일으켰다는 나라에 흥미가 있어서 말이오……. 그리고 남쪽 대륙에 있다는 향신료와 토마토가 이번 여행의 주된 목적이지."

아크의 대답에 그 묘인족 남자는 이상하다는 얼굴로 쳐다보았다.

"산야의 민족이라니…… 그게 뭐요? 파브나하 대왕국을 일으킨 종족은 우리 수인족인데?"

묘인족 남자의 말에 이번에는 아크가 의아하다는 표정을 지을 차례였다.

"? 당신들 같은 종족을 수인이라고 부르는 호칭은 북쪽에서는 경멸하는 뜻인데 남쪽은 다른가?"

이전에 치요메로부터 그들처럼 짐승 귀와 꼬리를 특징으로 갖는 종족을 북쪽 대륙의 인간족이 경멸하는 의미로 '수인'이라 부르지만, 자신들은 '산야의 민족'이라 자칭한다는 이야기를 들었다.

아크가 그 사실을 말하자, 묘인족 남자는 뭔가 떠올린 듯한 얼굴로 손뼉을 치며 고개를 끄덕였다.

"아아, 그러고 보니 북쪽에서는 그렇게 부르지 않는다고 했었나. 남쪽에서는 옛날에 저마다의 종족이 따로 살았는데, 파브나하 초대왕이 '수인족'으로 모아 나라를 만들었지."

남자의 말투는 어딘가 자랑스러워하는 듯했고, 그 호칭에 어두운 감정은 전혀 없었다.

아무래도 지역이——이 경우는 대륙이지만——다르면 상식도 바뀌는 모양이다.

"게다가 남쪽에서는 인간족을 못 본 녀석들이 대부분이니까."

"호오, 그런가. 남쪽 대륙에는 수인족뿐이고 인간족은 없는 거요?"

아크는 남자에게 맞장구를 치면서 다시 이야기를 재촉하자, 그 남자는 살짝 쓴웃음을 짓는 듯한 표정으로 입을 열었다.

"파브나하 서쪽에 펼쳐진 두 개의 대평원에 인간족이 지배하는 토지라면 있지. 뭐, 녀석들이 남쪽 땅에 쳐들어 왔으니까 지금의 파브나하가 생겨났지만……."

이야기하는 묘인족 남자의 얼굴에서 인간족을 향한 적개심은 별로 느껴지지 않았다.

묘인족 남자의 말이 사실이라면, 개인차는 있어도 보통은 좀 더 인간족에 대해 생각하는 바가 다를 법하지만. 아크가 그 점을 묘인족 남자에게 묻자, 그는 웃으면서 고개를 가로저었다.

"인간족은 평원이 펼쳐진 토지에 성벽을 쌓고, 거기에서 나오지 않는다는 뜻이네. 게다가 성벽 바깥의 평원에는 무용에 뛰어난 수인 부족이 살고 있지. 그들을 억누른다 해도 우리 수인족이 세운 파브나하의 정예병은 인간족 병사에게 뒤처지지 않으니까 말일세!"

묘인족 남자는 자랑스러운 듯이 가슴을 젖혔다.

아무래도 바다를 낀 남쪽 땅에서는 북쪽과는 반대로 수인들이 지상의 패자인 모양이다.

문득 숨겨진 마을 사람들을 남쪽 땅으로 이주시키는 편이 모든 문제를 원만히 해결할 듯한 기분이 들었지만, 그야말로 외부인인 아크가 의견을 낼 일도 아니리라.

그들의 이야기를 듣건대 숨겨진 마을은 그곳 한군데만이 아닌 듯했다. 또한 치요메가 속한 '인심일족'이 활동하는 이유는 인간족의 노예로 잡혀간 동포를 해방하기 위해서인데, 그 일도 아직 완수하지 못한 상태다.

긴 역사 속에서 벌어진 문제가 하루아침에 해결될 리도 없다.

앞으로 향할 파브나하라는 산야의 민족이 쌓아 올린 나라를 치요메와 고에몬이 보고, 그 인상을 어떤 식으로 마을에 전할까—— 그 때문에 그들은 이곳에 있는 것이리라.

그런 생각에 잠긴 아크는 갑자기 뒤에서 갑판이 묘하게 떠들썩해지는 기척을 느꼈다. 아크가 뒤돌아보자 아리안이 자는 사이에 뻗친 머리카락을 신경 쓰면서 갑판으로 올라오는 광경이 눈에 띄었다.

승선했을 때부터도 그랬지만 선상에 여성의 모습이 적은 탓도 있어서인지, 주위 남자들의 시선이 금방 일어난 풍만한 몸을 가진 아리안에게 모여들었다.

아리안은 그런 시선을 아는지 모르는지, 좁은 선실에서 굳은 몸을 풀기 위해 움직였다. 그러자 그 동작을 따라 여성스러운 부위가 출렁출렁 흔들려서 주위의 시선이 더욱 집중되었다.

"아리안 양, 잘 잤소."

아크는 주위의 시선에는 별로 개의치 않으면서 자신에게는 거칠게 항의하는 아리안이 조금 불공평하다는 느낌도 들었다. 이른바 츤데레라는 성격일까.

그러나 새삼 떠올려도 아리안이 딱히 살갑게 군 기억은 없었다.

"아크, 잘 잤어요? 선실 침대는 왜 이렇게 자기 힘들까…….덕분에 온몸이 너무 쑤시네요."

아리안은 그렇게 중얼거리면서 허리를 문지르고 한숨을 내뱉었다. 아크가 그런 아리안에게 말을 걸려고 하자, 갑자기 선상이 조금 전보다 소란스러워지며 모두의 시선이 한 방향으로 향했다.

그 시선을 더듬듯이 아크도 눈길을 돌리자, 뱃머리 오른쪽 전방에는 아침 해를 받아 반짝이는 바다 앞 육지에 여러 건물이 줄지어 늘어선 도시가 시야에 들어왔다.

"드디어 프리마스에 도착이군요."

치요메는 어느새 아크 옆에 서서 바다색과 동일한 푸른 눈동자를 파도 너머로 보이는 도시를 향해 똑바로 고정하며 말했다. 선상을 스쳐 지나가는 바닷바람에 검은 고양이 귀를 살짝 흔들었고, 반짝이는 파도에 눈을 가늘게 떴다. 어젯밤의 우울한 모습은 보이지 않았다.

곧이어 느릿한 동작으로 고에몬이 나타나 치요메의 뒤에 섰다. 아크는 자신이 이것저것 마음을 쓸 일도 아닌가 싶어서 한숨을 내쉬고, 아침놀에 비친 도시를 바라보았다.

마침내 남쪽 대륙에 상륙한다.

제2.5장 치요메와 사스케

남쪽 대륙으로 향하는 엘프족 소유의 마도선 리브벨타호는 달빛에 비춰진 파도 위를 물보라를 일으키면서 미끄러지듯이 나아갔다.

인간족의 범선보다 거대한 배였지만, 여러 구획으로 나뉜 내부 선실은 그 정도로 크지 않았다. 좁은 선실에 설치된 침대는 공간을 유효하게 활용하려는 듯이 3단으로 겹쳐져 있었다.

그러나 고정된 3단 침대에는 잠든 자의 모습이 별로 많지 않았다.

그도 그럴 것이 적은 여성 승객에게 배정된 이 선실에는 치요메와 아리안 외에 몇 명의 엘프족과 수인족이 자리를 차지할 뿐이었고, 침대에는 짐이 대신 놓여 있었다.

아리안도 이미 잠들었는지, 얇은 모포를 뒤집어쓰고 좁은 침대에서 미간을 찌푸리며 잤다.

이따금 동행자인 아크에게 불평하는 듯한 잠꼬대를 중얼거리며 몸을 뒤척였다.

모두가 조용히 잠든 선실 속에서 벽에 달린 둥근 창문을 통해 희미한 달빛이 내부로 흘러들었다.

그 달빛을 가리듯이 머리의 삼각형 귀를 세운 한 소녀가 창문

너머로 보이는 평온하고 어두운 밤바다를 들여다보았다.

떠들어대듯이 시시각각 형태를 바꾸고 파도를 치는 밤바다 경치에 치요메는 일찍이 마을에서 수행하던 어린 시절이 떠올랐다. 밤의 숲에 숨어드는 수련을 할 때 본 새까맣고 수런거리는 나무들이 눈에 어른거렸다.

치요메가 어렸을 무렵, 나이는 다섯 살쯤이었을까—— 그녀가 아직 여섯 닌자의 '치요메'라는 이름을 받지 않고 부모에게 얻은 이름인 미아라고 불렸을 적이다.

인심일족에 들어가서 얼마 되지 않았을 시기의 치요메는 울보에다 남보다 갑절이나 서투른 소녀였다.

일족에 소속된 어린아이 대부분이 수련을 쌓는 마을.

그 마을 근처의 숲에 하룻밤 숨어서 익숙해지기 위한 수련에서는 바람에 우는 나무들의 통곡과 짐승이 짖는 소리가 멀리서 메아리쳤다—— 그런 소리에 겁을 먹고 덤불 속에 몸을 감춘 채 숨을 죽이며 눈물에 젖은 눈동자로 밤의 숲을 올려다보았다. 오로지 시간이 지나기만을 빌었다.

수련을 지도하는 어른들이 감독하므로 충분히 안전이 확보된 수련이었지만 어렸을 적의 치요메—— 미아에게는 무섭고 괴로웠다.

결국 그 날은 하룻밤 내내 긴장한 탓에 하늘이 밝아졌을 무렵에는 초췌해서 정신을 잃었다.

그럼에도 미아에게 닌자가 된다는 것은 양보할 수 없는 목표였다.

그러던 어느 날, 미아는 수리검 던지기 수련을 다른 또래들과 함께하고 있었다.

멀리 떨어진 지면에 세워둔 풀과 짚으로 만든 허수아비를 찌르고 별 모양의 금속제 수리검을 던지는 투척 수련.

다들 어리면서도 어린아이의 손에는 무거운 그 수리검을 과녁에 던져 맞혔다.

미아도 다른 아이들을 따라 수리검을 손가락으로 집어서 머리 위에 높이 치켜들고 있는 힘껏 내던졌다.

그러나 수리검은 똑바로 날아가기는커녕, 팔을 휘둘러 내린 눈앞의 지면을 때리듯이 굴렀다.

그러자 그 모습을 보던 주위 아이들이 일제히 웃음을 터뜨렸다.

"하하하, 미아 진짜 못한다!!"

"어디다 던지는 거야!? 제대로 앞 좀 보라고!"

주변에서 일어나는 시끄러운 웃음소리에 미아의 눈시울이 뜨거워지고 눈앞의── 지면 위에 구른 수리검이 부옇게 보였다.

"우웃, 우으웃──!"

놀림을 받은 사실이 분하기도 했지만, 미아는 한심한 자신이 원망스러워서 눈물을 흘렸다.

미아의 양친은 인간족에게 길러진 노예였다.

가혹한 노동에 끌려나갔던 부친은 몸을 망가뜨리고 병으로 쓰러져 죽었다.

모친은 인심일족의 노예해방 작전 때 함께 도망칠 수 있었지만, 미아가 운이 나쁘게 인간족의 추격자에게 잡힐 뻔한 순간에 몸을 던져 감싸고 죽었다.

그러나 인간족의 박해를 받아 편모 가정이 되거나 미아와 마찬가지로 천애고아가 된 아이들은 이 마을에 흘러넘쳤다.

미아가 인심일족의 문을 두드린 이유는 인간족을 향한 복수심뿐만은 아니다.

자신이 일찍이 그랬듯이 똑같은 처지에 놓인 이를 한 명이라도 많이 구하고 싶었다. 그에 더해 몸소 싸우는 방법을 익혀 자신의 몸을 지킬 수 있을 만큼 강해지기를 바랐다.

쇠사슬에서 풀려나 달아날 때 자신이 싸울 수단을 갖추었다면 모친을 잃는 일은 없지 않았을까—— 후회하는 심정과 스스로를 용서하지 못하는 마음이 그녀를 지금 이 자리에 세웠다.

미아는 흘러내리는 눈물을 필사적으로 닦으면서, 지면에 구른 수리검을 주워 다시 과녁을 향해 던졌다.

그러나 이번에는 과녁보다 꽤 앞쪽에 떨어져 튀어 오르면서 굴러갔다—— 그 모습을 보던 주위의 아이들이 또 일제히 웃음을 터뜨렸다.

그때 미아가 쓰던 과녁을 겨냥하여 세 개의 수리검이 허공을 가르고 한복판에 잇달아 꽂혔다. 그 곡예에 놀라 아이들의 웃음소리가 뚝 그쳤다.

조용해진 훈련장 뒤에서 걸어오는 한 명의 소년에게 자연히 주위의 시선이 모였다.

나이는 미아보다 두세 살쯤 위이리라. 부드러운 미소를 띤 얼굴에 미아처럼 검은 머리 색을 가진 묘인족 소년은 품에서 다시 세 개의 수리검을 꺼내더니, 흐르는 듯한 가벼운 동작으로 과녁에 던졌다.

하나하나 다른 궤적으로 허공을 갈랐고, 또 다른 과녁의 한복판에 빨려 들어갔다.

"남을 비웃는 너희는 다들 나보다 잘할까?"

미소 띤 얼굴로 미아 옆에 선 이는 마을에서 로우라고 불리는 유명한 소년이었다. 체술에 뛰어나고 어린데도 어른들을 웃도는 실력을 지닌 소년은 모두에게 인정받는 존재였지만, 미아와는 이때까지 별로 일면식이 없었다.

"봐봐."

로우는 지면에 구른 미아의 수리검을 주워 올리더니, 그녀의 눈앞에서 가볍게 팔을 뻗어 던졌다. 그러고는 방금 박힌 세 개의 수리검을 튕겨내고 과녁 한복판에 꽂았다.

미아는 눈가에 눈물을 맺으면서도, 얼굴을 들어 필사적으로 소년의 동작을 시선으로 좇았다.

"과녁에 던져서 맞히려 하지 말고, 과녁을 향해 손을 뻗는 감각이야."

로우가 돌아보고 미아에게 웃어 보였다.

미아는 로우의 말에 눈가를 비비고 고개를 끄덕이더니, 수리검 한 개를 꺼내어 그의 동작을 머릿속에서 되새기며 던졌다.

그러자 조금 전까지 과녁을 스치지도 못했던 수리검이 과녁을 박은 말뚝에 파고들 듯이 꽂혔다. 그 장면에 놀란 표정을 지은 미아가 로우에게 시선을 돌렸다.

로우는 만면에 미소를 띠고 고개를 끄덕였다.

"하면 할 수 있잖아. 이번에는 좀 더 위를 쥐는 느낌으로 해."

미아가 다시 품에서 여러 개의 수리검을 꺼내자, 로우는 그녀의 손바닥에 수리검을 올리고 과녁을 가리켜 보였다.

고개를 끄덕인 미아는 과녁을 응시하며 수리검을 거머쥐었다.

그 둘의 모습을 조용히 지켜보던 다른 아이들은 자신들도 수리검을 던지는 방법에 대해 진지한 눈빛으로 몰두하기 시작했다.

그렇게 수련을 거듭한 미아는 해 질 녘에는 조금 고르지는 않았어도 수리검을 제대로 과녁에 맞힐 수 있게 되었다.

"오늘은 이쯤 해야 하지 않을까?"

숨을 헐떡이며 팔을 올리지 못하게 된 미아의 옆에서 로우가 미소를 띤 얼굴로 중얼거렸다.

미아는 그런 로우를 올려다보면서 이상하다는 얼굴로 물었다.

"……왜 나한테 가르쳐주는 거야?"

그것은 순수한 의문이었다.

로우는 어른들로부터도 인정받고 이미 아이들 사이에서의 실력은 발군이어서 실행부대까지 들어가게 되었다. 미아는 그런 로우가 낙오자인 자신을 보살펴주는 이유를 짐작할 수 없었다.

"너도 나처럼 부모님을 잃은 처지이니까, 도와주고 싶었던 걸까?"

머리를 갸웃거리면서 미소를 짓는 로우에게 미아는 고개를 가로저었다.

이 마을에는 미아와 마찬가지로 부모님을 잃은 아이들은 적지 않다. 미아 자신이 그게 이유가 아니라는 사실을 잘 알았다.

미아는 그 커다란 푸른 눈동자를 로우에게 똑바로 향하고 다시 물었다.

"어째서……?"

미아의 그런 의외의—— 아니, 생각했던 대로 고집스러운 태도에 로우는 쓴웃음을 지었다.

"너는 나하고 같아—— 자신의 의지로 이 마을에 들어왔다고 들었어……. 일족 누군가를 따라서 들어온 게 아니야. 넌 풀려난 그 날 소리쳤지?"

그 말은 사실이었다.

풀려난 날, 유일한 혈육인 어머니를 잃은 날.

미아는 상처투성이의 몸과 울어서 부은 눈 그리고 오열이 섞인 목소리로, 자신을 구해준 인심일족에게 그 자리에서 외친 것이다.

"나를, 데려가. 모두…… 지켜내는 방법, 가르쳐줘!"

어린 미아는 나약한 자신에게 한탄하고, 힘없는 자신에게 분노를 느꼈다. 몸과 마음이 너덜너덜해진 상태에서도 눈물을 닦은 미아는 닌자 복장을 걸친 어른들을 올려다보았다.

"이 마을에서 수련하는 모두는 동문 제자야. 하지만 그중에서도 넌 누구보다 강해질 거야, 내가 보증할게. 그런데 넌—— 미아는 조금 서투른 듯하니 내가 보살펴줄게. 싫어?"

어깨를 으쓱여 보이고 웃는 로우에게 미아는 있는 힘껏 고개를 가로저었다.

그날부터 미아와 로우는 마을에서 같은 시간을 보내게 되었다.

로우는 임무로 자리를 비우는 일이 잦았지만, 돌아오면 미아를 찾아가서 그대로 수련을 도우며 지냈다.

실력이 뛰어난 로우에게서 직접 지도를 받은 까닭인지, 미아는 그 후 눈에 띄게 실력이 늘었다.

그리고 그런 미아를 보고 뒤처지지 않겠다면서 미아와 로우의 주위에는 늘 아이들이 넘쳐나게 되었다.

그리고 몇 년이 지난 어느 날 이른 아침.

혼자서 검을 수련하는 데 열중하던 미아에게 임무를 마치고 돌아온 로우가 나타났다.

"다녀왔어, 미아. 못 본 사이에 또 검 실력이 늘었구나."

수련에 매진하는 미아는 뒤에서 기척도 없이 모습을 드러낸 로우에게 깜짝 놀라 잽싸게 물러났지만, 그를 보자마자 기뻐하며 달려왔다.

"어서 와요, 오빠!"

그러나 도중에 뭔가를 깨달은 미아는 허둥지둥 그 자리에서 한쪽 무릎을 꿇고 머리를 숙였다.

"아, 아뇨, 실례했습니다! 여섯 닌자의 계승, 진심으로 경하드립니다. 사스케 님."

미아의 그런 태도에 로우—— 사스케는 한숨을 내뱉더니, 장난을 떠올린 듯한 미소를 입가에 띄운 후 눈앞에 보이는 미아의 검은 머리를 거칠게 쓰다듬었다.

"지금 돌아왔어, 미아."

"!? 후엣!!? 뭐, 뭐예요, 오빠!?"

당황한 미아는 매우 놀라서 눈앞의 오라버니—— 사모하는 자를 올려다보았다.

미아의 난감해하는 얼굴을 본 사스케는 조금 지나서 미소를 띠더니, 그녀로부터 시선을 떼어 다른 곳으로 고개를 돌렸다.

"여섯 닌자의 계승은 축하할 일만도 아닌데 말이야……. 정령결정 소유자의 자리가 비게 된 거니까."

로우의 말에 미아는 허겁지겁 또 머리를 숙였다.

"미, 미안해요, 오빠! 난 그런 뜻으로 말한 게——."

사스케는 어찌할 줄 몰라서 사죄의 말을 하는 사매에게 다시 시선을 떨어뜨리더니, 이번에는 부드럽게 늘어진 귀가 달린 머리를 다정하게 쓰다듬고 웃었다.

사스케는 미아가 스스로를 가리키는 호칭을 「나」라고 바꿨을 때의 기억을 떠올리고 살짝 눈을 가늘게 떴다.

수리검 던지기를 가르치고 얼마 지나지 않아서 치요메는 뭐든지 사스케를 따라 하게 되었다.

검을 휘두르는 법, 간격을 두는 법, 행동거지는 말할 것도 없고 말투까지 흉내 내기 시작했을 때는 사스케를 몹시 질리게 하였다.

"미안, 미안. 미아가 축하하는 말에 찬물을 끼얹었었구나. 다만 이 힘이 있었으면, 선대 사스케 님이 죽는 일은 없었겠다는 생각이 들어서……."

이번 대의 사스케가 된 로우는 쓸쓸한 듯이 웃었다.

"미안해, 스스로도 모순된다는 사실은 아는데 말이야……."

미아는 그런 사스케에게 뭔가 할 말을 필사적으로 찾았다.

그러나 사스케는 미아의 그 모습에 자신의 머리를 긁적이며 한 번 크게 숨을 내뱉고는 화제를 바꾸어 다시 미소를 띠었다.

"맞다, 미아. 정령과 계약한 내 힘을 보여줄게."

손바닥을 미아 앞에 내민 사스케는 뭔가에 집중하듯이 눈을 감았다.

곧이어 손바닥 중심에서 빛을 띤 듯한 회오리바람이 나타나자, 떨어진 나뭇잎이 휩쓸려 하늘 높이 날아올라 갔다. 그리고 공중에 흩날리던 나뭇잎이 두 조각으로 갈라졌다.

색을 입힌 듯한 일련의 바람의 흐름을 본 미아는 눈을 휘둥그레 뜨고 그 광경에 넋을 잃었다.

그것은 수인 종족 중에서 비교적 마력을 가진 묘인족이 고안해낸 인술의 초보 단계였지만, 거기에는 두 가지 성질이 있었다.

묘인족이 수련을 통해 익힐 수 있는 것이 마법을 기초로 삼는 인술이지만, 드물게도 정령과 친화성이 높은 자는 정령의 힘을 이용하여 인술을 쓴다.

그리고 여섯 닌자를 계승할 때 주어지는 『언약의 정령결정』은 자신과 친화성이 높은 정령을 불러내어 계약하고 체내에 융합시키는 보배인데, 평범한 마법사보다 강력한 힘을 다루게 해주는 물건이다.

사스케가 일으키는 바람의 인술은 정령의 힘으로 발현되었다.

그러나 보통은 옆에서 보고 그게 마법인지 정령마법인지 판단할 수는 없다.

정령이 힘을 나타낼 때 생기는 정령광(精靈光)이 눈에 보인다는 말은 요컨대 정령과의 친화성이 높음을 가리킨다.

미아는 사스케가 바람의 인술을 마력으로 능숙하게 다룬다는 사실을 잘 알고 있다. 그렇기에 사스케는 겉보기에는 평소와 다르지 않은 자신의 인술을 보고 미아가 맥빠진 얼굴을 보이길 기대한 것이다.

그러나 미아의 반응은 뜻밖이었다. 명백히 다른 존재를 바라보는 눈이었다.

그 사실에 놀란 사스케는 미아의 푸르고 투명한 눈을 들여다보았다.

"미아, 혹시 바람의 형태가 보이는 거니!?"

사스케의 말을 약간 이해 못한 미아는 한 번 고개를 끄덕였다가 갸웃거렸다.

"대단하잖아, 미아! 이게 보인다는 건 네가 정령과의 친화성이 높다는 뜻이야!"

사스케의 기세에 짓눌린 미아는 머리 위의 고양이 귀를 쫑긋쫑긋 움직이고 눈을 깜박거렸다.

그처럼 놀란 미아의 손을 붙잡고 사스케는 눈높이로 들어 올렸다.

"미아, 정령의 숨결이 느껴져?"

미아의 손바닥에서 엷은 빛을 뿜는 바람이 부드럽게 형태를 바꾸어 넘실거렸다. 이따금 빛 속에 강하게 빛나는 입자가 춤을 추었고, 미아는 자신의 손에 천천히 흘러들어오는 뭔가를 느꼈다.

그렇게 잠시 미아의 손을 잡았던 사스케가 손을 뗀 후 그녀의 눈동자를 들여다보았다.

그제야 미아는 사스케가 하려는 말이 무엇인지 깨닫고 자신의 손바닥에 의식을 집중시켰다.

아침 안개가 아직 나뭇잎 위에 남은 습한 공기 속에서, 미아는 방금 느낀 따뜻하고 부드러운 힘의 흐름을 좇아 주위로 정신을 집중하는 한편 귀를 꼿꼿이 세웠다.

깊고 조용히 새어 나오는 숨에 맞추듯이 어렴풋이 떠도는 뭔가가 미아에게 호응하는 것처럼 그녀의 손바닥에 모이기 시작했다.

눈부신 아침 해를 받아서인지, 더욱더 빛나는 그 작은 거품 같은 물방울이 미아의 손바닥 위에 뜬 채로 춤을 추듯이 커져 나갔다.

그 광경을 멍하니 바라보던 사스케는 이윽고 두 눈을 커다랗게 떴다.

"굉장해, 미아! 정령결정 없이도 정령을 불러낸 거 알아!? 또래 중에 정령을 부를 수 있게 된 건 네가 처음이 아닐까!? 이건 서둘러서 마을 어른한테―― 아니, 한조 님께 보고해야겠어."

사스케가 순수하게 미아를 축복하는 미소를 얼굴에 띠자, 기뻐진 그녀도 똑같이 미소를 지었다.

"이거라면 오빠의 힘이 될 수 있을까요?"

미아의 말에 사스케는 잠시 망설였지만, 눈치채이지 않도록 미소를 띠고 고개를 끄덕였다.

"그래, 이 힘을 수련하면 넌 분명 좀 더 마을에 도움이 될 거야. 하지만 절대 무리해서는 안 돼. 정령의 힘을 다루는 건 의외로 큰일이니까."

사스케는 미아에게 잘 알아듣도록 말하고 그녀의 손을 잡았다.

미아는 사스케의 행동을 이상하다는 듯이 바라보았지만, 씩씩하게 고개를 끄덕였다.

그로부터 얼마 지나지 않아 마을에 새로이 정령을 다룰 수 있게 된 미아의 화제가 순식간에 퍼져나갔다.

인심일족을 이끄는 한조도 정령을 부리는 인재를 얻기 힘들다는 사실을 이해해서, 임무로 사스케가 자리를 비우는 동안에도 여섯 닌자 중 누군가가 미아를 직접 가르치게 했다.

그리고 타고난 소질인지 정령을 다루는 인술의 요령을 익히자, 어른들을 놀라게 할 정도로 빠르게 미아의 실력은 확실한 수준으로 바뀌었다.

미아도 여섯 닌자에 오른 사스케를 쫓으려고, 지도를 받지 않을 때도 악착스럽게 정령의 힘을 능숙하게 다루는 수련에 빠져들었다.

그것이 치명적인 방심을 낳았다.

그날은 여섯 닌자 중 한 명인 츠보네로부터 수련을 하지 않는 대신 쉬라는 말을 들었다.

그러나 미아에게는 따르기 어려운 명령이었다.

정령을 이용한 수둔술(水遁術)을 익힌 미아는 마을 또래 중에서도 가장 빼어난 실력을 갖추게 되었다. 그에 반해 실전을 겪기 위해 거치는 실전 부대 배속을 받지 못한 채 여전히 마을에서 수련과 숙달에만 매달렸기 때문이다.

더구나 다른 이들이 함께 마을 밖의 마수를 사냥할 때에도 미아는 혼자 마을에서 부득이하게 수련해야 했다.

한조나 마을 주민들로서는 미아처럼 마도구 없이 정령과 호응하여 힘을 불러내는 존재는 귀중한 데다, 정령결정을 쓰면 더욱더 전력 증강을 기대할 수 있다──.

그래서 만에 하나 마을 밖으로 내보냈다가 불상사라도 생길까 싶어 걱정하는 것은 당연한 일이었다.

다만 미아는 한시라도 빨리 사스케와 어깨를 나란히 하고 마을의 힘이 되고 싶어 답답한 심정이었다. 그렇다고 어른들이나 한조의 마음을 이해하지 못하는 미아도 아니었다.

그럴 때 미아는 몰래 마을을 빠져나가 혼자 수둔술의 수련을 쌓았다.

여섯 닌자는 정령결정으로 정령과 계약하고 정령결정을 체내에 융합하여 인술을 쓴다. 그 때문에 인술을 짧은 시간만으로 다룰 수 있으며, 위력적인 인술을 구사할 수 있어서 압도적으로 강하다.

그러나 미아는 체내에 정령이 깃들이지 않아서, 의식을 집중하고 정령을 불러 모을 시간이 필요했다. 그런 이유로 적과 마주쳤을 때는 인술을 쓸 여유가 없다는 게 결점이었다.

그리고 그것은 지금 눈앞에서 으르렁거리며 대치하는 한 마리의 대형 마수에 대처할 때도 마찬가지다.

이 마을 주변의 숲은 비교적 마수의 위협이 적고 야생 짐승이 조금 많은 편이어서, 미아에게 위협이 될 만한 존재는 딱히 없었다.

실제로 방금까지 몇 마리의 고블린만 목격했을 뿐이고, 진작에 미아의 수둔술 수련을 위한 과녁이 되어 벌판에 사체를 드러냈다.

그러나 현재 미아를 품평하는 것처럼 으르렁거리는 마수는 보통은 이 숲에서 보지 못한 존재다.

몸길이는 3m 정도였고, 위턱에 난 엄니 두 개는 상식을 뛰어넘듯이 길게 뻗었다. 또 머리에는 두 개의 흑자색 뿔이 달렸는데, 눈동자는 피처럼 붉게 물들었다. 그리고 몸이 검은 반점색의 털로 덮인 마수였다.

평범한 짐승과 달리 마력을 체내에 두고 써서 마법에 아주 가까운 효과를 내는 존재가 마수로 불린다. 눈앞의 맹수는 몸 주위에 검은 안개를 두른 모습을 보건대, 마수라는 사실은 틀림없었다.

검은 반점색 털로 덮인 마수의 몸은 검은 안개에 녹아들어 경계선이 흐릿했다.

그리고 더욱 난감하게도 날이 저물어 불그스름한 하늘이 숲 위로 펼쳐지면서, 숲속에는 한발 먼저 밤의 기운이 숨어들었다.

검은 마수는 서서히 덤불이나 나무 그늘의 어둠과 하나로 섞여 자신의 존재를 지워나갔다.

"그루오오오오아아오아아!!"

으르렁거림과 울부짖음을 뒤섞은 듯한 울음소리를 울린 검은 마수가 나무 그늘의 어둠에서 튀어나와 미아를 덮쳤다. 미아는 그 공격을 작은 몸을 비틀어 피했고, 스치듯이 품에서 꺼낸 수리검을 마수의 눈을 향해 던졌다.

그러나 수리검의 궤도에 다부진 흑자색 뿔이 나타나 딱딱한 금속음을 내며 튕겨냈다.

곧바로 거리를 벌린 미아는 허리에 찬 단검을 뽑아 들었다.

그와 동시에 평소처럼 물의 정령을 부르면서 인술을 펼치기 위한 시간을 벌고자 마수를 엄중하게 감시했다. 그러나 마수는 미아가 무엇을 하려는지 알아차린 듯이 몸을 날려 즉시 덤벼들었다.

꼬리를 포함하면 몸길이 4m를 넘는 거구인데도 부드러운 몸놀림은 어딘가 묘인족의 움직임을 닮았다. 그러나 미아는 그런 점을 느긋하게 관찰할 여유는 없었다.

정령을 다루느라 너무 의식을 집중한 나머지 마수의 동작에 반응이 늦어서 일격을 피하지 못했다.

피 보라가 튀었고, 오른팔 위가 찢어졌다.

바닥에 심하게 구른 나머지 나무에 부딪히고 나서야 멈췄다.

그러나 곧이어 또 등 뒤에 살기를 느낀 미아는 옆으로 피하며 돌아보았다.

그러자 검은 마수가 어린아이의 몸통 둘레만한 나무줄기를 쳐서 쓰러뜨리는 모습이 눈에 들어왔다.

미아는 그 자리에서 벌떡 일어나 다시 단검을 쥐려다가 얼굴을 찌푸렸다. 주로 쓰는 오른팔이 다쳐서 단검을 든 팔이 올라가지 않았다.

그것을 본 검은 마수의 붉게 물든 눈동자에 기뻐하는 눈빛이 떠오른 듯했다.

바람이 불고 나무들의 술렁임이 늘어난 다음 순간, 검은 마수가 더욱 짙은 암흑색 안개를 주위에 두르고 몸을 굽혔다. 그러고는 있는 힘껏 뒷다리를 박차고, 밤이 찾아온 숲의 덤불로 뛰어들었다.

그런 일련의 동작에 어안이 벙벙해진 미아는 어느새 뒤로 돌아와 있던 검은 마수의 기척에 당황해서 무심코 고개를 돌렸다.

미아가 본 광경은 나무들의 술렁임을 이용하여 덤불 속을 빙 둘러서 달려온 검은 마수가 그녀의 머리 길이쯤 되는 엄니를 쳐들고 당장에라도 잘게 씹을 듯한 모습이었다.

"웃!!"

『풍둔(風遁), 풍수리검(風手裏劍)!!』

바로 그때, 숲에 울리는 목소리가 나무들의 술렁임으로부터 샘솟듯이 들렸다. 그리고 낯익은 빛을 띤 바람이 눈앞의 검은 마수에게 몰아쳤다.

"갸우—우웃!!!"

미아의 목을 이제 막 물어뜯으려던 검은 마수의 옆으로 바람이 세차게 내리쳤다. 왼쪽 얼굴을 베인 검은 마수는 비명을 지르면서 굴렀다.

잠시 후 미아의 눈앞에 한 명의 그림자가 내려섰다.

"미아, 괜찮니?"

"사스케, 오빠……!"

임무를 마치고 돌아왔으리라. 평소 마을에서는 별로 입지 않았던 검은색 닌자복을 걸친 사스케가 미아를 감싼 채 검을 들고 서 있었다.

사스케는 미아에게 한 번 시선을 주고 숨을 내뱉었다. 사스케는 방심하지 않고 앞에서 몸을 일으키는 검은 마수를 노려보았다.

"움브라티그리스…… 설마 이 숲에서 보게 될 줄이야."

사스케가 중얼거리는 것과 동시에 검은 마수—— 움브라티그리스라고 불린 마수는 주위에 서린 암흑색 안개의 범위를 늘렸다. 이미 숲속은 밤이 지배하는 장소로 변했고, 붉게 번쩍이는 마수의 한쪽 눈동자가 어둠에 녹아들어 사라졌다.

그러나 숲의 어둠 속에서 들려오는 숨소리는 아직 사스케와 미아를 사냥감으로 노린다는 증거다.

나무들의 술렁임이 잦아들고 벌레 소리와 어둠만 도사린 숲을 날카롭게 지켜보던 사스케가 뒤에서 주변을 둘러보는 미아에게 말을 걸었다.

"수둔은 쓸 수 있어?"

짧게 묻는 사스케의 말에 미아는 작게 고개를 끄덕였다.

"그렇구나, 난 임무에서 금방 돌아온 탓에 그다지 여력이 없어. 먼저 공격에 나서면 네가 위험해질 거야. 등 뒤를 맡길 테니까 다시 녀석이 우리를 공격할 때 승부를 봐야 해."

그 말에 또 한 번 고개를 끄덕인 미아는 갖고 있던 단검을 도로 허리에 찼다. 사스케와 등을 맞댄 미아는 숲의 어둠을 꿰뚫어 보듯이 눈을 가늘게 뜨고, 왼손에 의식을 집중하여 물의 정령을 불러들였다.

마수는 자신에게 상처를 입힌 존재를 경계하는지, 아까와는 달리 득달같이 달려드는 분위기는 아니다. 숲의 어둠 속에 엎드려 나무들의 나뭇잎이 스치는 소리에 섞이기 위한 바람을 기다리고 있으리라.

숨을 삼키자 따끔따끔한 뭔가가 목구멍을 타고 흘러내렸다.

"읏!!" "읏!?"

다음 순간, 커다란 바람이 숲속을 지나갔다. 발밑의 풀잎은 말할 것도 없고, 나뭇가지도 휘어지면서 숲이 술렁거렸다.

그와 동시에 눈앞의 어둠이 조금 옅어졌다고 느낀 순간, 미아의 뒤에서 사스케의 목소리가 날아왔다.

『풍둔, 나선겸유(螺旋鎌鼬)!!』

그 목소리를 신호로 삼듯이 사스케의 주위에서 바람이 소용돌이쳤고, 숲의 어둠에서 나타난 마수를 향해 엷은 색의 바람이 덮쳤다.

"갸우우우우우우우웃!!!"

바람 속에서 빛이 번쩍일 때마다, 바람에 휘감긴 마수의 선혈이 허공에 흩날렸다.

상처 자체는 딱히 크게 입히지 못하고 움직임을 묶는 데 주안점을 둔 그 인술은 눈앞의 마수를 죽일 만한 것이 아니다.

그러나 그때 뒤돌아서 뛰어온 미아가 마수에게 접근했다.

왼손에 간신히 형태를 이룬 조금 뾰족한 원추형의 물이 마수의 몸에 무수하게 생겨난 상처 하나에 꽂혔다.

『수둔, 수혈침옥장(水血針獄葬)!!』

그 순간, 마수의 몸이 내부에서 부풀어 오르듯이 변하더니, 물로 만들어진 수많은 바늘이 튀어나와 고슴도치 같은 모습으로 터졌다.

마수는 경련을 일으키는 것처럼 몸을 떨었고, 물로 만들어진 바늘은 몸에서 흘러내린 피로 물들었다. 그렇게 마수는 옆으로 쓰러졌다.

"……해치웠어, 해치웠어요! 오빠, 이런 큰 마수는 처음 쓰러뜨렸어요!!"

비로소 전투의 긴장감에서 풀려난 반작용인지, 미아는 평소보다 흥분한 표정으로 제자리에서 펄쩍 뛰며 기쁨을 드러냈다. 사스케는 잠자코 곁으로 다가오더니 있는 힘껏 손을 치켜들었다.

숲속에 따귀를 철썩 때리는 메마른 소리가 울렸고, 자신의 뺨을 누른 미아는 어안이 벙벙해졌다.

서서히 통증을 느끼고 빨갛게 부어오른 뺨이 뜨거워지자, 미아는 그 자리에서 큰소리로 흐느껴 울기 시작했다.

"우우우아아아아아아아!! 우아아아아아아아아앗!!"

미아는 눈물을 주르륵 흘리면서 울었다. 사스케도 눈가에 눈물을 가득 글썽였고, 서럽게 울면서 날뛰는 미아를 꼼짝 못하게 꼭 껴안았다.

"죽을 뻔한 거 알아!? 한조 님도 말했잖아, 혼자서 숲에 들어가지 말라고! 가족을 잃는 아픔을 나한테 또 안겨줄 셈이야!?"

숨죽인 듯한, 떨리는 듯한 그 목소리에 미아가 오열하며 사스케를 끌어안았다.

"미안, 미안해요오오오……."

흐느껴 울면서 사과하는 미아의 머리를 사스케는 약간 거칠게 쓰다듬었다.

그리고 얼마쯤 시간이 지났을까, 갑자기 둘의 뱃속에서 비명이 들렸다. 미아는 고개를 들지 않고 사스케의 앞가슴에 얼굴을 파묻은 채 소리 죽여 웃었다.

미아의 웃음에 사스케도 덩달아서 킥킥거렸다.

"오늘은 도시에서 밀가루를 구했어. 돌아가면 수제비국을 만들어 줄게."

"……응."

그렇게 말한 사스케에게 미아는 여전히 고개를 들지 않고 작게 끄덕였다. 그 모습을 본 사스케는 미아의 머리에 달린 축 처진 귀를 잡아당겨 귓가에 속삭였다.

"그전에 한조 님한테 설교를 들어야 할 테니까."

"힛!"

귀와 꼬리를 빳빳하게 세운 미아는 울어서 부은 눈동자로 사스케를 올려다보며 한심한 비명을 질렀다.

실컷 소리 내 웃은 사스케는 미아의 머리를 어루만졌다.

이윽고 마을에서 자신들을 찾으러 온 이들의 목소리와 기척이 가까워지자, 미아는 꼬리를 힘없이 늘어뜨렸다.

제3장 호인족

수평선에서 고개를 내민 태양의 빛이 바다 너머에 드러난 남쪽 대륙—— 해안을 따라 온통 뒤덮다시피 펼쳐진 거대한 도시를 비추었다.

지금 탄 배의 전체 길이가 100m쯤 되는데도 그 크기를 조금도 느끼지 못할 정도로 그동안 봐왔던 인간족의 어느 도시보다 컸다.

어제 출항한 엘프족의 랜드프리아도 상당히 발전한 커다란 도시였지만, 눈앞에 있는 프리마스라는 항구 도시는 그 이상이었다.

엘프족의 마을처럼 거목과 융합된 고층 건축물은 없었다. 그러나 로덴 왕국의 왕도에서 본 건축에도 뒤지지 않는 거대한 건축물이 완만한 언덕의 토지에 득시글거렸다.

그 경치를 보고 옆에 있던 치요메도 눈을 휘둥그레 뜨며 놀라워했다.

고에몬은 그런 치요메의 곁에 우뚝 서서 팔짱을 낀 채 바다 너머로 펼쳐진 도시를 잠자코 바라보았다.

"얘기로 들어보기는 했어도 정말 커다란 도시네요. 인간족의 도시가 왠지 시골처럼 여겨져요."

감탄하고 한숨을 내뱉는 아리안에게 아크도 동의한다는 듯이 고개를 끄덕였다.

"도시 규모를 보면 인구가 가볍게 10만은 넘을 듯하군……."

리브벨타호가 항구 도시 프리마스에 가까워질수록 타지에서 오는 배나 항구를 떠나는 배와 많이 스쳐 지났다.

오가는 배의 선원들은 모두 수인족이었고, 배를 이용해 짐을 옮기는 것이리라.

이윽고 리브벨타호가 프리마스항에 설치된 부두 중 하나에 선체를 대자, 주위에서 우람한 체격의 수인들이 잇달아 달려와서 계류 작업에 들어갔다.

선상이 갑자기 시끄러워지며 화물을 내리는 작업이 시작되었다. 그러는 가운데 선장에게 인사를 한 일행은 선실에서 들고 나온 짐을 멘 후 갑판에 걸쳐진 나무다리를 건너 항구로 내려갔다.

배를 내려오자 경갑 차림의 수인족 위병들이 창을 들고 대기했다. 모든 승객은 위병들로부터 간단한 짐 검사를 받았다. 그래야 비로소 항구를 나설 수 있는 허가가 떨어지는 듯했다.

일단 아리안이 랜드프리아의 장로에게 출입 허가증 같은 문서를 얻어서, 검사 자체는 비교적 그냥 지나치는 수준이었다. 덕분에 일행은 별로 오래 기다리지 않고 항구 도시 프리마스로 들어갈 수 있었다.

항구 도시 프리마스는 지금까지 들른 도시 중에서 열기가 가장 많이 넘쳐흘렀다.

지나다니는 행인들은 대부분 짐승 귀와 꼬리를 가진 수인족이고, 드문드문 엘프족이나 리브벨타호에서 선원으로 많던 다크엘프족이 보이는 정도다.

항구 주변은 시장을 이루었는지, 배에서 내린 물품을 별여놓은 노점과 포장마차가 줄지어 늘어섰다. 그래서 물건을 사려는 이들로 엄청나게 붐비고 있었다.

축제 인파 속에 내팽개쳐진 듯한 상황에서 전신 갑주를 걸치고 녹색 털뭉치를 투구에 올린 아크는 주위로부터 신기해하는 시선을 받으며 시장을 걸었다.

인간족의 도시에서 눈에 띄는 존재였던 고에몬은 오히려 상반신을 드러낸 모습이 묘하게 항구 도시의 배경과 잘 어울려서 평소보다 자연스럽게 섞여들었다.

"그나저나 어마어마하게 북적대네요……. 한눈을 팔면 금세 흩어지겠어요."

인파를 헤치는 역할을 맡은 아크의 뒤에서 아리안이 주위에 눈길을 던지고 조금 지친 듯이 말을 꺼냈다.

배 여행 자체도 처음이었고, 이런 인파에 이리저리 밀리는 경험도 이제까지 없었으리라.

혼잡한 도시에는 익숙하다고 여긴 아크도 오랜만에 이만한 인파를 접하면서 약간 견디기 어려울 정도다.

그 점은 달리 방법이 없으리라.

그러나 노점과 포장마차에 즐비한 여러 상품——— 향신료나 처음 보는 음식이 너저분하게 널린 떠들썩한 모습을 바라보자, 그런 기분도 잊혔다.

폰타도 시장에서 마음에 드는 게 많은지, 바쁘게 시선을 움직이며 꼬리를 흔들었다.

그처럼 눈에 비치는 여러 가지 진귀한 광경에 이곳저곳으로 돌아다닐 때 아크는 어떤 노점의 대화가 갑자기 귀에 들려서 무심코 걸음을 멈추고 시선을 옮겼다.

"뭐냐고요!? 아저씨, 평소보다 왜 이렇게 비싸냐고!?"

손님인 듯한 낭인족의 수인 남자가 노점 주인인 웅인족의 나이 많은 남자에게 근처에 놓인 향신료로 보이는 물건 하나를 가리키면서 대드는 장면이었다.

"어쩔 수 없잖아? 서쪽의 호인족 녀석들이 최근에 부쩍 안보인다고. '레드네일'도 수중에 있는 건 이게 마지막이야. 어쩌겠나?"

노점 주인인 웅인족 남자가 손님인 낭인족 남자를 귀찮다는 듯이 쳐다보면서 한쪽 눈썹을 올리고 살지 말지 대답을 재촉했다.

낭인족 남자는 여전히 뭔가 투덜투덜 불평했지만, 수중에 지닌 돈이 불안했는지 마지못해 포기하고 노점을 떠났다.

그 모습을 약간 떨어진 장소에서 구경하던 아크는 두 남자가 쟁점으로 삼은 향신료를 보고 얼떨결에 발걸음이 그 노점을 향했다.

"잠깐만요, 아크!? 토마토는 저쪽에 있는데요!?"

뒤에서 따라온 아리안이 이곳 남쪽 대륙에 찾아온 목적인 대상을 발견하고, 엉뚱한 방향으로 가는 아크에게 말을 걸었다.

그러나 손을 들어 제지한 아크는 웅인족 남자의 노점을 향해 빠른 걸음으로 다가갔다.

그리고 방금 높은 가격 때문에 두 남자가 다툰 '레드네일'이라는 상품을 가까이서 내려다보았다.

갈고리 모양의 날카로운 발톱처럼 생겼고, 크기는 집게손가락 정도였다. 진한 붉은색을 띤 말린 표면에는 독특하게 올록볼록한 주름이 있었다.

그것은 낯익은 음식물—— 향신료였다.

"주인장, 이건 맵소?"

아크는 엉겁결에 '레드네일'이라고 불린 향신료 하나를 들고, 기억에 남은 특징을 확인하듯이 노점 주인에게 물었다.

노점 주인은 불쑥 나타난 전신 갑주 차림의 아크를 보더니 조금 당황한 눈치였지만, 상인답게 질문의 의미를 알아듣고 고개를 끄덕이며 대답했다.

"아, 아아. 그놈은 여기서는 색다른 걸 좋아하는 이들이나 손을 대는데, 아플 만큼 매워서 악마의 손톱을 뜻하는 '레드네일'로 불리는 상품이요."

노점 주인의 대답에 아크는 손에 든 향신료의 정체를 확신했다.

—— '레드네일', 그 상품은 고추라고 알려진 향신료가 틀림없었다.

설마 토마토를 구하러 온 남쪽 대륙에서 고추를 발견하게 될 줄이야.

토마토는 식재료로서의 이용 용도가 많지만, 고추는 향신료로서의 쓰임새가 많다.

토마토와 고추, 이 두 가지를 사용한 요리라면 역시 아라비아타 정도일까.

머릿속에 여러 가지 이탈리아 요리의 레시피가 떠올랐고, 자연히 그 요리에 필요한 다른 식재료를 찾아 주위의 노점으로 시선을 돌렸다.

그러자 뒤따라온 아리안이 '레드네일'이라고 불리는 향신료를 들여다보면서 살짝 고개를 갸웃거렸다.

"뭐예요? 그거도 살 건가요?"

"그렇소. 여기서 이걸 보게 될 줄은 생각지도 못했지만, 가능하면 사려고 하오."

아크의 대답에 아리안은 천천히 노점 주인에게 시선을 돌리고 '레드네일'의 가격을 물었다.

그리고 조금 전의 낭인족 남자와 똑같은 반응을 보였다.

"저기요, 남아 있는 수량만으로 왜 그런 금액이 되는데요!?"

웅인족 노점 주인이 제시한 액수를 사납게 따지는 아리안에게 동의하며 고개를 끄덕인 이는 치요메였다.

고에몬은 역시나 말없이 '레드네일'을 신기하다는 듯이 바라볼 뿐이었다.

아크는 노점 주인이 금화 개수를 말하자 얼떨결에 지갑으로 손을 뻗으려던 참이었지만, 재빨리 곁눈질로 알아챈 아리안이 가로막아서 실패로 돌아갔다.

"엄청나게 바가지 가격이네요?"

아리안은 노점 주인을 몰아세우면서 아크를 비난의 눈초리로 대하였다.

그 황금색 눈동자에서는 노점 주인이 부르는 값에 사겠다니

터무니없다──라고 말하는 듯한 압박감이 느껴졌다.

아크는 엘프족의 마을에서는 돈으로 물건을 사는 것보다 물물교환이 주로 이루어지는데도, 아리안이 이런 일에 꽤 깐깐하구나 싶어서 묘하게 감탄했다.

아리안은 캐나다 대삼림의 중심도시 메이플에 소속되어서, 의외로 금전 관계에는 민감한 걸까.

그런 생각을 하면서 아크가 흘끗 옆을 보았더니, 방금처럼 아리안의 의견에 치요메도 동의하며 힘차게 고개를 끄덕였다.

어째서 여성이라는 존재는 이토록 가격에 엄격한 걸까?

아크가 남녀의 사고방식 차이에 대해 고찰을 시작하자, 아리안에게 추궁당하는 노점 주인이 난감하다는 얼굴로 입을 열었다.

"아까 전의 형씨한테도 말했지만, 애당초 거래하는 수량이 적은 데다 이걸 가져오는 호인족 놈들이 근래에 보이지 않아서 사들일 수 없단 말이오."

전혀 달라지지 않은 설명을 듣고 아크는 노점 주인이 가격을 흥정할 마음이 없다는 사실만은 알았다.

말린 상품인 만큼 빨리 썩지도 않을 테니까, 상인으로서는 색다른 것을 좋아하는 손님이 높은 가격으로 사기를 느긋하게 기다려도 괜찮으리라.

아리안도 그 점을 눈치챘는지, 못마땅한 얼굴로 입을 꾹 다물었다.

다만 노점 주인의 이야기를 그동안 묵묵히 듣던 고에몬의 눈동자가 약간 반응한 듯이 보였는데 착각이었을까.

어쨌든 아리안은 노점 주인이 부르는 값으로 사기를 꺼리는 표정이었기 때문에, 이대로는 아무리 시간이 지나도 '레드네일'을 손에 넣지 못할 듯싶었다.

관점을 살짝 바꾸어 말해볼까.

"그럼 주인 양반, 이 '레드네일'을 파는 다른 가게는 모르시오?"

그렇게 말한들 눈앞의 상인이 장사 경쟁자를 소개하리라는 생각은 들지 않았다.

아니나 다를까, 노점 주인은 고개를 가로저으며 어깨를 으쓱였다.

"이 '레드네일'은 서쪽의 호인족이 최근 가져온 물건인데, 근방에서도 다루는 가게가 없소. 거짓말 같으면 시장을 구석부터 돌아다녀 보시구려."

노점 주인의 태도를 보건대 아무래도 정말 이 거리에서는 이곳만 '레드네일'을 취급하는 모양이었다.

팔짱을 끼고 콧숨을 거칠게 내쉬는 노점 주인에게서 시선을 뗀 아크가 옆에 서 있는 아리안을 보았다.

노점 주인의 말에 동의한 아리안도 맞장구를 치듯이 고개를 끄덕였다.

"나도 처음 보는 거예요. 적어도 캐나다 대삼림의 마을에서는 본 적이 없네요……."

"흐음, 그럼 이 '레드네일'을 들여왔다는 호인족은 어디로 가면 만날 수 있나?"

시장을 대충 둘러봐도 호인족으로 여겨지는 종족은 보이지

않았다.

일단 노점 주인에게 호인족을 만날 만한 장소를 물었지만, 그는 입을 굳게 다문 채 시선을 이리저리 움직였다.

손님이 가게를 건너뛰고 직접 생산자와 흥정하기를 바라면, 주인이 꺼리는 것도 당연하다면 당연할까.

그러나 굳이 눈앞의 노점 주인에게만 물어볼 필요는 없다.

아크가 노점 주인을 조금 흔들어 볼까 생각하는 찰나에 선수를 치듯이 옆에서 아리안이 끼어들었다.

"아크, 그런 걸 사서 어쩔 셈이에요? 아까 들은 얘기로는 그거 죽을 만큼 맵다잖아요? 크라켄도 그렇고 그것도 그렇고, 왜 이상한 데만 관심이 가냐고요."

아리안은 약간 어이없어했지만, 그 말에 이의를 나타낸 이는 아크가 아니라 치요메와 폰타였다.

"……크라켄은 맛있습니다!" "큥!"

푸르고 투명한 눈동자에 진지한 눈빛을 띤 치요메는 작아도 또렷한 목소리로 역설했고, 한 마리의 녹색 털뭉치는 아크의 투구 위에서 일어나 동의하듯이 짖었다.

아니 또 한 명, 치요메의 뒤에서 고에몬이 힘차게 고개를 끄덕였다.

살짝 초점을 벗어난 응원이었지만, 아크도 한 번 끄덕이고 '레드네일'의 이용법을 말했다.

"이것과 토마토를 쓰면 상당히 맛있는 음식을 만들 수 있을 거요——. 그러니까 하다못해 좀 더 싸고 안정되게 사들였으면 해서 말이오."

아크의 대답에 아리안은 의심스럽다는 듯이 눈썹을 찌푸렸다.

그리고 아리안이 입을 여는 것보다 먼저 반응한 이는 노점 주인이었다.

"'레드네일'을 요리에 쓸 생각인가!? 확실히 호인족은 전의를 높일 때 이걸로 요리를 만드는 모양이더군. 하지만 이 주변에서는 그런 식으로 쓰는 녀석은 거의 없을 텐데?"

질겁하는 노점 주인에게 거꾸로 아크가 놀라서 고개를 갸웃거렸다.

"그럼 이 '레드네일'을 요리 이외에 어떻게 쓰고 있소?"

오히려 아크는 요리를 제외한 용도가 바로 떠오르지 않았다.

아크의 말에 아리안과 치요메도 흥미가 생기는지 노점 주인에게 시선을 옮겼다.

"이 근처에서는 우려낸 즙으로 오로지 해충을 잡거나 마수의 눈을 못 뜨게 하는 데 쓰이네. 그리고 코에 그대로 넣으면 힘이 샘솟는다는 얘기도 들었군."

확실히 고추 매운맛의 기본 성분인 캡사이신에는 방부와 방충의 효과가 있지만, 코에 넣는다는 게 무슨 뜻일까? 주술 같은 건가?

어쨌든 아무래도 호인족은 요리에 쓰는 듯한데, 아직 이 주변에서는 '레드네일'의 유효성에 별로 주목하지 않는 눈치다.

"'레드네일'을 쓰는 자가 색다른 걸 좋아하는 극히 소수뿐이라면, 그렇게 구입처를 감출 필요도 없겠지. 게다가 호인족을 만나는 건 다른 자에게 물어보기만 해도 충분하고."

요즘 들어 호인족이 보이지 않는다는 말이 어딘가 걸리지만,

잘하면 '레드네일'을 직접 호인족으로부터 살 수도 있다.

아크가 시장에 물건을 사러 온 주위의 다른 손님에게 시선을 옮겼다.

그러자 웅인족 노점 주인이 뒷머리를 긁적이면서 크게 한숨을 내쉬었다.

"쳇, 뭐 분명 그렇기는 하지. 호인족이 팔러 오는 상품의 대부분은 마수의 가죽이나 엄니이니 말일세. 녀석들은 주로 싱가리카 평원 너머의 쿠와나 평원을 영역으로 삼고 있네. 파브나 하에서도 호인족이 가장 많이 드나드는 도시라면, 서쪽 다저스 강 부근의 페르난데스일 테지."

마지못해 말하는 느낌이었지만, 노점 주인은 호인족이 드나든다는 도시의 이름을 입 밖에 꺼냈다.

남쪽 대륙의 지리에 어두운 아크는 아리안에게 시선을 던지고 페르난데스라는 도시의 위치를 눈짓으로 물었다. 그러나 아리안도 별로 지리에 밝지 않은지 고개를 가로저었다.

"페르난데스는 여기서 탈것이 있으면 열흘 정도, 걸어서 가면 틀림없이 스무날은 걸리네. 그런데 페르난데스까지 갈 셈인가?"

아리안은 미소를 머금는 노점 주인을 잠자코 지켜보았다.

아무래도 이 도시에서 거리가 꽤 먼 듯하다.

노점 주인이 여유로운 미소를 띤 이유는 그만큼 고생해서 페르난데스를 찾아가더라도, 여기보다 싸게 살 수 있다는 보장이 없고 호인족을 만날지 어떨지도 모르기 때문이리라.

그러나 전이마법인 【디멘션 무브】를 쓰면 상당히 거리를 줄일 수 있다.

가는 길이 얼마나 훤히 트였는지에 달렸지만, 사흘이면 페르난데스라는 도시에 도착할 터다.

그렇게 머리를 굴린 아크와 시선을 나눈 아리안은 그가 짊어진 짐으로 시선을 옮겼다.

"아크. 당신 짐 속에 마결석을 넣었죠?"

아리안의 질문에 아크는 지하 대동굴에서 주운 마결석 몇 개를 마을로 갖고 돌아갔다가 남은 게 있다는 사실을 떠올렸다.

더구나 그 지하 대동굴은 독특한 풍경이므로, 남쪽 대륙까지의 거리만 문제없다면 【게이트】를 써서 지금 당장 원하는 양을 모아올 수도 있다.

그래서 아크는 아리안의 물음에 동의하듯이 고개를 끄덕였다.

"그렇소. 확실히 손짐에 몇 개를 넣었는데, 필요하면 빌려줘도 괜찮소만?"

아리안의 의도를 이해하지 못한 채 아크가 솔직하게 대답하자, 그녀는 요염한 입술에 미소를 띠고 웃었다.

보아하니 뭔가 생각이 있는 모양이다——.

"따라와요, 아크. 여기까지 왔으니까 좀 더 멀리 가도 어차피 똑같겠죠."

발길을 돌린 아리안은 노점을 등지고 걸었다.

"아, 어이!"

노점 주인이 떠나려는 아리안에게 허둥지둥 말을 걸었지만, 아크는 손에 든 지갑에서 금화 한 개를 꺼내어 제지했다.

"미안하오, 주인장. 이걸로 살 수 있을 만큼 '레드네일'을 주지 않겠나?"

견본용 구입과 호인족의 소재지에 관한 정보료라는 두 가지 의미를 지니는 금화였다.

노점 주인은 멀어져가는 아리안의 뒷모습과 아크의 금화 사이에서 시선을 오갔지만, 더 이상 교섭의 여지는 없다고 판단했는지 떨떠름하게 금화를 받았다.

그때 노점 주인이 금화에 새겨진 무늬를 보고 의아한 얼굴로 가짜인지 의심하는 탓에 북쪽 대륙에서 인간족이 쓰는 화폐라고 설명해야 했다. 그러나 어떻게든 무사히 교섭이 이루어졌다.

대신에 건네받은 '레드네일'의 수량은 몇 개 정도였다——역시 한꺼번에 사면 금전 감각이 둔해지지만, 금화 한 개로 환산하면 비교적 비싼 값을 치러야 한다는 사실을 알 수 있었다.

금화의 환전 수수료를 포함한다고 생각하더라도 노점 주인이 아크에게 건네준 '레드네일'의 분량은 슈퍼마켓의 작은 팩에 담길 양밖에 없다.

그게 금화 한 개의 가격이라니, 그 옛날 후추와 금을 똑같은 무게로 거래했다는 유명한 이야기를 떠올리지 않을 수 없다.

"아니, 이 양이라면 금화 한 개도 안 될 듯싶군……."

아크는 손에 든 '레드네일'을 바라보며 수중의 작은 주머니에 옮겼다.

앞서 걷는 아리안의 뒤로 치요메, 그리고 고에몬과 함께 따라가던 아크는 아리안이 향하는 목적지를 물었다.

"어디로 가는 거요?"

"여기 오기 전에 말했잖아요? 수는 적지만 이 나라도 엘프 마을처럼 '전이 사원'을 갖췄어요. 페르난데스라는 도시까지 직접 갈 수 있을지 어떨지는 모르지만, 가도로 가는 것보다는 빠르겠죠?"

아리안은 그렇게 설명하면서 아크에게 약간 어이없다는 시선을 보내고 눈썹을 찌푸렸다.

아크의 옆에서 걷는 치요메도 아리안의 말을 듣고 그 존재를 떠올렸다는 듯이 손뼉을 쳤다.

그런 이야기를 했던 듯해 아크도 이전의 대화를 기억해내는 것처럼 신음을 흘렸다.

"흐음, 그렇군. 그럼 이 나라에서도 '전이 사원'은 일반인에게 열려 있소?"

"엘프 마을은 사용하기 전에 장로의 허가를 받아야 하니까, 일반인에게 열려 있는 '전이 사원'은 오히려 파브나하일걸요?"

아리안의 보충 설명에 따르면 아무래도 엘프 마을의 사원을 이용하기 위해서는 장로의 허가가 필요한 모양이었다. 그러나 아리안이 장로의 딸이라는 점도 있어서인지, 그 부분은 상당히 절차를 생략했으리라.

그렇다면 일반인에게 열려 있다는 파브나하의 '전이 사원'은 관리를 무척 느슨하게 하는 걸까.

아크는 그런 생각을 하면서 넘쳐나는 인파를 헤치고 일행과 대로로 나왔다.

양옆에 3층 이상의 건물이 죽 늘어선 그 대로는 많은 인파와 물품이 흐르는 도시의 중심가인지, 다양한 모습의 수인들과 신기한 동물들이 오갔다.

특히 눈길을 끈 대상은 마차이리라. 아니, 그걸 마차라고 불러도 좋을까?

짐 마차를 끄는 동물은 틀림없이 말은 아니다.

생김새만 놓고 말하자면 산양이리라. 커다랗게 휘어진 두 개의 뿔, 온몸을 덮은 하얀 털, 그러나 얼굴만 검은 털로 덮여서 왠지 끝부분을 먹물로 적신 붓을 연상시키는 색조합이다.

말과 비슷한 몸집이었는데, 짐을 잔뜩 실은 짐마차를 어렵지 않게 끄는 모습이 보였다.

엄청난 마력── 아니, 엄청난 산양력이 있는 듯하다.

그리고 대로 곳곳에는 동일한 제복을 걸치고 검을 허리에 찬 수인 위병 2개조가 커다란 두 다리로 선 몸길이 2m 정도의 거대 새를 탔다.

머리를 치켜들면 몹시 큰 그 모습은 인파로 흘러넘치는 대로에서도 눈에 잘 띄었다.

날개는 약간 퇴화했는지 몸통에 달린 작은 날개가 접혀 있었다. 그리고 온몸은 짙은 갈색의 깃털로 덮인 데 반해 머리만 하얀색이었는데, 노란색 부리가 특징적이어서 왠지 흰머리 독수리를 닮은 분위기를 풍겼다.

"으~음, 뭔가 처음 보는 동물이 여기저기 있군⋯⋯."

"큥!"

"새처럼 생긴 저 커다란 말은 무척 발이 빠를 것 같네요."

⋯⋯새 같은 말, 그건 새일까? 말일까? 새라고 쓰고 '말'로 읽는 느낌이랄까.

아크와 폰타, 치요메가 그 광경에 저마다 감상을 늘어놓자, 아리안은 통행인 한 명을 붙잡고 길을 물었다.

"아크, 치요메 양, 고에몬 씨. 서두르지 않으면 날이 저물 거라고요!"

아리안은 목적지의 확인을 끝냈는지, 대로를 오가는 이들에게 여전히 시선을 빼앗긴 일행을 재촉하듯이 말했다.

이윽고 한 시간쯤 걸었을까. 도시 중심부에 가까워지자 탁 트인 넓은 광장이 펼쳐진 한복판에는 크고 장엄한 건물이 우뚝 솟아 있었다.

울긋불긋한 세공문양으로 꾸민 벽과 몇 개의 첨탑, 어딘가 중동의 모스크를 떠올리게 하는 건물 주위에는 성벽을 빙 둘렀다.

정면에는 출입문을 설치했고, 그곳에는 많은 위병과 짐을 안고 순서를 기다리는 이들이 있었다.

"저게 이 나라의 '전이 사원' 같네요."

출입문을 향해 다가가는 아리안에게 뒤지지 않도록 나머지 일행도 그녀를 따랐다.

눈앞에 우뚝 솟은 그 건물은 사원이라기보다는 신전이라고 하는 편이 알맞은 규모다.

일행이 '전이 신전'을 올려다보면서 출입문으로 접근하자, 수인 위병 한 명이 다크엘프인 아리안에게 신기하다는 시선을 보내며 말을 걸었다.

"이 근방에서 다크엘프족 여성을 보다니 별일이군. 전이진을 이용할 거요?"

위병의 질문에 아리안은 고개를 끄덕였다.

"네. 페르난데스라는 도시에 가고 싶은데, 가장 가까운 곳이 있나요?"

"서쪽의 페르난데스라. 거기라면 곧장 전이할 수 있지만, 당장은 무리요. 오늘은 수도 갈라파고스까지 전이진을 운용하고 끝이오."

위병은 출입문 앞에 늘어서서 검열을 받는 자들을 턱짓으로 가리켰다.

위병의 이야기에 따르면, 아무래도 이용빈도가 많은 수도로 향하는 전이편(?)은 정기적으로 나오는 듯하다. 그러나 다른 지방의 도시로 향하는 전이편은 일정 인원을 모을 때까지 열지 않는 모양이다.

그나저나 수도의 이름이 갈라파고스라니, 진화론과 관계가 있는 걸까.

"당신들 네 명을 넣으면 정해진 인원을 넘으니까, 내일은 페르난데스로 향하는 전이를 고지할 거요. 따라서 전이진의 개통은 그 다음 날인 이틀 후요. 그래도 괜찮다면 명단에 이름을 올리시오. 전이진 이용료의 반액은 선불이요."

그 말에 아리안은 고개를 끄덕였다.

위병이 제시한 금액은 금화 개수를 따지면 상당한 가격이다.

더구나 옮기는 짐의 양에 따라서도 금액이 뛰어오르는 듯해서, 쉽사리 거래에 쓸 만한 수단은 아니다. 옛날에 외국으로 건너가기 위한 돈을 내는 기분이다.

"마석으로 내도 상관없다고 들었는데요?"

"아아, 그럼 출입문 옆의 대기소에서 마석을 감정해주니까 거기서 계산하시오."

위병은 출입문 옆에 있는 대기소를 가리키더니, 다시 제자리로 돌아갔다.

위병이 알려준 대기소에서는 이용자가 내놓은 마결석을 감정하고, 그 가격으로 전이진의 이용요금을 치르게 하는 듯했다. 다행히 일행이 가져온 마결석만으로 도항비용을 낼 수 있다는 말을 들었다.

다만 마결석은 감정 후 요금의 전액 중 반액만 돈으로 돌려주었다. 그래서 아크는 감정을 받는 김에 수중의 마결석이라는 마결석을 전부 짐자루에서 꺼내어 환전하기로 했다.

그리고 전이진을 이용할 때 보여준다는 나무 표도 건네받았다. 여권 같은 것이리라.

"이걸로 이 나라에서의 여비도 당분간 어떻게든 되겠지……."

아크는 가죽 주머니 하나에 방금 받은 마결석의 대금과 일행의 여권을 넣은 후 자신을 뒤따라온 아리안, 치요메, 고에몬을 돌아보았다.

"일단 페르난데스로 향하는 전이진의 고지가 내일, 개통이 모레인 듯하니까 그동안 이 도시에서 발이 묶이겠네요. 먼저 어딘가 여관을 찾도록 하죠."

아리안은 광장 주위에 펼쳐진 시내를 바라보면서 이후의 예정을 말하고 팔짱을 꼈다.

옆에서는 치요메가 조금 안절부절못한 듯이 서 있었다.

"치요메 양, 왜 그러시오?"

"아, 아뇨. 소문으로 들었던 호인족을 만날지도 모른다는 생각에 흥분됩니다. 듣기로는 호인족은 특히 무예에 뛰어난 일족이라고 하더군요. 북쪽에서는 본 적이 없어서 실은 살짝 기대하는 중이기도 합니다.”

치요메는 소년이 동경하는 존재를 이야기하는 듯한 얼굴로 약간 미소를 지었다.

아크가 그런 치요메를 바라보고 그 옆에 서서 근육을 드러낸 거한에게 시선을 옮기자, 그는 온몸의 근육을 불끈거리고 맞서는 듯한 자세를 취했다.

고에몬의 외모는 묘인족이라기 보다는 호인족이라 부르는 게 납득이 갈 만한 모습이어서, 뭔가 대항심 같은 게 있는 걸까.

“아까 노점 주인의 얘기로는 최근에 호인족이 좀처럼 안 보인다고 하던데…… 치요메 양의 소원이 이루어지면 좋겠군. 나도 ‘레드네일’을 직접 사들이기 위해서는 만나두고 싶기도 하니 말이오.”

아크가 그렇게 말하고 웃었다. 그러자 아리안이 뭔가를 알아차렸다는 듯한 얼굴로 아크를 가리켰다.

“그러고 보니 아크, 터무니없는 가격을 부른 노점에서 ‘레드네일’을 샀죠? 이제부터 그 ‘레드네일’을 가져온다는 호인족을 만나러 간다고 말했는데.”

아리안은 팔짱을 낀 팔로 커다란 가슴을 밀어 올리면서, 왠지 불만스럽다는 듯이 입을 삐죽 내밀었다.

아크는 아리안이 앞장서서 걸어서 눈치채지 못했으리라 여겼다. 그러나 역시 주위의 기척을 살피는 데 남다른 이유는 아리안이 뛰어난 전사이기 때문이리라.

“그건 견본용으로 조금만 샀을 뿐이오. 이 도시에서 머물러야 한다면 마침 잘됐소. 시장에서 필요한 재료를 모아 ‘레드네일' 을 쓴 요리를 만들어볼 셈이오."

아리안과 치요메가 주먹을 쥐는 아크를 올려다보며 뜻밖이라는 표정을 지었다.

"아크, 당신 요리를 할 줄 알아요?"

아리안의 그 질문은 지극히 당연하다.

아크도 이 세계에 오고 나서 스스로 요리다운 요리는 만들지 않았다. 그러나 오랫동안 혼자 지내면 어느 정도는 할 수 있게 된다── 더구나 요리하는 것을 비교적 좋아하는 편이기도 했다.

"후후후, 그럼 보여주도록 하지. 내 요리 솜씨를!"

오랜만에 해보는 자신의 요리다. 우선 '레드네일' 과 토마토를 사용한 아라비아타를 만들자.

마늘과 양파는 이전에 인간족 도시의 시장에서도 비슷한 걸 보았으니, 이 주변에서도 구할 수 있을 터다.

"큥! 큥!"

투구 위에서 그런 아크의 말을 알아들었는지, 폰타가 커다란 꼬리를 흔들며 기쁘다는 듯이 짖었다.

아무리 그래도 폰타에게 '레드네일' 은 자극이 강할 테니, '레드네일' 을 빼고 만든 요리를 주기로 할까──.

그리고 곧바로 시장에서 필요한 재료를 갖춘 아크는 오늘 숙박하는 여관의 주방 모퉁이를 빌렸다.

주방의 모퉁이라고 해도 역시 백은의 전신 갑주를 걸친 상태로 요리하면 시선을 끈다. 그 때문에 아크는 로드 크라운의 기늪에서 샘솟는 온천물을 마시고 해골 몸이 아닌 엘프족으로 변신했다.

일부러 주방에서 요리하기 위해 옷까지 사 오는 꼴이 되었다.

그나저나 아크는 자신이 요리하는 동안 나머지 일행은 어떻게 할까 싶었는데, 폰타는 안타깝게도 주방에 들어오지 못하고 여관의 숙소에서 치요메와 함께 자리를 지켰다.

폰타는 아쉬워하는 눈치였지만, 반대로 치요메는 기뻐했다.

그리고 아리안은 어째서인지 지금 아크 옆에 있다. 요리하는 모습을 구경하려는 모양이다.

한편 고에몬은 잠시 거리를 보고 온다는 말을 남긴 채 밖으로 나갔다.

그럼 드디어 조리를 시작할 시간이다.

일단 토마토를 써서 소스를 만들기 전에 중요한 주식이 될 파스타를 준비해야 한다.

나무 그릇에 빵을 만들 때 쓰는 밀가루를 담는다. 그리고 거기에 달걀 두 개를 깨뜨려 넣어 식물유와 소금을 조금 친다.

나무 주걱으로 깎아낼 듯이 섞으면서 반죽 상태를 살핀다. 전체적으로 잘 섞이면, 평평한 작업대에 반죽을 놓고 가루를 뿌려서 손바닥으로 잘 이긴다.

자신의 힘을 사용하면 이런 육체노동도 간단히 소화해서 편리하다.

반죽에 탄력이 생기면 끝이다. 다시 나무 그릇에 반죽을 넣어 젖은 행주로 덮고 그늘에 놔둔다.

15분에서 30분 정도 지나면 괜찮을 터다.

아크는 그사이에 여관의 방에서 기다릴 폰타를 보러 올라갔지만, 치요메의 무릎에서 잠을 자고 있었다.

치요메도 꾸벅꾸벅 졸았는데, 평소에 별로 빈틈을 드러내지 않는 그녀로서는 보기 드문 모습이었다.

그럼 이제 반죽이 잘 된 상태에서 나무 밀대로 한동안 반죽을 펴고 또 편다.

그 작업을 마치고 이번에는 가느다란 막대기 모양으로 밀어서 편다. 그리고 다시 식칼로 1cm 폭으로 가지런히 자른다.

가락엿처럼 된 반죽의 단면을 요리용 나이프의 칼등으로 누르면서 엄지손가락에 씌우듯이 만들면 완성이다. 요령은 필요하지만 익숙한 작업이다.

그리고 인내의 작업이다. 둥글게 둥글게 헤모글로빈 같은 모양의 파스타를 끈기를 갖고 만들어 나간다.

정식 명칭은 「*오레키에테」라는 자학에 가까운 발음이었지만 잊어버렸다.

의미는 '귓불'이라고 하는 듯싶지만 말이다.

어쨌든 파스타를 만들었으면, 본격적으로 아라비아타의 조리를 시작한다.

그전에 파스타를 살짝 데치기 위한 뜨거운 물을 냄비에 끓여야 한다—— 그 작업은 아무래도 아리안이 맡아 주겠다는 모양이다. 이때는 솔직하게 도움을 받기로 할까.

그럼 이쪽은 소스를 만드는 작업에 들어가자.

---

*짧은 파스타의 한 종류로 '작은 귀'라는 뜻의 이탈리아 말이다. 같은 발음을 일본어로 해석하면 '나, 사라진다'가 된다.

프라이팬에 식물유를 붓고 마늘하고 비슷하게 생긴 뭔가와 '레드네일'을 첨가하여 향이 날 때까지 볶는다. 물론 '레드네일'은 알맹이의 씨앗은 빼두었다.

씨앗을 빼지 않으면 상당히 매워진다.

프라이팬에서 향기가 나면, 잘게 썬 양파를 넣고 부드러워지도록 익힌다. 슬슬 양파의 달콤한 향이 어렴풋이 나는 걸까.

그리고 마침내, 독을 뺀 토마토를 으깨어 프라이팬에 떨어뜨린다.

토마토의 수분을 없애면서 소스를 바싹 조린다. 그동안 헤모글로빈 파스타의 데친 상태를 살핀다. 쫄깃쫄깃한 느낌으로 완성된 듯하다.

서둘러 쫄깃쫄깃한 귓불 파스타를 프라이팬의 소스에 집어넣는다.

파스타에 소스를 배어들게 하듯이 프라이팬을 달구면서 소스를 휘젓는다.

살짝 맛을 보고 소스에 소금을 쳐서 간을 맞춘다. 으음, 좋은 느낌이다.

아궁이의 화력을 조절하기 위해 줄곧 프라이팬을 쥐고 불과의 거리를 바꿀 필요가 있다. 따라서 요리사라는 직업은 분명히 말해 여성에게 어울리지 않는다는 사실이 밝혀졌다.

원래 세계처럼 프라이팬을 삼발이에 올린 채 레버로 화력을 조절하면서 「나약한 놈!」이라는 꾸중을 들을 법한 분위기다. 이 여관의 주방에 서 있는 이들도 남자뿐이다.

더구나 위팔 근육이 몹시 발달했다.

그런 쓸데없는 생각에 잠기자, 어느새 아라비아타가 멋지게 완성된 듯하다.

접시에 아라비아타를 듬뿍 담아 식물유를 붓고 파슬리를 닮은 잘게 썬 식물을 뿌렸다.

향은 파슬리와는 조금 다른 듯하지만, 채소 가게에서 샀으니 괜찮으리라.

흐음, 「이세계풍 아라비아타」를 결국 완성했다.

옆에서 지켜보던 아리안의 황금색 눈동자가 아라비아타를 담은 접시를 좇았다.

처음에는 '레드네일'을 쓴다는 말에 의문을 가진 모양이었지만, 제작 과정을 보고 나서 불안감이 약간 사라졌으리라.

지금은 순수하게 접시에 담긴 요리를 맛있는 음식을 보는 시선으로 응시했다.

"왠지 무척 분하네요……."

아리안은 접시의 요리에 눈길을 빼앗기면서 아크를 쳐다보고 그렇게 말했다.

"그럼 식기 전에 얼른 먹어볼까. 아리안 양, 치요메와 폰타를 불러주지 않겠소?"

그 부탁에 고개를 끄덕인 아리안은 빠른 걸음으로 여관의 방을 향해 달려갔다.

아크는 여관의 주방을 빌려준 일로 요리사에게 고맙다는 인사를 했다. 그러자 그 요리사는 자신도 한 접시 먹게 해달라고 부탁해서, 아크는 흔쾌히 고개를 끄덕이며 조금 덜어주었다.

요리사가 이 요리를 마음에 들어 한다면, 파브나하에서 '레드네일'의 수요가 늘어날지도 모른다. 그럼 아크는 점점 '레드네일'을 구하기 쉬워지니, 전부 좋은 일이다.

그런 생각을 하면서 아크는 여관의 1층에 있는 요리실의 한자리를 빌려 앉았다.

얼마 지나지 않아 아리안이 폰타를 앞가슴에 품은 치요메도 데리고 나타났다. 그리고 언제 돌아왔는지, 고에몬도 그 뒤에 있었다.

"큥!"

전원이 자리에 앉자마자 한 번 짖은 폰타가 아크를 올려다보고 꼬리를 바쁘게 흔들었다.

"안달하지 않아도 폰타 네 몫도 확실히 준비했다."

아크가 그 앞에 폰타용으로 마련한 아라비아타를 담은 그릇을 두었다.

일단 폰타용은 '레드네일'과 양파는 뺐지만, 폰타의 잡식성을 보면 양파 정도는 괜찮을 거라는 기분도 들었다.

그리고 나머지 일행 몫의 접시를 앞에 놓자, 드디어 긴장되는 시식 시간이 찾아왔다.

제일 먼저 먹은 이는 의외로 아리안이었다.

토마토 소스를 버무린 파스타를 입에 넣는 순간, 입가를 누르고 눈을 휘둥그레 떴다.

"……맛있네요. 뭔가 분하지만…… 아크 주제에."

그런 억지스러운 트집을 잡으면서도 잇달아 접시의 파스타를 입으로 옮겼다.

아무래도 상관없지만 어딘가의 골목대장 같은 말을 하지 않았으면 싶다.

아리안은 별로 요리를 잘하는 눈치는 아닌 듯하다. 뭐, 그 점은 아리안의 인상과 다르지도 않고, 그게 나쁜 것도 아니지만 말이다.

아리안으로서는 지금은 요리보다 검의 실력을 키우고 싶을 시기일 테다.

그러나 아크는 아리안의 모친인 그레니스가 검도 요리도 모두 달인급이었다는 사실을 문득 떠올렸다.

다만 그레니스는 나이에 따른 오랜 경험을 쌓아서 아리안이 쉽게 그 수준에 이르지는 못할 터다.

그때 아크는 갑자기 등줄기가 오싹해져서 무심코 뒤돌아보았다.

——기분 탓이다, 그렇게 생각하기로 했다.

치요메와 고에몬도 저마다 처음에는 혀를 찌르는 듯한 자극에 놀랐지만, 파스타를 입에 넣는 속도를 보면 상당히 마음에 들었던 모양이다.

"무척 맛있습니다, 아크 님! 찌릿하는 자극이 좋네요!"

치요메는 그 얼굴에 어울리는 소녀다운 솔직한 감상을 내뱉었다.

고에몬은 더 매워도 괜찮다고 했다.

"……좀 더 매운 게 왠지 몸에 좋은 영향을 줄 것 같소."

대체 고추에 무엇을 바라고 한 말이었을까.

모두의 감상을 들으면서 일단 아크도 자신이 만든 아라비아 타를 입에 넣었다.

이세계에 오고 나서 이렇게까지 빈틈없이 요리를 해보기는 처음이다. 이전에는 평범하게 자취를 했으므로, 어쩐지 오랜만에 맛보는 감촉이었다.

쫄깃쫄깃한 파스타가 꽤 맛있다.

애당초 빵에 쓰이는 밀가루였기 때문인지, 파스타의 식감은 부드럽고 쫄깃한 느낌이 나서 아주 잘 만들어졌다.

자신의 남아도는 힘을 아낌없이 써서 반죽한 것도 그 요인의 하나일지 모른다.

그리고 역시 무엇보다 토마토의 신맛과 고추^{악마의 손톱}의 매운맛이 멋지게 어우러졌다.

'레드네일'이 아크가 상상했던 고추를 크게 벗어날 만큼 맵지 않기도 해서 다행이었으리라. 생각보다 조금 매운 정도일까.

다만 조리할 때 알맹이를 버리는 모습을 아리안에게 보여서, 비싸게 산 상품의 알맹이를 버리는 거냐고 약간 힐난을 받는 일이 있었다.

고추계열이 지닌 매운맛은 알맹이의 씨앗에 모여 있으므로, 씨앗을 함께 요리에 넣는 것은 매우 위험한 짓이다.

그 사실을 증명하기 위해 '레드네일'의 알맹이를 조금 덜어서 아리안의 입에 넣어주자, 그녀는 정말 울상을 짓고 말없이 노려보았다.

그러나 완성한 아라비아타를 먹은 아리안은 캐나다 대삼림에도 '레드네일'을 두루 알릴 수 없을까 하는 말을 했다.

요리 전체의 평가는 그럭저럭 합격점이라고 할까.

나머지 개선하고 싶은 점은 화력의 문제다.

아무리 아크가 육체에 자신을 갖고 힘이 뛰어난들, 줄곧 프라이팬을 쥔다는 것은 심정적으로도 큰일이다.

그 해결책으로서 아리안이 말한 엘프족의 마도구, 그중에 화력을 조절하는 조리용 난로 같은 마도구가 있다고 한다.

그러나 물건 자체는 상당히 옛날에 고안했지만, 별로 보급되지는 않은 모양이었다.

그 이유는 단순히 마나 피오를 써야 하므로, 장작을 쓰는 것보다 연료 비용이 많이 든다는 점 때문이었다.

그래도 화력을 조절하는 기능은 매력적이어서, 돌아가면 낡은 신사에 두기 위해서라도 하나쯤 구매를 검토할 필요는 있으리라.

무엇보다 개인적으로 사용한다면 지하의 대동굴에서 연료인 마결석을 주워오기만 해도 된다. 아크에게는 장작보다 효율이 높을지도 모른다.

그렇게 낡은 신사의 조리 환경을 구축할 계획을 세우자, 옆자리의 아리안이 말을 걸어서 이후의 일을 상담하게 되었다.

이틀 후에는 드디어 호인족이 많이 드나든다는 페르난데스로 갈 예정이다.

과연 '레드네일'을 들여온다는 호인족을 만날 수 있을까.

그리고 이틀 후.

아크는 시선을 앞으로 향하고, 눈앞의 행렬에 눈길을 보냈다.

지금 있는 곳은 프리마스의 중앙에 우뚝 솟은 전이 신전의 출입문을 거친 안뜰 비슷한 장소다.

이미 그날로부터 이틀이 지난 오늘은 마침내 전이진을 사용하여 페르난데스로 가기 위해 이곳에 와 있다.

지난번에 건네받은 여권표를 보여준 일행은 잔금인 반액을 내고, 현재는 전이진으로 들어가는 마지막 검열 때문에 줄을 서서 기다리는 단계다.

검열을 받기 위해 온천물을 담은 물통과 벗은 투구를 겨드랑이에 낀 아크는 이따금 수분을 보충하면서 앞줄이 나아가기를 기다렸다.

전신 갑주 차림의 갈색 엘프와 다크엘프 아리안, 그리고 치요메와 고에몬에 이어 정령수 폰타로 이루어진 일행은 주위의 이목을 모으는지 늘 시선을 끌었다.

그런 가운데 비로소 차례가 돌아온 일행은 간단한 질의응답 후 신전으로 들어가게 되었다.

신전의 겉모습은 몇 개의 첨탑이 우뚝 솟아 있었고 복잡한 형태를 이룬듯이 보였다. 그러나 신전 내부에서 본 구조는 비교적 단순하며, 네모진 거대한 상자형 홀 위에 반원 모양의 돔형 천장이 얹힌 모습이었다.

그리고 그런 실내의 벽면에는 정밀한 모자이크 그림으로 여러 가지 동식물을 약동감 넘치게 그려서 전면을 풍부한 색채로 꾸몄다.

"멋진 작품이군……."

아크는 기술과 예술의 정수(精髓)를 모아 만든 듯한 그 조형을 올려다보면서, 그저 관광지를 찾은 관광객 같은 감상을 내 뱉었을 뿐이다.

중앙에는 네 개의 오벨리스크 장식 기둥을 세웠고, 그것들과 각을 맞춘 사각형의 제단이 자리를 잡았다. 또한 네 방향에는 제단으로 오르는 계단이 있었다.

그리고 그 제단 위에서는 짐과 종자를 거느린 옷차림이 좋은 자들이 전이진을 기동할 때까지 제각각 다른 이들과 대화를 하는 모습이 보였다.

전이진을 이용하려면 나름대로 비용이 들어서, 아마 유복한 자들이 중심이리라.

다만 그래도 걸어서 스무날이나 걸리는 거리를 순식간에 갈 수 있다 보니, 제단 위에서는 그런대로 많은 이용 인원이 그때를 기다리는 중이었다.

아크를 비롯한 나머지 일행도 신전 중앙에 놓인 제단으로 이어지는 계단을 올라갔다. 그러자 다른 이들의 시선이 잠시 모였지만, 금세 신전에 종소리가 울려 퍼지면서 환담을 하던 자들의 목소리도 끊겼다.

"정각이 되었습니다! 경계 도시 페르난데스의 전이진 이용자는 서둘러 중앙 전이진으로 이동해주십시오!"

제비뽑기 가게의 당첨 종소리처럼 손에 든 종을 울리면서 전이진의 관리원이 큰소리로 신전 안팎에 전이진 기동을 알리기 시작했다.

실내가 조금 웅성거리는 가운데 종이 마지막 알림 같이 격렬하게 울렸다.

그러자 당장 제단의 바닥에 그려진 거대한 마법진이 빛을 뿜었고, 주변 일대가 눈부신 빛으로 둘러싸여 무심코 눈을 가늘게 떴다.

엘프 마을의 전이진과 마찬가지로 발밑이 순간적으로 붕 뜨는 느낌을 받나 싶더니, 눈부신 빛이 급속히 가라앉으면서 주변 풍경이 흐릿하게 눈에 들어왔다.

그곳은 원래 있던 신전과 넓이는 별로 달라지지 않은 듯했지만, 내부 장식은 약간 간소하게 바뀐 것 같았다.

아무래도 무사히 전이를 마친 모양이다.

"전이를 이용한 이동의 편리성은 여전히 대단하군요……."

달라진 주위 경치를 확인하듯이 시선을 이리저리 움직이던 치요메가 그런 감상을 입 밖에 꺼냈다.

치요메의 그 의견에는 크게 동의하지 않을 수 없다.

"인원이나 이동시킬 물품의 용량에 따라 전이진을 기동할 때 필요한 마나 피오의 양이 늘어나요. 그래서 생각만큼 융통성이 없는 게 결점이죠. 엘프 마을의 전이진도 기본은 일회 이용 인원을 다섯 명 정도로 제한해요……. 그런 점에서 말하자면 아크의 전이마법은 조금 상식을 벗어난 셈이죠."

아리안은 옆에 서서 반쯤 뜬 눈으로 아크를 바라보았다. 아리안의 시선 앞에는 오늘 이른 아침에 아크가 북대륙의 로드 크라운 기슭에서 온천물을 담아온 물통이 매달려 있었다.

그것은 아크가 쓸 수 있는 장거리 전이마법 【게이트】가 대륙 사이의 이동도 가능하다는 증거였다.

대륙 사이의 거리는 배를 타고 하루는 걸린다. 그러나 그 계산은 엘프족이 소유한 쾌속선을 탈 경우라는 점을 고려하면, 적어도 북쪽 대륙과 남쪽 대륙의 거리는 수백 킬로미터는 떨어져 있을 터다.

그 거리를 눈 깜짝할 사이에 이동할 수 있다면, 확실히 상식을 벗어난 능력이라고 말해도 지나치지 않다.

다만 체감상으로는 대륙 사이의 장거리 전이는 나름대로 마력을 소비한다는 사실을 알았다.

게임에서는 어떤 장소로 전이하든 소비하는 마력은 똑같았지만, 이 세계에서는 거리에 비례하여 마력 소비를 더하는 듯했다. 따라서 아크의 전이마법도 이 신전의 전이진과 별로 큰 차이는 없으리라——.

"뭐, 대륙 사이의 이동이 편해졌으니까 자잘한 일은 신경 쓰지 마시오."

아크는 그렇게 말하고 웃으면서 아리안의 시선을 피했다. 그러고는 제단의 계단을 잇달아 내려가는 다른 이용자들을 뒤따랐다.

"아크 님, 숨겨진 마을까지 말린 포를 전해주셔서 감사합니다."

전이마법이라는 이야기의 흐름 속에서 치요메는 얼마 전 손에 넣은 대량의 말린 포 절반을 아크가 숨겨진 마을로 갖다 준 일을 다시 고맙다고 인사했다.

아크는 치요메의 인사말에 아무것도 아니라는 듯이 고개를 가로저었다.

【게이트】덕분에 대륙 사이의 이동은 큰 부담도 아니다. 하

물며 엘프족의 마을에서 치요메 일족의 거점인 숨겨진 마을까지 전이하는 것은 정말 덤이라고 해도 될 정도다.

"괜찮소, 여행 짐은 가벼울수록 좋으니까 말이오."

느긋하게 대답한 아크는 등의 짐을 고쳐 메고 신전문을 나섰다.

간단한 검열을 마친 후 외벽에 설치된 출입문을 빠져나오자, 그곳은 항구 도시 프리마스와 몹시 비슷한 커다란 광장이었다.

그러나 광장 앞에 보이는 주변 경치는 프리마스와는 그 모양이 상당히 달랐다.

떠들썩하고 너저분한 거리가 특징이었던 상업 항구 도시 프리마스와는 다르게 거리 주위를 둘러싸듯이 높은 방벽이 멀리서 우뚝 솟아 있었다. 건물도 투박한 양식이 많은 이 경계 도시는 언뜻 보기에는 성채 도시 같은 분위기를 풍긴다.

아마 경계 도시로 불리는 이상, 어딘가와 경계를 접하는 도시 전체가 방어에 알맞은 구조를 띠고 있으리라.

기분 탓인지 거리를 오가는 수인들은 체격이 좋았는데, 조금 불량스러워 보이는 무리와 병사들의 모습도 눈에 띄었다.

"일단 호인족을 만날 수 있는 장소를 물어볼까."

아크가 옆구리에 낀 투구를 고쳐 쓰고 돌아보자, 뒤따라온 아리안과 치요메가 고개를 끄덕이며 동의하는 뜻을 나타냈다.

치요메의 앞가슴에 안긴 폰타는 뒷다리를 흔들흔들하면서, 프리마스와는 다른 거리의 냄새를 확인하려는 듯이 자꾸 코를 벌름거렸다.

항구 도시였던 프리마스와 달리 바다 냄새가 나지 않는 이유는 내륙에 위치하기 때문일까.

우선 아크는 정보를 물어볼 만한 인물을 찾듯이 주위에 지나다니는 행인들을 바라보았다.

광장을 빠져나간 아크가 근처에서 노점을 여는 남자에게 말을 걸자, 그 남자는 수상쩍다는 눈으로 아크를 올려다보았다.

"미안하네만 이 근처에서 호인족을 만날 수 있는 장소를 모르나?"

아크는 손에 든 가죽 주머니에서 금화 한 개를 꺼냈다. 금화를 본 남자는 희색을 띠고 아크의 질문에 대답했다.

"아아, 호인족 말입니까요? 그러고 보니 최근에 전혀 안 보이는군요."

"……그런가."

딱히 대단한 정보도 아니라고 판단한 아크는 손에 든 금화를 쥔 채 남자로부터 시선을 돌렸다. 당황한 남자는 미간을 찌푸리며 말을 이었다.

"마, 맞다, 나리! 이 앞의 남쪽 방벽 옆에 마구간을 가진 녀석이 호인족의 탈것을 주웠다고 했습니다!"

"흐음?"

아크는 호인족을 찾는 것이지 호인족의 탈것을 찾는 게 아니다. 노점 남자를 바라보면서 손에 쥔 금화를 살짝 내비치고 그 의미를 시선으로 되물었다.

남자는 아크 옆에서 이야기의 흐름을 지켜보는 아리안에게 시선을 옮기더니, 혼자 뭔가를 이해했다는 듯이 고개를 끄덕이며 입을 열었다.

"상당한 중갑을 걸쳐서 몰랐지만, 나리는 엘프족입니까? 그럼 사정을 잘 모르는 건 어쩔 수 없죠. 호인족의 탈것은 드립트프스^{질주기룡}라는 커다란 놈입니다요. 그건 호인족이 성인이 될 때 받는 일생의 짝이어서, 어지간해서는 잃어버리지 않습니다. 그런 짝을 잃어버린다는 불명예는 그 부족의 남자에게는 사활이 걸린 문제란 거죠."

거기까지 말한 남자의 말에 아크도 왠지 그 이야기의 내용을 이해할 수 있었다.

"그렇군. 호인족이라면 잃어버린 짝을 찾으러 반드시 나타날 거다?"

"네. 게다가 그 마구간 주인은 이따금 호인족의 드립트프스도 거래하는 듯해서, 호인족의 사정에도 밝을 겁니다. 아니, 틀림없습니다!"

노점 남자가 힘차게 고개를 끄덕였다. 아크는 기대로 가득찬 눈빛에 보답하듯이 금화를 손가락으로 튕겨 남자에게 날렸다.

아크가 신이 난 남자로부터 시선을 떼고 돌아보자, 뭔가 납득하기 힘들다는 얼굴의 아리안과 눈이 맞았다.

"그런 정보에 너무 많이 주는 거 아니에요?"

"정보의 가치는 저마다 다르오……. 내게는 필요경비의 수준이오."

아크의 대답에 아리안은 질렸다는 듯이 어깨를 으쓱였다.

남자의 정보로는 이 도시에서도 호인족을 최근에 볼 수 없었다고 한다.

원인은 모르지만 호인족의 사정에 밝다는 그 마구간 주인의 이야기를 들을 가치는 충분할 터다.

최악의 경우, 이 도시에서 호인족을 만나지 못하더라도 그들의 영역이라는 쿠와나 평원으로 직접 찾아가도 나쁘지 않으리라.

"그럼 일단 남쪽의 방벽 옆에 있다는 마구간을 가볼까."

짐을 고쳐 맨 아크가 다음 목적지로 의기양양하게 발걸음을 옮기자, 갑자기 뒤에서 치요메의 목소리가 들렸다.

"아크 님, 남쪽은 저쪽인데요?" "쿵!"

그 목소리에 재빨리 돌아선 아크는 치요메가 가리킨 앞쪽의 길과 방향으로 시선을 던졌다.

처음 오는 도시다, 조금쯤 방향을 착각하는 것은 자주 있는 일이다.

아리안의 약간 차가운 시선을 피한 아크는 빠른 걸음으로 남쪽에 우뚝 솟은 방벽을 향했다.

그러나 아무래도 이 도시의 방벽은 전 지역을 둘러싸지는 않은 모양이다.

흘끗 시선을 뒤로 돌리자, 멀리 보이는 방벽이 도중에 끊겨서 없어진 장소가 있었다.

자신들이 향하는 남쪽은 방향으로 말하자면 북쪽에서 서쪽이라는 느낌이랄까.

페르난데스는 강 옆에 만들어진 도시라고 들었으므로, 아마 저 방벽이 없는 곳에는 강이 이웃하리라.

알기 쉬운 표지를 설치한 덕분에 대강의 방향을 짐작할 수 있다.

이윽고 어지럽게 오가는 행인들을 피해 가끔 눈에 띄는 노점과 포장마차를 둘러보면서 나아가자, 조금 앞쪽의 방벽에 열린 커다란 문이 보였다.

방향을 봐서는 도시의 남문이리라.

그 옆에는 울타리로 에워싸인 목초지가 펼쳐졌고, 안에는 프리마스에서 봤던 대형 이족보행 독수리와 짐 마차를 끌었던 대형 산양 등이 있었다.

근처에는 마구간으로 보이는 건물도 몇 개 보였다.

"방벽 옆의 마구간이라고 해도 여러 군데네요……."

"아크 님, 저곳이 아닐까요?"

"큥!"

아리안은 허리에 손을 얹으면서 주변 경치를 바라보다가 혼잣말을 중얼거렸다. 아크가 아리안의 혼잣말을 흘려듣자, 치요메가 작은 울타리 안에 있는 어떤 생물을 가리켰다.

거기에 반응하듯이 치요메의 팔에 안긴 폰타도 흥미진진하다는 시선을 그쪽으로 보냈다.

치요메가 가리킨 방목장의 구석에는 독수리도 산양도 아닌 두 마리의 동물이 다른 동물들과 격리된 형태로 목초지의 한복판쯤에 자리를 잡았다.

겉보기로 말하자면 거대한 파충류 같았다.

좀 더 자세히 묘사하자면 그 모습은 어릴 적에 공룡도감으로 질릴 만큼 본, 유명한 트리케라톱스에 가까웠다.

몸길이는 꼬리를 포함하면 4m 이상에, 지금은 엎드렸지만 몸높이도 꽤 될 법하다.

온몸이 검붉은 갑옷 같은 비늘로 덮였고, 머리에는 크게 튀어나온 두 개의 하얀 뿔이 달렸다. 그러나 보통의 공룡과 달리 약간 폭넓은 등 가운데 하얀 갈기 비슷한 가지런한 털이 꼬리 끝까지 나부꼈다.

그리고 도감에서 본 공룡과 결정적인 차이는 다리가 여섯 개나 있다는 점이리라.

상당히 위압적인 모습에 반해 공룡을 닮은 그 생물은 발밑의 잡초를 뜯으며 느긋한 동작으로 우적우적 입을 움직였다.

옆에 있는 또 한 마리는 커다란 하품을 하고 목초지 위에 아무렇게나 엎드려 누웠다.

"저것도 탈것인가?"

아크는 그렇게 의문을 내뱉으면서 기묘한 생물을 격리한 울타리로 다가갔다.

파브나하의 도시에서도 보지 못한 공룡 같은 이 이상한 생물이 소문으로 들은 호인족이 다룬다는 탈것일까?

아크가 그런 생각에 잠기자, 긴 귀를 가진 토인족 노인 한 명이 말을 걸었다.

"아니, 손님. 탈것이 필요하십니까? 실례합니다만, 수도의 근위병이신지요?"

키가 작은 그 노인은 아크의 전신 갑주를 신기해하는 시선으로 올려다보더니, 부드러운 태도로 정중하게 허리를 굽혔다.

"……난 북쪽 대륙의 캐나다 대삼림에서 온 자요. 잠시 구경하고 있었소."

아크의 자기소개에 아리안이 살짝 눈을 휘둥그레 뜨며 쳐다보았다.

"그렇습니까, 페르난데스에서 엘프족을 보는 건 별일이군요. 탈것이 필요하시다면 다리가 빠른 드리오글^{백두기취(白頭騎鷲)}이 몇 마리 있는데 어떻습니까?"

토인족 노인은 옆의 울타리에서 기르는 이족보행 독수리를 가리키고 아크의 반응을 살피듯이 미소를 띠었다.

보아하니 이 방목장을 소유한 상인인 모양이다.

아크는 토인족 상인의 말을 손으로 제지하고, 이곳에 온 목적인 호인족에 관해서 물었다.

"언뜻 들었소만 이 주변에서 호인족의 탈것을 주웠다는 자를 찾는 중인데, 혹시 짚이는 바가 없으시오?"

"……네에, 그거라면 알고 있습니다만, 그자에게 무슨 용건이신지?"

그 이야기를 듣고 상인은 조금 의아하다는 시선을 보냈다. 아크는 그런 상인에게 의심할 일은 없다는 듯이 어깨를 으쓱여 보이고 설명했다.

"개인적인 얘기지만, 호인족이 들여온다는 '레드네일'을 좀 얻고 싶어서 말이오. 다른 상인에게 듣기로는 탈것을 주웠다는 이가 호인족의 사정에 밝다고 해서 이렇게 찾아온 거요."

아크의 이야기를 들은 상인은 이해했다는 듯이 미소를 띤 얼굴로 고개를 끄덕였다.

"아아, '레드네일' 말입니까. 확실히 그건 마수의 눈을 못 뜨게 하는 데 꽤 효과가 높다고 들었습니다. 그렇군요. 실은 거기 있는 탈것—— 드립트프스들을 주운 건 저입니다……."

상인은 자신의 옆 울타리 안에서 느긋하게 쉬는 여섯 개의 다리를 가진 강인한 공룡형 생물에게 시선을 옮기고 커다란 한숨을 내뱉었다.

　아무래도 치요메가 발견한 이 생물이 호인족이 다루는 탈것이 틀림없는 듯하다.

　아크는 자신과 대면하는 토인족 노인을 바라보았다.

　그러자 아크의 의도를 알아차렸는지, 토인족 상인은 이마에 파인 주름을 더욱 늘리면서 쓴웃음을 지었다.

　"호인족에게 이 드립트프스는 한 사람 몫을 해낸다는 증거이고, 무엇보다 그들 기룡민족(騎龍民族)에게는 동료이기도 합니다. 무리를 벗어난 드립트프스를 보호하면 나름대로 보상을 기대할 수 있다고 생각해서 데려왔지요. 하지만 정작 중요한 호인족을 도시에서 만나지를 못하니……."

　상인은 그쯤에서 일단 말을 끊더니, 울타리 가까이 다가가 여유롭게 풀을 뜯어 먹는 드립트프스를 올려다보며 또 큰 한숨을 내쉬었다.

　"보시다시피 드립트프스는 풀을 좋아하는데, 먹는 양이 몹시 많은 데다 이곳에 두기에도 여러모로 수고스럽고 식비를 상당히 차지합니다. 그렇다고 한번 보호한 놈들을 다시 들판에 풀어주자니, 그 일이 나중에 호인족에게 알려지면 오랫동안 쌓아온 우리와의 신뢰 관계도 무너질 테고……."

　노인은 슬픔에 가득 찬 눈동자로 아크를 흘끗 올려다보았다.

　뭔가 무척 곤란하다는 사정을 맹렬히 호소하는 느낌이지만, 토끼 귀를 가진 노인에게 그런 시선을 받아도 반응하기 난감할 뿐이다.

그러나 이 상인이 말했듯이 도시에서 호인족을 전혀 볼 수 없다면, 그들이 영역으로 삼는 쿠와나 평원까지 발걸음을 옮겨야 한다.

"으~음, 호인족이 사는 쿠와나 평원은 이 도시에서 며칠 정도의 거리요?"

아크가 늙은 상인의 뜨거운 시선을 내버려 두며 호인족이 산다는 평원까지의 거리를 묻자, 그의 눈동자가 번쩍 빛난 듯한 기분이 들었다.

"이 도시 옆의 다저스강을 건너 싱가리카 평원을 탈것으로 이동하면 열흘이 걸립니다. 그후 킨레이 산맥에서 흐르는 실라강을 넘은 곳부터 쿠와나 평원이 되지요. 하지만 역시 광대한 평원을 탈것도 없이 이동하는 건 무모합니다. 저희가 지구력이 뛰어난 밴드햅스를 준비할 수 있는데 어떻습니까?"

늙은 상인은 안쪽 울타리에서 무리를 이룬 대형 산양을 가리키며 미소를 띠었다.

그러나 그동안 일행은 이동을 오로지 전이마법에 의존했으므로, 탈것은 딱히 필요불가결한 요소는 아니다.

이런 신기한 동물에 짐을 싣고 앉아 돌아다니면 판타지적인 모험심을 만끽할 수 있을 테지만 말이다——.

아니, 이럴 때는 오히려 적극적으로 여행을 즐겨야 하는 상황인지도 모른다.

아크는 치요메의 팔에 안겨 뒷다리를 흔들흔들하는 폰타에게 눈길을 주었다.

"큐?"

고개를 갸웃거리고 아크의 의도를 묻는 듯한 폰타에게서 시선을 뗀 후 울타리 안에 있는 동물들을 다시 바라보았다. 아무리 그래도 급성장한 폰타의 등에 올라타고 여행을 한다는 미래는 없으리라.

아크가 그런 상상에 빠지자, 늙은 상인이 거듭 장삿속을 드러냈다.

"손님, 말씀드리지만 평원을 걸어서 이동하는 건 무모할 텐데요? 전망이 탁 트인 평원은 그곳에 서식하는 육식계 마수의 눈에 띄기 쉽습니다. 그래서 도망치려면 탈것이 필요하고, 무엇보다 밤에 가장 도움이 됩니다. 이놈들은 애당초 평원에 사는 동물입니다. 야습하는 마수에게 민감해서, 불침번을 설 때도 최적이지요."

분명 한낮의 평원이라면 아무런 문제는 되지 않을 테지만, 가로등도 없는 깊은 밤의 평원은 전이마법을 쓰지 못한다. 밤에 망을 보게 될 아리안과 치요메, 고에몬이라면 몰라도 아크가 어둠을 타고 숨어드는 마수의 기척을 알아차릴 수 있을지는 매우 의문이다.

아크가 고민하자, 늙은 상인은 지금 밀어붙여야 한다고 보았는지 더욱 몰아세웠다.

"만약 손님이 쿠와나 평원을 가신다면, 이 드립트프스도 함께 데려가는 게 어떻겠습니까? 보시다시피 어지간한 마수의 엄니는 전혀 걱정하지 않아도 괜찮습니다. 또 호인족을 만나 교섭을 할 때 잃어버린 드립트프스를 돌려주는 대가로 우위에

서서 협상을 진행할 수도 있을 겁니다만?"

노상인은 입가에 조용히 미소를 띠었다.

아무래도 성가신 일을 떠넘기는 한편 짐짓 생색을 내려는 속셈이리라.

뭐, 상인으로서는 조금도 잘못하지 않은 데다, 이 정도의 억지가 있는 게 보통일 것이다.

아크는 왠지 여린 미소를 띤 인간족의 청년 상인을 떠올리고 머리를 가로저었다.

"당장 드립트프스를 맡아 주신다면, 다른 탈것을 싸게 해드리겠습니다."

늙은 상인은 두 손을 비비는 듯한 몸짓을 보이며 웃었고, 아크는 살짝 고개를 갸웃거렸다.

"아니, 이 드립트프스를 데려간다면 굳이 탈것을 또 살 이유는 없지 않소? 두 마리나 있으니 네 명을 태우기에는 충분할 것 같은데?"

그 물음에 옆에서 이야기를 듣던 아리안도 아크에게 동의한다는 듯이 고개를 끄덕였다.

그러자 늙은 상인은 손을 힘차게 좌우로 내저었다.

"아뇨아뇨, 물론 탈 수는 있지만 그게 아니라── 실례합니다만 드립트프스는 스스로가 인정한 자만 태워서 고삐를 쥐도록 해줍니다. 그래서 호인족 이외의 누군가가 드립트프스를 다룰 경우, 끌고 가는 수밖에 없습니다⋯⋯."

늙은 상인은 이마에 손을 대고 한숨을 내뱉었다.

"그럼 호인족은 이놈한테 보통 어떻게 자신을 주인으로 인정하게 만드는 거요?"

아크의 질문에 치요메도 흥미를 느끼는지 대답을 묻듯이 늙은 상인에게 시선을 보냈다.

"……어, 그게, 방법 자체는 비교적 단순합니다만……. 저기, 호인족은 드립트프스와 힘겨루기를 통해 주인으로 인정받습니다."

그 대답을 들은 아크는 눈앞의 울타리 안에서 느긋하게 풀을 뜯어 먹는 거구의 파충류를 바라보았다.

상인이 한숨을 지을 만한 이야기다. 중량급의 이 파충류와 순수하게 힘겨루기를 해서 인정을 받아야 하다니, 평범한 자로서는 도저히 무리이리라.

그게 가능한 자를 말하자면, 아크의 마음속에 짚이는 이는 수 명—— 왠지 옆에서 투지가 넘쳐흐르는 고에몬과 숨겨진 마을에서 여러 명 눈에 띈 웅인족일까.

"여기서 나도 한 번 힘겨루기라는 걸 해보도록 할까."

아크는 어깨에 멘 짐을 내려놓고, 팔을 돌리면서 울타리로 다가갔다.

그러자 그 모습을 지켜보던 노상인은 아크를 멍하니 바라본 후, 뭔가를 깨달았다는 듯이 허둥지둥 옆으로 달려와서 말렸다.

"아뇨아뇨, 무모한 짓입니다! 지금은 얌전히 굴지만, 힘겨루기를 하면 일반인은 단숨에 날아갈 텐데요!? 저 용맹무쌍한 호인족조차 힘이 부족해서 질 때도 있습니다!"

노상인은 큰 소리로 아크를 제지했지만, 옆에서 양팔의 근육을 터질 듯이 부풀리고 드립트프스를 응시하는 고에몬의 모습에 엉거주춤했다.

"그야 두 분이라면 한 마리는 따르게 할 수도 있겠지만……."

노상인과의 그런 대화가 주변을 지나던 몇 명의 흥미를 끌었는지, 멈춰 서서 일행에게 시선을 던졌다.

온몸이 근육에 둘러싸인 거구라는 사실을 느껴지지 않게 하는 몸놀림으로 먼저 울타리를 뛰어넘은 이는 고에몬이었다.

보기 드물게 섬뜩한 미소를 띤 고에몬은 목초지에 있는 두 마리의 드립트프스 곁으로 발걸음을 옮겼다.

자신의 영역으로 삼은 방목지에 타인이 들어와서 경계했는지, 풀을 뜯어 먹던 드립트프스가 노란색 눈동자의 동공을 가늘게 뜨고 침입자인 고에몬에게 시선을 고정했다.

"어이어이, 어떤 멍청이가 드립트프스한테 힘겨루기로 도전하나 봐!"

구경꾼 한 명이 고함을 지르자, 그 소리를 들은 다른 이들이 흥미를 갖고 잇달아 모여들었다.

"뭐야, 저 덩치가 도전하는 거냐? 그보다 저 남자, 호인족 아니야?"

"아니, 아닐걸. 호인족 중에서 저런 털색을 가진 녀석은 본 적이 없는데? 묘인족 아닐까?"

주위에서는 좋은 구경거리라는 듯이 야유하고 시끄럽게 떠드는 소리가 여기저기에서 터져 나왔다.

그런 소음을 묵묵히 흘려들은 고에몬은 정면에 선 드립트프스를 노려보았다.

드립트프스의 노란색 동공에서 번쩍이는 눈빛이 정면에 선

고에몬에게 쏟아졌다.

접혀진 여섯 개의 다리를 펴고 검붉은 갑옷을 두른 듯한 거구를 느릿느릿 일으키자, 몸높이는 고에몬의 신장 정도나 되었다. 이렇게 떨어져서 보자 소형 덤프트럭만 한 체구다.

하얀 갈기를 바람에 나부끼고 앞다리를 긁으면서, 상아 같은 두 개의 하얀 뿔을 겨누듯이 고에몬에게 들이댔다.

그러자 손바닥을 위로 향한 고에몬이 드립트프스에게 손짓하는 시늉을 취하며 웃었다.

"와라, 진짜 힘이라는 걸 보여주마."

평소에 거의 입을 열지 않는 고에몬이 드립트프스를 도발하는 말을 내뱉었다.

『규리이이이이이이이!!』

그리고 그 말의 의미를 이해했다는 듯이 드립트프스가 그 거구에 어울리지 않는 높은 포효를 지르더니, 정면에서 자세를 잡은 고에몬을 뭉개버릴 것처럼 맹렬하게 돌진했다.

구경하던 자들로부터 일제히 비명 비슷한 환성이 올랐지만, 고에몬은 몹시 냉정했다.

마찬가지로 고에몬도 돌진하듯이 달려가서 드립트프스의 오른쪽으로 피하려 했다. 그러나 거기에 반응한 드립트프스가 돌진 방향을 바꾸고자 몸을 비스듬히 틀었다.

그 찰나의 무너진 자세에 반응하듯이 고에몬의 몸이 엷은 빛으로 둘러싸였다. 고에몬은 눈에도 보이지 않을 정도의 빠르기로 드립트프스의 머리에 달린 뿔을 붙잡고 달라붙었다. 그러고는 자세가 무너진 방향으로 원심력을 이용하여 다리를 후려쳤다.

그러자 마치 거짓말처럼 드립트프스의 거구가 공중에 뜨더니, 그대로 날아가듯이 울타리로 굴러가서 심하게 부딪쳤다.

튼튼하게 만들어졌을 터인 울타리는 삐걱거리는 소리를 울렸고, 주위의 구경꾼들이 비명을 질렀다.

한순간의 적막이 주변을 지배한 후 이번에는 정반대로 떠나갈 듯한 환성이 그 자리에서 올랐다.

"못 믿겠군. 저 거구를 내던져버렸다고!!"

"역시 호인족 아니야!?"

구경꾼들의 그런 환성이 들리는 가운데, 고에몬이 내던진 드립트프스는 기절했는지 일어나지도 않고 그 자리에 쓰러진 채였다.

그 모습을 본 늙은 상인은 쓰러져 있는 드립트프스에게 허겁지겁 달려가서 용태를 확인하더니, 곤혹스러운 표정을 짓고 비난의 목소리를 높였다.

"자, 잠깐만요, 손님! 힘겨루기라는 건 드립트프스한테도 뒤지지 않는 힘을 보여주는 거지, 내동댕이치는 게 아니란 걸 모르십니까!?"

그 말에 고에몬은 살짝 고개를 갸웃거렸지만, 옆에서 치요메가 뭔가 보충 설명을 하는 듯했다.

그때 또 한 마리의 드립트프스가 콧김을 거칠게 내뿜으며 일어섰다.

『규리리이이이이이이이이이!!』

위협하는 울음소리를 낸 드립트프스는 매우 난폭하게 고개를 흔들면서 뿔을 휘둘렀다.

동료의 복수를 하려는 생각일까.

고에몬이 그 모습을 흘끗 보더니, 시선을 아크에게 돌리고 드립트프스를 턱짓으로 가리켰다.

쓰러진 드립트프스는 딱히 상처를 입지 않은 듯하므로, 고에몬이 올라타서 고삐를 쥐는 데 문제는 없으리라.

그러나 드립트프스가 아무리 거구라 해도 네 명을 태우고 달리기에는 조금 부족하다.

짐을 내린 아크는 투구 위의 폰타를 아리안에게 건네준 후 울타리를 뛰어넘었다.

곧이어 스치듯이 지나가는 고에몬과 주먹을 맞대고 그 자리를 교대했다.

사나워진 드립트프스 앞으로 나서는 아크의 뒤에서 조금 전처럼 구경꾼들의 환성이 일제히 터졌다.

아크는 그런 환성을 받으며 드립트프스의 주위를 관찰하듯이 바라보았다. 그러자 방금까지 평평했던 지면이 변형되어 몇 군데는 솟아난 것을 알 수 있었다.

아무래도 고에몬은 드립트프스를 집어던질 때 인술을 써서 아까 같은 곡예를 보였으리라. 겉보기와는 달리 상당히 세심하다.

그런 사실에 감탄하는 아크가 한눈을 판다고 여겼는지, 노란색 눈빛을 날카롭게 빛내는 것과 동시에 드립트프스는 거구의 자세를 낮추더니 돌진했다.

『규리이이이이이이이!!』

내세울 게 돌진 하나뿐이라고는 해도, 급가속하여 다가오는 중량물을 찰나의 판단으로 회피하기란 매우 어렵다. 실제로 지금도 어느 쪽으로 피할지 한순간 망설여서, 한 박자 늦게 눈앞에 뿔이 닥쳐왔다.

둔한 중량급의 충격음이 울렸고, 주위에서 불이 붙은 듯한 환성이 들렸다.

두 개의 뿔을 붙잡은 아크가 겨드랑이 아래로 코끝을 끌어안고 찰싹 맞붙어 싸우듯이 드립트프스의 돌진을 멈춰 보이자, 주변의 구경꾼들로부터 더욱더 환성과 야유가 날아들었다.

아크는 울타리 바깥의 시끄러운 소리를 흘려들었다. 그리고 거구로 자신의 몸을 천천히 밀어붙이려는 드립트프스에게 웃어보였다.

"누으으, 역시 힘자랑을 할 만한 동물답군……. 내 힘에 정면으로 맞서다니."

그 말은 아크의 틀림없는 본심이다.

천기사는 직업의 특성상, 마법검사로 분류된다.

순수한 전사계열에는 미치지 못하지만, 최고 레벨까지 올린 능력은 일반인의 상식을 훨씬 웃도는 힘을 이 몸에 지녔다.

그러나 이 세계의 생물 중에는 그런 힘에 정면으로 맞설 수 있는 존재가 평범하게 있는 것이다. 새삼스레 힘에만 기대는 싸움이 얼마나 위험한지, 뼈저리게 깨달은 심정이다.

그렇다고 여기서 질 수도 없는 노릇이다.

아크는 질질 밀리는 자신의 발바닥이 목초지에 도랑을 파는 감촉을 느꼈다. 그러면서 이리저리 나부끼는 드립트프스의 하얀 갈기에 이마를 비벼대듯이 허리를 낮추고 중심을 내렸다.

『규리이규리이이이이이이이이이!!』

드립트프스는 아크의 구속을 풀기 위해 머리를 좌우로 흔들었다. 아크는 그런 몸부림을 양팔로 껴안고 누르는 과정에서 살짝 체중을 실었다.

"누으으으으으으으으으으으음!!!"

기합을 넣은 아크는 드립트프스의 머리를 흔드는 몸부림에 맞춰 전력을 다해 체중이 쏠리는 순간을 노렸다.

드립트프스의 한쪽 다리가 붕 떴고, 사방에서 비명을 지르듯이 동요하는 소리가 울렸다.

그때 아크가 숨통을 끊을 것처럼 드립트프스의 머리를 감싼 채 비틀자, 비늘 갑옷으로 덮인 거구는 요란한 흙먼지를 일으키며 옆으로 쓰러졌다.

"우오오오오, 진짜냐!? 드립트프스한테 정면으로 덤벼서 이긴 거냐고!?"

"믿어지지 않는군. 저 둘은 괴물이야, 뭐야!!"

어딘지 용병을 생업으로 삼는 듯한 남자들이 덩치에 걸맞지 않게 그런 환성을 지르는 가운데, 울타리 밖에서는 아리안이 뭔가 어이없다는 얼굴로 어깨를 으쓱였다.

그때 다시 느릿느릿 일어선 드립트프스를 보고 주위에서 들끓던 환성이 가라앉았다.

『규리이이.』

약간 언짢아하는 분위기는 있지만, 드립트프스는 아크 앞에 조용히 무릎을 꿇고 머리를 숙였다.

아무래도 무사히 주인으로 인정을 받은 듯하다.

갑옷 같은 비늘을 가진 체구와는 달리 머리부터 꼬리까지 난

하얀 갈기가 바람에 나부낀다. 아크는 그 갈기를 살짝 쓰다듬
었다.

드립트프스는 파충류 특유의 동공을 조금 가늘게 뜨고, 가르
릉가르릉 목을 울렸다.

천천히 뒤로 돌아간 아크는 가볍게 뛰어서 드립트프스의 등
에 올라탔다.

『규리이이이이!』

그 소리를 신호로 드립트프스가 아크를 태운 채 느리게 일어
섰다.

역시 이만한 높이를 가진 등에 올라타자, 시선의 위치가 꽤
달라졌다.

문득 아크는 울타리 근처에 있는 인파에게 눈길을 내렸다. 그
러자 아까 정신을 잃은 드립트프스 한 마리의 상태를 살피던 늙
은 상인이 입을 쩍 벌리고 올려다보는 모습이 눈에 들어왔다.

드립트프스의 등에 올라탄 아크가 발뒤꿈치로 신호를 보냈
다. 드립트프스는 그 의도를 알아차린 듯이 여섯 개의 다리를
느릿느릿 움직여 노상인에게 다가갔다.

정신을 잃었던 드립트프스도 어느새 눈을 떴는지, 몇 번 머
리를 흔들며 일어나 고에몬 옆에 무릎을 꿇고 엎드렸다.

"상인 양반, 일단 이놈들을 맡았으니 안장도 같이 주지 않겠
소?"

그렇게 말하고 아크가 위에서 웃어 보이자, 늙은 상인은 가
까스로 미소를 지으며 고개를 끄덕였다.

어쨌든 이것으로 호인족이 사는 쿠와나 평원까지의 이동수단

을 얻었다고 여겨도 좋으리라.

이튿날, 아직 아침해가 주변 경치를 밝게 비추기 전의 새벽 무렵.

그러나 이 세계에서는 인간족, 엘프족, 수인족을 가리지 않고 다들 일찍 일어난다. 따라서 여전히 약간 밤기운이 남은 어슴푸레한 거리에서는 벌써 잠을 깬 주민들이 정력적으로 움직였다.

어제는 늙은 상인에게 드립트프스를 받으면서, 처음에 데려올 때 달려 있었다는 안장도 얻었다.

가죽으로 만들어진 안장에는 뭔가 작은 의장을 색실로 자수를 놓았는데, 상당히 공들인 장식을 꾸며서 호인족의 독자적인 문화를 느끼게 했다.

그런 안장을 드립트프스에게 얹고, 평원으로 나가는 데 필요한 장비와 짐을 산 후 숙소를 잡아서 쉬게 된 것이다.

늙은 상인은 골칫덩이인 드립트프스를 떠넘기는 김에 다른 탈것도 억지로 팔아넘길 속셈이었으리라. 그러나 공교롭게도 드립트프스 두 마리라면 아크를 포함해서 네 명 정도는 넉넉히 태울 만한 힘과 넓은 등이 있었다.

늙은 상인의 입장에서는 드립트프스를 보호하는 동안의 사료 값 등이 고스란히 손해로 계산되었을 뿐, 딱히 아무런 이득도 없는 울고 싶은 상황이었다.

하다못해 일말의 동정심을 품은 아크가 호인족에게 드립트프스를 돌려줄 때 기꺼이 노상인의 이야기를 해준다는 위로에 눈물을 흘리며 고마워했다.

——뭐, 잊지 않았을 경우의 이야기이지만 말이다.

그리고 일행은 지금 페르난데스의 북서부에 이웃한 다저스강의 다리를 건너는 중이었다.

다리 밑을 흐르는 강폭은 꽤 넓어서, 맞은편 기슭에 이르는 거리는 이삼백 미터쯤일까.

강과 접한 도시 쪽에는 몇 개의 부두에 작은 배를 정박시키고, 작업하는 선상의 선원들이 다리 위에서도 보였다.

아마 이 강은 운하의 역할을 하리라.

아크는 시선을 도시의 강가에서 다리 앞으로 돌렸다.

맞은편 기슭까지 뻗은 발밑의 이 다리는 중앙 부분이 도개교 방식이었는데, 지금은 두꺼운 쇠사슬에 연결한 횡목을 올린 상태로 고정되었다.

배가 오갈 수 있도록 머리를 짜낸 것이리라.

도개교 바로 앞에서는 몇몇 집단이 제각각의 모습으로 다리가 내려가기를 기다렸다.

기다리는 이들의 분위기는 저마다 달랐지만, 크게 두 개로 나누자면 용병처럼 경갑을 몸에 걸치고 무기를 든 집단과 농작업에 종사하는지 농기구를 가진 집단이 있었다.

일행은 그 두 집단으로부터 시선을 모았다.

이 남쪽 대륙 어디에서나 보는 묘인족의 치요메와 고에몬은 딱히 눈길을 끌지 않았다. 그러나 그들 옆에는 온몸을 백은의 갑옷으로 무장하고 칠흑 같은 망토를 강바람에 나부끼는 아크와 이 대륙에서는 보기 드문 황금색 눈동자 및 하얀 머리를 가진 다크엘프족 아리안이 있었다. 그리고 가장 주목을 받고 자리를 차지한 존재는 거구에 여행 짐을 실은, 하얀 뿔이 위압적인 두 마리의 드립트프스이리라.

다리 위에 드립트프스 두 마리가 나란히 대기하자, 다리 폭을 꽉 채워서 쉽게 움직일 수 없었다.

전체 몸길이는 4m를 넘고 몸높이는 아크와 같거나 그보다 큰 드립트프스는 싫어도 남의 이목을 끌었다. 보통은 호인족밖에 다루지 못하는 그 드립트프스 옆에서 호인족이 아닌 자들을 본다면, 어떤 무리인지 흥미를 갖게 되는 것은 어쩔 수 없는 일이다.

그리고 늘 아크의 투구 위에 올라타는 폰타는 새로이 일행으로 들어온 드립트프스의 하얀 갈기 속에서 얼굴을 내밀고 달라붙었다.

이따금 기분 좋다는 듯이 하얀 꼬리를 살랑살랑 흔드는 폰타 아래에서, 드립트프스가 커다랗게 입을 벌리고 하품하는 모습을 보건대 별로 싫어하는 눈치는 아닌 듯하다.

다만 드립트프스의 갈기가 하얀 탓에 멀리서 폰타의 흔들리는 솜털 꼬리를 보면, 갈기 일부분이 의사를 갖고 움직이는 듯이 느껴질 수도 있다.

그나저나——.

"……넌 높은 곳이면 어디든 좋은 거냐?"

"큥?"

아크가 내뱉은 말에 폰타는 고개를 갸웃거렸다.

아크는 자신의 투구보다 조금 높은 드립트프스의 머리 위에 달라붙어 그를 바라보는 폰타와 눈이 맞았다.

"후후, 어쩌면 아크를 따르는 게 아니라, 평소에 횃대처럼 여겼는지도 모르죠."

폰타와 나누는 대화를 들은 아리안이 옆에서 끼어들었다.

아리안의 그 말에 반응했는지, 치요메가 갑자기 고개를 돌리고 어깨를 들썩였다.

그때 금속이 스치는 둔중한 소리가 울리더니, 올려진 다리의 중앙 부분이 내려가기 시작했다.

땅울림과 함께 끝까지 내려간 횡목이 맞은편 기슭에서 뻗은 다리에 이어졌고, 기다렸다는 듯이 주위의 집단이 일제히 움직였다.

그 흐름을 따르는 것처럼 아크도 옆에 세워둔 드립트프스의 등에 올라탔다. 그러자 어느새 자리를 옮긴 폰타가 평상시와 다름없이 아크의 투구 위에 달라붙었다.

"폰타, 너……."

"큥!"

아크는 종족적인 특성인가 싶어서 한숨을 한 번 쉬었다. 그리고 그 모습을 보고 웃는 아리안에게 시선을 돌린 아크가 그녀의 이름을 부르며 손을 내밀었다.

그 손을 잡은 아리안은 가뿐한 몸놀림으로 드립트프스의 등에 오른 후 아크의 뒤에 자리를 잡았다. 치요메는 드립트프스의 고삐를 쥔 고에몬의 등 뒤에 앉았다.

일단 미리 자리를 정한 대로 모두 앉자, 고삐를 쥔 아크는 발뒤꿈치로 신호를 보내고 드립트프스에게 앞으로 나아가도록 재촉했다.

비늘 갑옷을 두른 거대한 파충류는 둔중해 보이는 겉모습과는 달리, 가벼운 동작으로 여섯 개의 다리를 능숙하게 움직이면서 주위의 행인들을 제치듯이 나아갔다.

"잠깐만요, 아크. 너무 속도를 내지 말아줄래요?"

균형을 잃었는지 뒤에서 아리안이 아크의 등에 매달리며 주의를 주었다.

아크는 드립트프스를 타기 위해 늘 등에 멘 방패와 짐을 양옆의 여행 도구와 함께 넣어서, 아리안의 크고 부드러운 두 개의 가슴이 형태를 바꾸는 게 갑옷 너머로도 전해졌다.

그러나 어차피 갑옷 너머의 질감은 전혀 느낄 수 없으니 억울하다.

그런 쓸데없는 생각을 하자, 뒤에서 아리안의 찌르는 듯한 시선이 꽂혔다.

"아크, 지금 엄청 쓸데없는 생각 했죠?"

"……무슨 말이오?"

아크는 아리안의 뛰어난 통찰력이 마침내 초능력처럼 변한 위협을 등으로 느끼면서, 의혹의 시선을 피하듯이 주변 풍경으로 눈길을 옮겼다.

페르난데스는 강의 반대편 방벽 바깥에는 크고 멋진 곡창지대가 펼쳐졌지만, 강을 건넌 곳에는 별로 깨끗하게 정비되지 않은 작은 밭이 있을 뿐이었다.

강을 건넌 곳의 싱가리카 평원에는 많은 마수와 짐승이 서식한다고 했으므로, 너무 크게 개척하지는 않았으리라.

평원에는 인간족이 지배하는 땅도 있다고 한다. 그래서 방어의 관점에서도 강 맞은편 방면의 발전에 중점을 두는지도 모른다.

다리를 건넌 농민들은 자신들의 밭으로 향했다. 그들을 바라보던 아크는 경작지가 도중에 끊긴 앞쪽으로 시선을 돌렸다.

이윽고 드립트프스가 경작지대를 빠져나오자, 그곳은 사방에 온통 광대한 평원이 끝없이 펼쳐졌을 뿐이었다. 낮은 덤불이 한데 모여 자라는 장소와 여기저기 솟아난 나무에 숨어서 드문드문 움직이는 그림자는 짐승이나 마수이리라.

그 모습은 어딘지 사바나의 경치를 쏙 빼닮은 풍경이다.

"으~음, 상인 양반이 말한 '검은 숲'은 안 보이는군……."

아크가 주위의 대평원을 둘러보면서 혼잣말을 내뱉자, 그 말에 반응한 아리안과 치요메도 똑같이 주변에 시선을 던지며 살폈다.

아크는 드립트프스를 넘겨받으면서 늙은 상인으로부터 평원을 지날 때 주의해야 할 사항을 몇 가지 알아냈다. '검은 숲'이란 바로 그 주의 사항에서 언급한 결코 발을 들여놓지 말라는 숲의 이름이다.

두 평원의 남쪽에 걸쳐 펼쳐진 광대한 숲이며, 그 밖에도 '마의 숲'이나 '죽음의 숲'이라는 통칭으로 불린다는 점에서도 섣불리 들어가면 안 된다는 숲이라는 사실만은 알았다.

"이 평원은 상당히 광대해서 남쪽으로 벗어나지 않는 이상, 실제로 볼 일은 없을지도 모르겠군요……."

치요메는 커다란 고양이 귀를 세우고 주위에 주의를 기울이면서 아크를 올려다보았다.

"확실히 그렇군. 하지만 이렇게 휑뎅그렁하면 방향을 알기 어려워서 힘들겠는데."

아직 다리를 건너고 별로 멀어지지 않았다. 뒤를 돌아보니 도시의 모습이 보이므로, 목표로 하는 방향을 잃지는 않을 것이다.

그러나 이처럼 길이 없는 평원을 나아가면 사방이 동일한 풍경이어서, 간단히 방향을 잃을 우려가 있다.

──응? 왠지 전에도 어딘가에서 똑같은 생각을 한 듯한…….

아크가 기시감을 느낀 감정의 출처를 찾으려 하자, 뒤에서 아리안이 쿡 찔렀다.

"방향은 치요메 양이랑 내가 확인할 테니까, 아크는 제대로 앞을 보고 고삐나 잡아요."

그 말에 어깨를 으쓱인 아크는 드립트프스의 고삐를 고쳐 쥐었다.

드립트프스에게 말과 비슷한 요령으로 빨리 달리라는 지시를 내리자, 아크의 요구에 솔직하게 응하며 속도를 높였다.

고에몬과 치요메가 탄 드립트프스도 아크를 쉽게 따라왔다.

일시적인 가속으로 몸이 약간 뒤로 끌려갈 듯한 감각을 느꼈고, 주위에 흐르는 풍경이 서서히 빨라졌다. 그에 맞춰 흔들림이 격렬해졌다.

아쉽게도 속도계는 달리지 않았지만, 일반 차량의 속도는 내는 듯했다.

아크가 이세계의 동물이 가진 뛰어난 신체 능력에 놀라워하자, 뒤에서 평소에는 들을 수 없는 목소리가 귀에 들어왔다.

"꺄――!!? 자, 잠깐만요, 속도 좀 늦춰요! 정말 떨어지겠어요! 꺄!!?"

거의 비명 같은 목소리와 함께 아리안이 아크의 등에 찰싹 달라붙었다.

아크는 시선을 살짝 뒤로 돌렸다. 눈을 꼭 감은 아리안이 필사적인 모습으로 팔에 힘을 주고 있었다.

고삐를 조금 잡아당겨 드립트프스의 속도를 늦춘 아크가 보통은 결코 남에게 보여주지 않을 울상이 된 아리안에게 말을 걸었다.

"아리안 양이 큰 소리를 지르다니 별일이군……. 이런 탈것은 싫어하는 거요?"

"……이, 익숙하지 않을 뿐이에요! 우리가 평상시에 지내는 곳을 보면 알잖아요!?"

거친 숨을 토해낸 아리안이 옅은 자주색 뺨을 붉게 물들이며 아크를 노려보았다.

아리안의 말에 아크는 엘프 마을의 주변 풍경을 떠올리고 이해했다.

엘프족이 사는 캐나다 대삼림에서 말을 타고 이동하는 일은 없으리라.

엘프 마을에서도 여기에서 본 탈것의 종류를 접해보지 못했다.

애당초 타지 않는 탈것의 승차감이 아직 낯선 듯하다.

"조, 조금만 더, 익숙해지고 나서 속도를 높여줄래요……?"

아리안은 약간 달아오른 듯한 목소리로 애원했다. 그 말을 듣고 아크의 마음속에 감춰진 장난기가 엄니를 드러냈다.

"흐음, 좀처럼 듣기 힘든 아리안 양의 처녀 같은 비명을 더 즐기고 싶은 기분도 들지만——."

거기까지 말을 하다가 끊은 아크는 얼굴을 붉힌 아리안으로부터 무언의 주먹질을 등에 몇 대나 얻어맞았다.

어쩔 수 없이 드립트프스의 달리는 속도를 늦춘 아크는 이따금 【디멘션 무브】를 써서 거리를 줄이는 방법으로 평원을 나아갔다.

그러나 드립트프스를 타고 【디멘션 무브】로 이동하는 방법은 그다지 효율적이라고 말하기 어렵다.

순간적으로 드립트프스가 자신의 위치를 잃는 꼴이어서, 잠시 주변 경치를 둘러보고 다리를 움직이기 때문에 전이할 때마다 멈추는 것이다.

매번 움직임을 멈춘다면 차라리 자동차와 비슷한 속도를 내는 드립트프스를 그대로 빨리 달리게 하는 편이 거리를 줄일 수 있다.

평탄한 토지에서 【디멘션 무브】를 사용하여 먼 거리를 전이하더라도, 그 거리는 약 6, 7km 이내이리라.

뭐, 그것도 이 세계가 지구에 맞먹는 지름이라는 가정을 두었을 때의 이야기이지만 말이다.

어디를 둘러보아도 비슷한 풍경. 그런 대평원을 서쪽으로 끝없이 나아가자, 목표로 하는 방향의 지평선을 향해 태양이 서서히 기울었다.

하늘이 푸른색에서 땅거미의 붉은색으로 물드는 가운데, 멀리 지평선의 대지가 그림자색으로 뒤덮였다.

아크는 정면에서 쏟아지는 저녁해를 손으로 가리며 주위를 둘러보았다.

"슬슬 야영할 곳을 찾아야겠군……."

"그럼 저 나무 옆에서 야영하죠."

아크의 혼잣말에 반응한 치요메가 약간 높은 지대에 자란 나무 한 그루를 가리켰다.

치요메의 제안을 따라 드립트프스를 그쪽으로 데려간 일행은 그날은 가벼운 식사를 하고 쉬게 되었다.

밤의 어둠에 가라앉은 숲에서의 야영은 상당한 압박감을 느꼈지만, 반대로 이곳처럼 그저 광대한 대지에서의 야영은 왠지 묘하게 불안한 기분이 들었다.

칸막이나 울타리 등 막을 게 거의 없는 이 상황은 그동안 그런 것들로 넘쳐난 환경에서 지내온 아크에게는 뭔가 쓸쓸함을 안겨주었다.

수목이 즐비한 숲에서 사는 아리안도 마찬가지였는지, 지나치게 주위에 시선을 던지며 안절부절못하는 모습을 보였다.

반면에 치요메와 고에몬은 익숙하게 야영 준비를 했는데, 평소에 다양한 땅에서 적응한 경험을 통해 나오는 행동이리라.

그런 그들의 주변을 폰타가 졸졸 따라다니자, 치요메는 입가에 자연스럽게 미소를 띠었다.

나이를 말하자면 열네다섯 살의 소녀가 평원 한복판에서 늠름한 태도를 보이는 장면에 어딘가 쓸쓸해지는 이유는 아크 자신이 풍요로운 삶을 알고 있기 때문일까.

아크는 맨몸의 육체로 아무것도 없는 평원 한복판에서 혼자 밤을 보낼 경우, 그 상황을 견뎌내는 이미지가 잘 떠오르지 않았다.

감정의 기복이 별로 크지 않은 해골 몸인 까닭에 오늘처럼 이곳에서 이럴 수 있는 것이리라.

그렇다고 언제까지나 이 몸의 특성에 기대어서는 곤란하겠지만 말이다.

그런 쓸데없는 생각을 하면서 아크가 야영 준비를 척척 해내는 치요메와 그녀를 방해하는 것으로만 보이는 폰타를 눈으로 좇는 와중에 평원에서의 첫날밤이 지나갔다.

다음 날은 요즘 일과처럼 된 아리안과의 아침 대련부터 시작했다.

보통은 목검을 사용하여 대련했지만, 나무토막밖에 구할 수 없는 여기에서는 발놀림과 거리를 두는 법을 중심으로 지도를 받았다.

아리안이나 다른 일행같이 애당초 싸움에 능숙하지 않으므로, 지금은 어쨌든 움직임을 몸에 확실히 익히는 게 중요한지 매일 수련을 반복하는 일상이었다.

힘과 속도는 있으니, 나머지는 익숙해지는 수밖에 없으리라.

그러나 다소 움직임에 익숙해졌다고 한들 아리안의 스승, 그레니스에게는 아직 한참 못 미칠 테지만 말이다.

아침 수련을 끝낸 후에는 가벼운 식사를 하고 다시 서쪽으로 향했다.

평원에 들어서서 이틀째인 저녁 무렵, 정면에는 남쪽에서 이어지듯이 우뚝 솟은 산맥이 모습을 드러냈다.

곳곳의 산정상 부근에 쌓인 하얀 눈을 보건대 높이는 꽤 되는 듯하다.

산맥은 평원을 가로지르지 않아서 북쪽으로 시선을 돌리면 그 전방에는 산이 없다.

"저게 상인 양반이 말한 킨레이 산맥인가. 저 기슭에서 북쪽으로 흐르는 실라강이 있고, 그 강을 건너면 쿠와나 평원이라고 했던가."

"그렇네요. 저 앞의 평원부터는 마침내 호인족이 사는 땅이군요……."

아크가 내뱉은 혼잣말에 고에몬의 뒤에서 정면의 산맥을 바라보던 치요메가 맞장구를 치듯이 대답했다.

눈앞에 우뚝 솟은 산맥 너머로 펼쳐진 또 하나의 대평원.

아크는 중간에 끊긴 킨레이 산맥 전방의 호인족이 사는 평원을 상상했다. 그리고 산맥을 따라 남쪽으로 흐르면서 기슭에 펼쳐진 숲을 바라보았다.

그곳에서 기묘한 풍경을 발견한 아크는 뚫어지라 바라보듯이 이마에 손을 얹었다.

"……뭐냐, 저건?"

약간 남쪽의 산맥 기슭에 펼쳐진 숲── 그 숲을 꿰뚫을 것처럼 우뚝 솟은 거대한 수목 한 그루가 시야에 들어왔다.

여기에서는 상당히 먼 거리여서 정확한 높이까지는 모르지만, 주변 숲의 나무들과 비교하면 명백히 비정상적인 크기의 그 존재는 로드 크라운을 떠올리게 하는 거대수(巨大樹)다.

언뜻 본 느낌으로는 도쿄 타워 정도의 높이쯤 될까?

다만 로드 크라운만큼 커다란 나뭇갓이 없어서 그런지, 어딘가 호리호리한 인상을 준다.

그러나 문제는 그게 아니다.

도쿄 타워만한 거대수가 천천히 남쪽으로 이동하고 있었다.

거대수가 움직일 때마다 주위의 숲에서 몇 개의 작은 그림자가 날아오르는 모습이 보인다. 아마 새이거나 그와 비슷한 마수인지도 모른다.

"……설마, 트리엔트?"

뒤에서 그 광경을 바라보던 아리안이 경악한 목소리를 내뱉었다.

"트리엔트라니?"

"트리엔트는 마수의 일종으로 여겨지는 생물입니다만……."

아크가 아리안의 입에서 새어 나온 이름을 되묻자, 치요메가 그 물음에 대답을 해주었다. 그러나 치요메의 푸른 눈동자는 멀리서 걸음을 옮기는 거대수에게 고정되어 있었다.

아리안은 치요메의 설명을 보충하듯이 말을 이었다.

"……인간족은 마수라고 보는 이도 많은 듯한데, 트리엔트도 여러 종류가 있어요. 정령의 힘을 간직한 정령수, 불결함을 두른 사령수, 마석을 지닌 마석수 등 움직이는 나무를 통칭하는 이름이에요. 하지만 저런 거대한 트리엔트는 처음 봐요."

거대한 트리엔트는 느리지만 착실하게 숲의 남쪽으로 나아갔다. 아리안은 그 모습을 바라보면서 한숨을 쉬듯이 감탄사를 토해냈다.

"저 숲은 남쪽에 있다는 그 '검은 숲'과 이어진 것이오?"

"잘은 몰라도 트리엔트는 개체에 따라 흉포한 놈도 있으니까 섣불리 다가가지 않는 게 좋아요."

아리안의 말에 아크는 움직이는 거대수—— 트리엔트에게 다시 시선을 던졌다.

저만큼 거대한 생물은 흉포한지 어떤지 이전에 가까이 있는 것만으로도 충분히 위험하다. 이동하는 데 휘말려서 짓밟혔다가는 그야말로 끝장이리라.

"이 땅의 숲에는 무턱대고 발을 들이지 말아야겠군……."

상식을 벗어난 저런 생물이 서식한다면 아예 근처에 얼씬거리지 않는 게 가장 낫다.

"오늘 야영지는 산맥 기슭에서 북쪽으로 흐른다는 실라강 주변을 찾아볼까요?"

치요메는 멀어져 가는 거대수 괴물로부터 시선을 뗐다. 그리고 머리에 달린 고양이 귀를 쫑긋쫑긋 움직이면서 야영할 위치를 확인하기 위해 아크에게 물어보는 듯한 시선을 보냈다.

아크가 뒤에 있는 아리안에게 시선으로 묻자, 그녀도 동의하듯이 고개를 끄덕였다.

드디어 내일부터는 쿠와나 평원이다.

이튿날 아침.

실라강 강변에서 아침을 맞이한 일행은 마침내 강을 건너 쿠와나 평원으로 들어섰다.

원래는 비교적 폭이 넓은 실라강을 넘으려면 킨레이 산맥 기슭에서 하류로 내려가야 한다. 그후 강을 건너기 쉬운 장소를 찾아야 하는데, 【디멘션 무브】를 이용하면 맞은편 기슭으로 이동하는 것은 한순간이다.

다만 드립트프스 두 마리를 데려가느라 두 번을 왔다 갔다 했지만 말이다.

호인족이 산다는 쿠와나 평원은 그동안 가로질러온 싱가리카 평원과 크게 다른 점은 느껴지지 않았다.

강 너머는 아리안이 말한 북서쪽에서 서쪽에 걸쳐—— 그 방향으로 네 개의 커다란 원뿔형 산이 같은 간격으로 평원에 늘어선 풍경이 인상적이었다고 할까.

그 평원에 우뚝 솟은 네 개의 원뿔형 산을 곁눈질하면서 북쪽으로 달리는 일행의 여행은 순조로움 그 자체였다.

평원에 들어가기 전에 미리 들었던 육식 짐승과 마주치지도 않았고, 그저 광대한 평원을 드립트프스에 탄 채 달리기만 할 뿐이어서 조금 지루하다고 해도 좋을 여행이었다.

뒤에 탄 아리안은 이미 드립트프스의 속도에 익숙해졌는지, 조용히 주위의 경치를 살필 여유마저 가졌다. 이따금 "엉덩이가 아파요."라고 말하는 아리안의 요구에 따라 휴식을 취하는 정도여서, 그 외에는 딱히 이렇다 할 만한 일도 없었다.

그러나 그런 느긋한 여행의 끝을 알린 존재는 아크의 투구 위에서 솜털 꼬리를 바람에 나부끼던 폰타였다.

"큥!"

뭔가를 눈치챘는지 경계하는 울음소리를 낸 폰타를 보고 반응한 이는 뒤에 앉은 아리안이었다.

"맞은편에서 누가 다가와요."

아리안이 가리킨 진행 방향 오른쪽, 약간 멀리 떨어진 평원 저편에서 두 개의 그림자가 흙먼지를 일으키며 가까워지는 모습이 눈에 들어왔다. 속도는 꽤 빠른 듯하다.

이대로 계속 달려도 따라잡힐 게 뻔하다.

드립트프스의 고삐를 살짝 늦춘 아크가 속도를 떨어뜨리면서 상대방을 살피자, 그 정체를 인식하는 것보다 빨리 아리안이 입을 열었다.

"저쪽도 우리처럼 드립트프스를 탔어요……. 호인족 아니에요?"

아크는 자신들에게 접근하는 두 개의 그림자를 바라보면서, 고삐를 잡아당겨 드립트프스를 멈춰 세웠다.

아직 아크의 시력으로는 멀어서 확인하기 어렵지만, 뜻하지 않게 호인족을 만날 수 있다니 역시 평소에 착한 일을 하기 때문일까.

엉뚱한 생각을 하는 아크가 기대에 차서 가슴이 부풀자, 거리를 좁히는 상대방의 기척이 도중에 달라졌다. 뭔가 공격적인 분위기를 띠기 시작했다.

상대방도 일행을 인식했으리라. 다가올수록 속도를 늦추고 관찰하는 태도를 보였다.

상대방은 아리안의 말처럼 호인족이 틀림없을 것이다.

저마다 드립트프스를 올라탄 두 명의 호인족은 손잡이에 장식을 단 창을 손에 쥐었다.

드립트프스의 등에 앉은 관계로 정확한 신장은 모르겠지만,

아크의 옆에서 고삐를 쥔 고에몬보다 머리 하나는 높은 모습을 보건대 250cm쯤일까.

고에몬에게 뒤지지 않는 우람한 체구, 그리고 황금색과 검은색이 얼룩덜룩한 머리는 그야말로 호랑이를 떠올리게 하는 색 조합이다.

또한 고에몬처럼 단련된 상반신을 드러낸 데다, 토시와 각반을 장비해서 정말 똑 닮았다고 할 만했다.

묘인족과의 신체적 특징의 차이를 말하자면, 우선 평균적인 체격차일 것이다.

고에몬 같은 예외를 제외한 묘인족은 비교적 남녀 모두 날씬한 몸을 가진 이가 많은 듯하다.

반면에 두 명의 호인족은 둘 다 고에몬과 동등하거나 그 이상의 거구를 자랑한다.

그리고 묘인족보다 조금 둥근 모양을 띤 짐승 귀와 목덜미에서 어깨에 걸쳐 머리 색의 털로 덮인 겉모습은 훨씬 수인 같다는 인상을 풍긴다.

그런 두 명의 호인족이 탄 드립트프스가 일행의 약 5m 앞에서 멈추었다.

커다란 창을 일행에게 들이댄 호인족 남자 한 명이 큰소리로 검문했다.

"네놈들, 그 드립트프스는 어디서 얻었느냐!? 안장에 새겨진 의장은 이 평원에 사는 여섯 부족의 하나, 에나 일족의 소유임을 나타낸다! 대답 여하에 따라 네놈들을 여기서 없애겠다!!"

호인족 남자의 삼엄한 경고에 아크와 아리안, 고에몬과 치요메는 눈을 마주 보았다.

아무래도 드립트프스를 주웠을 때 달린 안장의 장식에는 어느 부족 소유임을 가리키는 기능이 있는 듯하다.

아마 그들은 자신들이 이 드립트프스를 부당한 수단으로 손에 넣었다고 경계하는 것이리라.

아크는 그들을 향해 양손을 들고 공격할 의사가 없다는 태도를 보이면서 사정을 말했다.

"우리는 북쪽 대륙의 엘프족이 사는 캐나다 대삼림에서 왔소. 호인족을 만나기 위해 이 평원에 발을 들였을 뿐 적대할 뜻은 없네. 이 드립트프스는 동쪽의 페르난데스라는 도시의 상인이 맡았다가 건네주었지. 우리는 드립트프스를 돌려줄 마음이 있소."

상대방이 어떻게 나오는지 보기 위해 아크는 그쯤에서 일단 말을 끊고 호인족의 반응을 살폈다.

전사로 여겨지는 두 남자는 뭔가 수상쩍어하는 눈으로 바라본 후 소곤소곤 말을 나누었다.

"우린 유서 깊은 여섯 부족의 하나, 월리 일족이다! 네놈이 우리에게 무슨 용건이냐!?"

다시 창을 겨누고 소리를 치는 호인족 전사의 물음에 일행은 아크에게 시선을 보냈다.

딱히 숨길 일도 아니므로 아크는 솔직하게 대답했다.

"페르난데스의 노점에서 '레드네일'이라는 물건을 봤소. 그걸 조금만 얻고 싶어서 찾아왔을 따름이오. 얘기를 전해주지 않겠나?"

아크가 이유를 말하자, 두 호인족 전사의 얼굴이 더욱 의심하는 표정으로 바뀌었다.

이렇게 긴장감이 도는 분위기 속에서 고추를 구하러 왔다는 말은 왠지 맥이 빠지는 이야기다. 뭔가 순간적으로 꾸며낸 핑계처럼 들릴 법도 하다.

아크가 어떻게 설명해야 할까 걱정할 때 옆에서 대화를 듣던 고에몬과 치요메가 갑자기 고개를 들고 엉뚱한 방향을 쳐다보았다.

"?" "뭐냐?"

두 명의 호인족도 그 모습에 반응하여 돌아보듯이 덩달아 시선을 돌렸다.

그러자 조금 전과 마찬가지로 가느다란 한줄기 흙먼지가 피어오르더니, 점점 이쪽으로 가까워졌다.

이번에는 한 명인 듯했지만, 똑같은 호인족이리라.

어딘가 초조한 표정의 호인족 남자는 창을 한 손으로 치켜들고 신호를 보내는 몸짓을 취하며 달려왔다.

"집락 주변에 거인 둘이 나타났다! 순찰조도 당장 귀환해서 응전해라!!"

"뭐라고!?" "빌어먹을!!"

뒤에서 출현한 호인족 남자는 근처까지 와서 일방적으로 그 말만 남겼다. 그러고는 대답을 기다리지도 않은 채 드립트프스의 고삐를 당겨 진로를 바꾸기 무섭게 사라져 갔다.

남겨진 두 명의 호인족은 일행을 흘끗 바라본 후 금방 사라진 호인족과는 다른 방향으로 드립트프스의 몸을 돌렸다.

"네놈들을 보건대 전사겠지!? 족장을 만나고 싶다면 따라와라!!"

그런 말을 내뱉은 호인족 전사는 기합 소리와 함께 고삐를 내려치고 맹렬하게 달리기 시작했다.

그 뒷모습을 아크가 멍하니 지켜보자, 뒤에서 아리안이 얼굴을 불쑥 내밀었다.

"아크, 어떡할 거에요? 보아하니 우리한테도 성가신 일을 거들어달라는 눈치였는데."

아크는 아리안의 말을 듣고 고민에 잠기듯이 고에몬과 치요메에게 눈길을 옮겼다.

고에몬과 치요메는 아크에게 고개를 끄덕였다. 그것을 본 아크는 다시 아리안에게 시선을 돌렸다.

아무래도 아크의 대답에 따르겠다는 상황인 모양이다.

"여기까지 왔으니, 우리도 쫓아가도록 하지."

아크의 말에 고에몬은 쥐고 있던 고삐를 내려친 후 호인족 전사들이 멀어진 방향으로 드립트프스를 몰았다.

뒤이어 아크도 드립트프스를 달리게 했다.

방금 전령처럼 보이던 호인족의 이야기로는 집락 주변에 거인이 나타났다고 했는데 대체 어떻게 생겼을까.

평범한 인간족이 접한 호인족도 굳이 말하자면 거인의 부류에 들어간다고 생각한다. 그러나 그런 호인족이 거인이라고 부를 만큼 긴장하므로, 상당히 경계해야 할 존재라는 사실은 짐작할 수 있다.

문득 머릿속에 전날 멀리서 목격한 거대 괴수 같은 트리엔트의 모습이 떠올랐다. 아크는 그 상상을 떨쳐내듯이 머리를 가로젓고 앞을 응시했다.

그만한 거인이라면 지금 아크 자신의 능력으로도 맞설 자신이 없었다.

*구축(驅逐)해 주겠어라고 말하는 사이 오히려 자신이 순식간에 구축당할 게 뻔하리라.

"왠지 또 귀찮아질 듯한 느낌이 드네요."

아크가 쓸데없는 생각을 하자, 뒤에서 아리안의 혼잣말이 들려왔다.

"뭐, 모든 일은 마음먹기 나름이겠지. 호인족을 도와서 교섭이 원활해진다면, 차라리 잘 된 거요."

그렇게 말하고 아크가 웃자, 이번에는 커다란 한숨이 들렸다.

이때도 폰타는 투구 위에서 느긋하게 꼬리를 흔들었다. 폰타가 이런 행동을 보일 때는 아직 주위에 별로 위험이 없다는 증거다.

스쳐 지나는 풍경을 곁눈질하며 아크가 앞에서 질주하는 두 마리의 드립트프스를 쫓아간 지 얼마나 되었을까. 아쉽게도 시계가 없는 까닭에 정확한 시간은 모르겠지만 30분은 지나지 않았으리라. 상당한 속도로 달리는데도 불구하고 드립트프스들에게는 여유마저 드러났다.

이윽고 진행 방향으로 앞서가는 두 명의 호인족보다 훨씬 전방에 집락이 보였다.

여기에서는 여전히 먼 데다 드립트프스가 달리는 진동 때문

---

*만화 '진격의 거인'에서 주인공 에렌 예거가 거인과 싸울 때 내뱉는 입버릇.

에 자세한 형태는 알 수 없었지만, 왠지 몽골 유목민이 사용하는 게르 같은 이동식 집이 모여 있었다.

그리고 그 집락으로부터 조금 떨어진 구릉지대에는 누가 봐도 거대한 두 개의 인영이 눈에 들어왔다.

주위에서 떼 지어 모이듯이 응전하는 호인족의 세 배는 될 법한 위용을 자랑했다.

"저게 거인인가……?"

아크가 무심코 내뱉은 말에 반응한 아리안이 목을 길게 빼고 앞쪽을 바라보았다.

드립트프스가 지면을 달리는 엄청난 소음 속에서도 아리안의 숨을 삼키는 기척이 아크에게까지 전해졌다.

"큥! 큥!"

한편 투구에 달라붙은 폰타는 거인을 향해 뭔가 짖어대더니, 허둥지둥 아크의 목덜미로 내려와서 휘감았다.

호인족이 싸운다는 거인이라는 존재는 아크의 상상과는 조금 이질적인 모습을 띠었다.

먼저 그 특징을 단적으로 말하자면 머리가 없다.

그런데 어떻게 인간형이라고 부를 수 있는지 묻는다면, 그 이외에는 확실히 인간을 닮았기 때문이다.

아니, 이 세계에서는 지금껏 보지 못했지만, 비슷한 생물을 예로 들자면 머리 없는 고릴라다.

신장은 6m 정도에 온몸이 거무스름했고 다리는 약간 짧았다. 그러나 굵고 긴 팔에 달린 손에는 직접 만들었을 돌도끼 같은 무기를 쥐었는데, 그것을 내려찍으면 언덕이 심하게 파였다.

그리고 머리를 갖지 않은 대신인지, 거인의 가슴 부위에는 섬뜩한 얼굴이 어색하게 붙어 있었다.

코는 없고 동공이 열린 듯한 눈동자, 누런 이가 늘어선 거대한 입. 그 모습은 어딘가 특촬 히어로물에 나온 괴수를 떠올리게 했다.

"그야말로 검은 거인이라고 해야 하나……."

그처럼 느긋한 아크의 말에 비해 호인족과 검은 거인의 전투는 멀리서 보기에도 점점 격렬해지며 일진일퇴의 공방을 펼쳤다.

호인족은 압도적인 위용을 뽐내는 검은 거인을 앞에 두고 분전했지만 멀쩡하게 끝날 리도 없었다.

그중에는 검은 거인에게 붙잡혀 몸의 절반쯤을 물어뜯기고 시체로 변한 이도 있었다. 저만큼 육체의 손상이 심하면 소생 마법을 써도 소용없으리라.

전투가 벌어지는 주변에는 그 밖에도 상처를 입고 쓰러진 자들이 보였다.

그들의 궁지에 몰린 상황이 눈에 들어오자, 앞서 달리던 두 마리의 드립트프스는 속도를 높이며 곧장 검은 거인에게 돌격했다.

검은 거인도 빠른 속도로 접근하는 드립트프스 두 마리를 발견하더니, 뭔가 신음하는 듯하면서도 위협하는 목소리를 입에서 토해냈다.

다행히 돌격을 감행한 두 마리의 드립트프스가 한발 먼저였다. 검은 거인의 첫 동작이 느린 탓에 측면에서 다리를 노릴 수 있었다. 충돌과 동시에 드립트프스의 뿔 두 개가 박혔다.

그러나 무겁고 둔탁한 충돌음 뒤에 본 광경은 드립트프스의 하얀 뿔 한쪽이 부러지는 모습이었다.

드립트프스의 하얀 뿔 두 개는 만졌을 때의 감촉으로는 그렇게 약하다는 인상은 받지 않았다.

요컨대 검은 거인의 방어력이 몹시 높다는 사실을 말해주는 셈이다.

"……! 저건 꽤 성가신 상대 같군요."

치요메가 고에몬이 다루는 드립트프스의 안장 뒤에 선 채 그의 어깨를 붙잡으며 몸을 쑥 내밀었다. 그리고 눈앞의 전투 양상을 보고 신음했다.

드립트프스의 돌격이 전혀 효과가 없지는 않았다. 그러나 검은 거인의 거구를 숙이게 만들기는 했지만, 그후의 움직임을 본다면 딱히 고통을 안겨주었다고도 말하기 어려운 듯싶었다.

"저런 난전에서는 대규모 마법도 못 쓰니, 우선 어떻게든 저 덩치를 멈추도록 하지."

혼잣말을 중얼거린 아크는 드립트프스의 고삐를 잡아당겨 멈춰 세웠다. 그리고 안장을 뛰어내려 뒤쪽에 매단 짐 속에서 『칼라드볼그』와 『테우타테스의 하늘 방패』를 꺼냈다.

방패를 들고 검을 뽑은 아크는 검은 거인을 향해 맹렬하게 달렸다.

아리안과 치요메, 고에몬도 저마다 무장을 갖추고 아크를 따랐다.

"【일단은 경계! 홀리 실드】!"

아크는 크게 외치면서 성기사직의 전투 기술 하나를 발동시켰다.

그러자 아크의 방패에서 흘러넘친 엷은 빛이 갑옷 전체를 덮듯이 퍼졌다.

지금까지 이 세계에서는 사용하지 않았던 방어계 스킬이다. 어느 정도의 효과를 보일지는 몰라도 일종의 보험이다.

온몸이 엷은 빛에 둘러싸인 아크는 지면에 쓰러진 호인족 사이를 지나쳤다. 아크가 전투가 일어나는 전선으로 나가자, 마침 앞에는 호인족도 없어서 검은 거인에게 이르는 길이 탁 트였다.

"그리고 탐색! 【홀리레이 소드^{성광파검}】!"

전투 기술을 또 하나 발동시킨 아크는 뽑아든 『칼라드볼그』를 아래로 내렸다가 하늘을 향해 치켜들었다.

그러자 검끝에서 눈부신 빛줄기가 번쩍였다. 곧이어 빛의 띠는 일직선으로 지면을 가르듯이 검은 거인의 짧은 다리를 노리고 뻗어 나갔다.

빛이 검은 거인의 다리와 교착하는 순간 격렬한 충격음과 함께 그 자리에 선혈이 흩날렸다.

『아부아갸오오오아이이이아우!!』

검은 거인의 앞가슴에 열린 입에서 내뱉은 인간의 목소리를 닮은—— 그러나 결코 인간의 목소리가 아닌 비명이 구릉지 전체를 진동시키듯이 울렸다.

피가 튀어서 심한 상처를 입은 것처럼 보였지만, 검은 털로 덮인 다리 부분에는 작은 상처만 났을 뿐 도저히 치명상을 입은 모습이 아니었다.

그렇다고 무사하지도 않았다.

다친 다리를 감싸듯이 몸을 숙인 검은 거인을 보고 아크는 다시 달리기 시작했다.

검은 거인의 주위에서 싸우던 호인족의 시선이 잠깐 아크에게 머물렀고, 금세 경악한 표정을 지었다. 갑자기 백은의 전신 갑주를 걸친 자가 전투에 뛰어들었으니 놀라는 것도 당연하리라.

"의에 따라 도와주겠소!!"

아크는 주위에 들릴 듯이 큰 목소리로 양해의 말을 외쳤다. 그리고 이번에는 검은 거인의 다리에 직접 검을 꽂아 넣었다. 확실한 감촉이 전해지고 둔탁한 충격음이 울리면서 다시 선혈이 흩날렸다.

검날이 약 절반쯤 검은 거인의 육체에 파고들었다. 그러나 상당한 힘을 주고 베었는데도 이만한 상처로 끝났다는 사실이 경이적이었다.

『아오우부아아아부아갸오오오아이이아우!!』

검은 거인의 가슴에 달린 얼굴이 괴롭다고도 할 수 있는 표정으로 일그러졌고, 검에 베인 상처를 감싸듯이 다리를 지면에서 떼었다.

『토둔(土遁), 폭쇄철권(爆碎鐵拳)!!』

그때 뒤에서 쫓아온 고에몬이 달려들었다. 고에몬은 담흑색으로 바뀐 주먹을 지면에 남아 있던 검은 거인의 나머지 한쪽 다리에 때려 박았다.

공기가 떨리는 듯한 충격음과 함께 뭔가가 삐걱거리는 기분 나쁜 소리를 울리면서 거구의 검은 거인이 비틀거렸다.

비틀거리는 검은 거인의 거구――거기에 다시 타격을 주듯이 치요메가 고에몬의 어깨를 발판 삼아 뛰어올랐다.

치요메의 손끝에서는 뱀처럼 꾸불꾸불하는 물 덩어리 두 개가 춤을 추었다.

『수둔(水遁), 수창첨(水槍尖)!!』

치요메의 언령(言靈)에 의해 형태를 이룬 뱀이 물의 창으로 바뀌더니, 다음 순간에는 화살 같이 날아갔다.

검은 거인의 커다란 입으로 빨려든 두 개의 창은 그대로 입 안 깊숙이 박혔다.

말로 표현할 수 없는 포효와 더불어 요란한 땅울림을 내고 쓰러진 검은 거인의 거구 위를 달리는 인영은 아리안이었다. 하얀 눈 같은 머리를 한줄기 띠처럼 나부끼며 질주하는 아리안이 손에 쥔 검에는 이미 대기를 일그러뜨릴 정도의 화염이 뒤얽혀 있었다.

『——맹렬한 불길이여, 모든 것을 삼키고 불태워라——.』

맑고 또렷하게 울리는 아리안의 목소리에 호응하듯이 검을 휘감은 화염이 머리를 쳐들었다.

그리고 검은 거인의 가슴까지 뛰어간 아리안이 화염을 두른 검을 치켜세우더니, 검은 거인의 큼직한 눈알에 푹 찔러 넣었다.

잠시 후 검은 거인의 거구가 부서진 장난감처럼 들썩거렸다. 그 자리에서 손발을 바동대고 한바탕 날뛴 검은 거인은 살이 타는 냄새를 풍기며 입에서 연기를 토해냈다.

아무래도 검은 거인 하나는 숨통을 끊은 듯하다.

그러나 검은 거인의 눈에서 검을 뽑던 아리안의 머리 위로 다른 검은 거인이 돌도끼를 내리쳤다.

그 순간 귀청을 찢는 금속음이 메아리쳤다. 아크는 머리 위에 방패를 든 채 무릎을 꿇을 듯한 자세를 취했다.

아크가 시선을 아래로 내리자, 두 눈을 휘둥그레 뜨고 자신을 올려다보는 아리안과 시선이 마주쳤다.

"아리안 양, 괜찮소?"

아크는 아리안이 무사한지 확인하기 위해 말을 걸었다. 그 물음에 아리안은 살짝 고개를 끄덕였다.

안도의 한숨을 내뱉은 아크는 검은 거인을 노려보았다.

역시 저 거구에서 나오는 내려치기 공격은 버거웠다. 방어를 높이는 스킬을 사용하여 양손으로 방패를 들었는데도 손이 마비되는 감각이었다.

아크는 방패 너머로 검은 거인의 돌도끼가 멀어지는 감촉을 느끼고 재빨리 물러났다.

마침 뒤에서 치요메가 물로 만든 수리검을 검은 거인을 견제하기 위해 얼굴에 날렸다. 검은 거인도 그 공격을 꺼렸는지 뒤쪽으로 비켜섰다.

그때 호인족 전사로 보이는 남자 한 명이 어안이 벙벙해진 주위의 호인족 무리를 나무라듯이 크게 흔든 둔기를 짊어지고 외쳤다.

"네놈들!! 평원의 사냥꾼이라는 우리 일족이 외부인에게 져서야 되겠냐!!"

남자는 나머지 검은 거인의 밑으로 달려가서, 어깨에 멘 거대한 금속 덩어리 같은 둔기를 발끝에 내리찍었다.

검은 거인이 비명을 지르자, 그것을 신호로 삼은 듯이 다른 호인족이 떼를 지었다. 인원은 30명쯤일까.

호인족 전사들은 조금 전의 아크 일행처럼 먼저 발끝을 철저하게 노린 다음, 검은 거인이 자세를 무너뜨리기 무섭게 급소가 모인 얼굴로 몰려들었다.

이윽고 얼마 지나지 않아 완전히 움직임을 멈춘 검은 거인의 시체 두 구가 구릉지에 나뒹굴었다.

호인족 무리가 승리의 함성을 지르는 가운데, 방금 주변의 호인족을 꾸짖던 유달리 체격이 좋은 호인족 남자가 일행에게 다가와서 말을 걸었다.

"아까는 덕분에 살았소. 감사하오. 그대들은 동쪽의 주민과 엘프족인가?"

그 물음에 고개를 끄덕인 아크는 호인족의 대표로 여겨지는 남자와 인사를 나누기 위해, 허리에 찬 물통을 꺼내어 아리안에게 먼저 인사를 하도록 눈짓을 보냈다.

아크의 의도를 이해한 아리안은 살짝 어깨를 으쓱이고 나서 호인족의 앞으로 나섰다.

"나는 아리안 그레니스 메이플. 북쪽 대륙의 캐나다 대삼림 출신이에요. 맞은편에 있는 일행은 마찬가지로 북쪽 대륙에 사는 인심일족의——."

아리안이 대표로서 일행을 소개하는 동안 아크는 물통의 온천물을 마셨다.

슬슬 새로운 물을 채워놓지 않으면 또 효과가 사라져서 성가시게 된다.

그런 걱정을 하면서 투구를 벗고 아리안의 옆에 선 아크는 그

녀와 눈이 마주쳤다.

"──그리고 이쪽이 나와 같은 엘프족인⋯⋯."

"아크 라라토이아라고 하오. 마을의 끝자리를 차지하는 신참자이지만 잘 부탁하겠소."

"큥!"

아크가 자신의 소개를 마치려고 하자, 줄곧 목덜미에 휘감긴 폰타가 몸을 일으키며 짖었다.

"──이 녀석은 내 여행의 벗인 폰타요."

"큥!"

일행의 소개를 다 들은 호인족 남자는 한 번 고개를 끄덕인후, 어깨에 멘 거대한 쇠몽둥이를 지면에 내리고 가슴을 펴며입을 열었다.

"나는 이 평원에 사는 여섯 부족의 하나, 윌리 일족의 족장을맡은 자. 이름은 에인 윌리. 그대들은 일족의 목숨을 구해준 손님이니 환영하고 싶지만, 일단 부상자를 집락으로 옮겨야 하오. 여기까지 찾아온 이상 뭔가 용건이 있을 텐데, 잠시만 기다려주게."

에인 족장의 말에 고개를 끄덕인 아크는 투구를 고쳐 쓰면서, 이후의 대화를 더욱 부드럽게 이끌기 위해 한 가지 제안을꺼냈다. 착한 일을 하면 복을 받는다는 것이다.

"에인 님. 나는 상처를 치유하는 마법을 조금 아는 까닭에, 상처를 입은 자들의 치료라면 할 수 있소."

에인 족장은 그 말에 놀란 표정을 지으며 아크를 바라보았다.

"뭐라고? 그대는 주술사였나, 그럼 미안하지만 부탁해도 되겠나? 난 일단 집락으로 돌아가서 여자들을 이쪽으로 보내야 하니 마음대로 해도 괜찮네."

얼굴에 미소를 띤 에인 족장은 빠른 걸음으로 집락을 향해 멀어져 갔다. 옆에 서 있던 아리안이 에인 족장의 뒷모습을 지켜보는 아크에게 어이없다는 시선을 던지며 말을 걸었다.

"성가신 일을 또 경솔하게 떠맡나 싶었는데, 저들한테 생색을 낼 셈이에요?"

"후후후, 내 목적인 호인족을 만났소. 여기서 빚을 지게 하면 '레드네일'의 교섭도 더 잘 풀리는 법이오."

아크가 그렇게 말하고 웃자, 아리안은 어쩔 수 없다는 듯이 어깨를 으쓱이며 머리를 가로저었다.

"금화에는 별로 집착하지 않았으면서, 왜 먹는 거에는 그처럼 집요하냐고요."

"뭐, 아무렴 어떻소. 금화를 모으는 것보다 맛있는 음식을 찾아내는 게 엘프족답지 않나?"

아크의 대답에 아리안은 복잡한 표정을 지었다.

"아크가 생각하는 엘프족의 모습을 한번 똑똑히 물어볼 필요는 있겠네요……."

아리안의 혼잣말을 등 뒤로 흘려들은 아크가 전쟁터의 부상자를 치료하기 위해 의기양양하게 발걸음을 옮겼다. 그때 아크는 뒤에서 들려온 아리안의 수줍어하는 목소리에 그녀를 돌아보았다.

"──참, 아크. 저기, 아까는 구해줘서 고마워요."

살짝 뺨을 붉히고 자신과 시선을 맞추려 하지 않는 아리안의 모습에 아크는 무심코 탄성을 질렀다.

아까라는 말은—— 검은 거인의 공격을 방패로 막았을 때이리라.

"호오…… 호호오?"

아크는 턱을 어루만지며 아리안에게 바싹 다가갔지만, 완강하게 외면한 그녀는 눈을 마주칠 마음이 없는 모양이었다.

그 반응이 신선해서 아크는 얼떨결에 아리안의 주위를 빙글빙글 돌아다녔다.

그러나 문득 뜨끔한 시선을 느낀 아크가 고개를 돌리자, 치요메와 고에몬이 침묵을 지킨 채 뭔가를 말하는 듯한 눈빛으로 물끄러미 쳐다보았다.

"……으음, 치료하고 오겠소."

아크는 치요메와 고에몬이 보내는 무언의 압력에 밀려 허둥지둥 그 자리를 떠났다.

토벌한 검은 거인들의 사후 처리가 끝난 후 일행은 에인 족장이 다스리는 월리 일족의 집락에 마련된 족장의 거처로 초대를 받았다.

집락 자체는 딱히 크지 않았다. 집락을 쓱 둘러본 느낌으로는 백 명은 넘지 않을 정도의 호인족이 사는 듯싶었다.

그리고 역시 멀리서 봤던 인상과 마찬가지로, 가까이에서 확인한 호인족의 주거 형태는 몽골의 게르를 무척 닮았다.

하얀 천으로 덮인 원통형의 두꺼운 외벽은 창문이 없었고, 내부는 엘프족의 마을에서 보았듯이 빛나는 수정으로 이루어진 『크리스털 램프』를 설치하여 환했다.

또 벽에는 뭔가 동물의 뼈와 엄니로 만든 장식품을 걸어둔 한편, 바닥에는 자수를 놓은 카펫을 여러 개 깔았다.

호인족은 남녀 모두 평균 신장이 고에몬과 비슷해서, 입구는 약간 허리를 굽히고 들어갈 만한 높이였다. 그러나 보통의 인간족이라면 별로 그럴 필요는 느끼지 못하리라.

게다가 내부는 천장이 높은 데다 면적도 꽤 넓어서 깔끔한 호텔의 로비 같은 분위기를 풍겼다.

그런 족장의 거처가 지금은 몹시 비좁아 보였다.

중앙에 자리 잡은 일행의 맞은편에는 에인 족장이 의자에 앉았고, 다른 호인족 전사들이 이를 둘러싸는 형태로 몸을 바싹 대었기 때문이다.

저마다 근육이 울퉁불퉁한 호인족의 체격은 고에몬과 맞먹거나 그보다 컸는데, 그들이 같은 장소에 득시글거리는 광경은 매우 압권이랄까 장관이었다. 이곳은 근육을 자랑하는 회의소일까.

아크가 그처럼 쓸데없는 생각에 빠지자, 인사도 하는 둥 마는 둥 한 에인 족장이 먼저 입을 열었다.

"——이번에 그쪽의 아크에게 상당히 신세를 졌군. 아리안 님은 좋은 부하를 두었소."

에인 족장이 웃으면서 하는 말에 아리안은 보기 드물게 당황한 모습으로 해명을 곁들였다.

아무래도 에인 족장의 인식 속에서 아크는 아리안의 부하라는 위치로 굳어진 듯하다. 처음에 일행의 신원을 밝힐 때 아리안이 대표로 나섰기 때문일까.

"──그런가, 여행자들이었나. 부끄럽게 됐소, 아크 님. 그럼 다시 예를 표해야겠군, 도와줘서 정말 고맙소."

살짝 머리를 숙인 에인 족장은 조금 전의 무례를 사과하면서 아크에게 감사의 뜻을 표했다.

그러나 그에 반해 에인 족장의 행동으로 주변 분위기는 약간 어수선해졌고, 호인족 전사들의 얼굴에는 뭔가 언짢은 표정이 떠올랐다.

아크가 호인족 전사들의 반응을 신기하게 여기며 바라보자, 에인 족장이 앉은 의자 뒤에서 나타난 한 명의 우람한 여성이 그들을 호되게 꾸짖었다.

"너희 사냥에 끼어들었다고 투덜대지 마! 부상까지 낫게 해줬는데, 서열에 따라 치료하지 않았다면서 계집애처럼 불평 늘어 놓지 마라! 손님의 후의에 일일이 꼬투리를 잡을 셈이라면, 내가 팔 한두 개는 부러뜨려줄 테니 당장 앞으로 나와!!"

말투도 태도도 전부 호쾌한 그 여성은 에인 족장의 뒤에 우뚝 선 채 팔짱을 끼고 주위의 호인족 전사들을 노려보았다.

부상자를 치료할 때 가까이 있는 이를 먼저 살핀 게 불만의 원인이었던 모양이다.

소리를 지른 우람한 여성의 신장은 거의 고에몬 정도이리라.

전체적으로 호리호리하게 보이는 몸매이지만, 다른 남자들의 근육량에 비교해서 그럴 뿐이다. 아리안이나 치요메를 나란히 세우면 단순한 눈의 착각이라는 사실을 금방 깨닫게 된다.

햇볕에 잘 그을린 피부와 커다란 몸집 탓인지, 팔짱을 낀 여성의 팔 위로는 특대급의 가슴이 눈에 띄게 드러났다. 호인족의 특징인 황금색과 검은색이 뒤섞인 머리카락을 정성스레 땋아 올린 모습은 몹시 늠름했다.

그 여성의 일갈을 들은 실내의 호인족 전사들이 일제히 고개를 숙였다.

"소란을 피워서 미안하네. 이 여자는 내 아내인 유가일세."

어깨를 으쓱이며 웃는 에인 족장의 말을 잇듯이, 유가라고 불린 여성은 아크를 바라보았다.

"유가 에인이라우. 면목이 없네요, 손님. 일족 남자들은 손님의 도움을 받는 게 전사의 수치라고 여기는 이들이 많거든요. 그 거인 때문에 피해를 본 인근의 소부족이 우리한테 부상자를 데려왔는데 슬슬 한계였다우. 멍청한 남자들을 대신해서 내가 감사를 표할게요. 고마워요."

유가는 사례의 말을 하더니, 호탕하고 쾌활한 미소를 띠었다.

전투를 벌인 구릉지에서 부상자를 치료한 아크는 에인 족장을 따라 어떤 주거로 안내를 받았다. 그곳에는 여러 명의 부상자가 누워 있었다.

에인 족장의 요청이고 딱히 거절할 이유도 없던 아크가 곧바로 흔쾌히 회복마법을 썼지만, 다친 이들은 대부분 여성이나 어린아이여서 의문을 품었다.

아마 그들이 검은 거인에게 습격당한 소부족의 생존자였으리라.

"아니, 나도 용건이 있어서 호인족을 찾아온 거요. 고맙게 생각한다면 얘기를 꺼내기도 쉬울 테니 수고를 덜겠군."

아크는 별일 아니라는 듯이 느긋하게 고개를 끄덕이며 대답했다.

그 말에 무릎을 친 에인 족장이 아크에게 날카롭고 사나운 얼굴을 들이밀었다.

"그러고 보니 그 용건을 아직 듣지 못했군. 변경까지 발걸음을 옮겨주었소. 어지간하면 들어주겠소만?"

유가의 일갈을 듣고 풀이 죽은 남자들이 또 에인 족장의 대답에 떠들기 시작했다. 그러나 에인 족장의 뒤에 서서 두 눈을 부라리는 유가를 쳐다보지는 않고 자기들끼리 뭔가 대화를 나누었다.

아크도 높은 금액의 치료비를 요구하려는 것도 아니어서, 먼저 자신의 용건을 전하기로 했다.

잠시 후 용건을 들은 호인족 전사들은 물론이고, 마주 앉은 에인 족장과 그의 아내도 눈을 휘둥그레 뜬 채 아크의 반응을 살피듯이 의아해하는 표정을 지었다.

옆에서는 아리안의 가벼운 한숨 소리가 들렸고, 그 뒤에서는 치요메의 손끝에 달라붙어 장난을 치는 폰타의 모습이 보였다.

고에몬은 언제나처럼 눈을 감고 조용히 앉아 있었다.

"아크 님은 이런 땅에 '레드네일'을 구하러 온 건가. 더구나 그걸 위해 드립트프스마저 거느리고 이 평원을 가로지를 줄이야."

에인 족장은 아크가 호인족을 만나려는 이유를 듣고 한바탕 웃더니, 어깨를 늘어뜨리며 난감하다는 얼굴로 머리를 숙였다.

"미안하오, 아크 님. 실은 우리 부족에도 '레드네일'이 별로 없소. 그건 좀 더 서쪽에 있는 커다란 부족이 키운다네. 윌리 일족은 '레드네일'을 딱히 좋아하지 않아서, 필요한 자는 그 부족한테 얻는 게 현 상황일세."

머리를 긁적인 에인 족장은 요란한 한숨을 내뱉었다.

아무래도 이 집락은 '레드네일'을 재배하지 않는 듯하지만, 서쪽의 부족은 재배하는 이도 있는 모양이다. 지금이라면 무턱 대고 거절을 못하리라 판단한 아크는 길 안내를 부탁할 수 없 는지 물어보았다.

"그럼 누가 '레드네일'을 재배하는 부족의 집락까지 길 안내 를 맡아주지 않겠소?"

아크의 말에 에인 족장의 육식 짐승 같은 눈동자가 살짝 빛난 느낌이 들었다.

"사실 아까 싸웠던 거인은 이 평원의 남쪽에 자리 잡은 '검은 숲'의 주민이오. 보통은 좀처럼 평원으로 나오지 않는데, 요즈 음 무엇 때문인지 부쩍 눈에 띄게 되었소. 서쪽의 부족으로부 터 경고는 받았지만, 설마 쿠와나 평원의 동쪽에도 나타날 줄 은 몰랐네. 그래서 나를 포함해 전사 몇 명을 이끌고 쿠와나 평 원의 최대 부족인 에나 일족을 찾아가려던 생각이었지."

아크는 이야기를 듣고 그럭저럭 에인 족장이 무슨 말을 하는 지 이해했다. 일행이 탄 드립트프스의 안장에 새겨진 의장도 분명 에나 일족의 소유라고 했다.

"그럼 우리가 동행해도 상관없겠소? 거인 한두 놈쯤은 우리 만으로도 토벌할 수 있어서 발목을 붙잡지는 않을 텐데?"

아크의 물음에 에인 족장은 만족스럽다는 듯이 미소를 띤 얼굴로 크게 고개를 끄덕였다.

"그런가!? 아니, 미안하네! 우리는 보다시피 여섯 부족 중 가장 작네. 그래서 집락 근처에 다시 거인이 나타나면 맞서 싸울 만한 전사들을 남겨둬야 하네."

요컨대 에나 일족에게 가는 인원을 더 쥐어짜 내지도 못하는데다, 소수의 인원으로 검은 거인을 마주쳤다가는 목숨을 잃을지도 모른다── 바로 그 때문에 전력 보충요원으로 아크 일행을 특별히 뽑았다는 뜻이다.

뭐, 알기 쉽게 말하자면 용병이다.

흐음, 왠지 조금 그리운 느낌이 드는데 기분 탓일까.

일단 아크는 주위에 있는 아리안과 치요메, 고에몬의 대답을 듣고자 눈길을 보냈다. 그러나 치요메와 고에몬은 묵묵히 고개만 끄덕일 뿐이었고, 아리안도 이미 대답을 알지 않느냐는 시선으로 쳐다보았다.

결론은 나왔다── 그 말인가.

그날은 윌리 일족의 집락 가운데 일행을 위해 마련한 주거 하나를 빌려서 하룻밤 묵게 되었다. 에나 일족의 집락으로 떠나는 날은 내일이다.

구성원은 아크 일행을 비롯하여, 족장인 에인과 호인족의 정예 전사 10여 명이다.

아무리 무용에 뛰어난 호인족이라고 해도 검은 거인을 상대하면서 제대로 전력을 갖추지 않으면 큰 피해를 보는 듯싶다. 그러나 에나 일족의 집락을 향하는 윌리 일족의 전사들은 이게 한계인 모양이다.

다행히 이번에 검은 거인과의 실전을 통해 토벌하는 방법이 그런대로 알려져서, 또 이런 일이 생기더라도 경계도를 높인 현재 상황이라면 일방적인 전개는 펼쳐지지 않으리라.

문제는 에나 일족이 지내는 집락까지 자신들이 무사히 이를 수 있을지 어떨지다—— 그렇게 고민한 아크가 다른 일행의 얼굴에 시선을 던졌다.

아리안은 사자왕의 검을 닦으며 뭔가 생각에 잠긴 눈치였다.

무표정한 치요메는 저녁 식사 자리에 나온, 향신료를 묻힌 쿠키와 몹시 비슷한 음식을 다람쥐처럼 볼이 미이도록 잔뜩 집어넣었다.

고에몬은 호인족 전사의 수련을 보고 오겠다면서 자리를 비웠다.

저녁 식사를 마친 폰타는 벌써 졸리는 시간인지, 아크의 무릎에서 꾸벅꾸벅 졸았다.

딱히 평소와 다를 바 없는 풍경—— 이 구성원이라면 대부분의 일은 문제없으리라.

이튿날 일행은 아직 어둠침침한 이른 아침부터, 에나 일족이 사는 집락을 향해 북서쪽으로 출발했다.

다들 드립트프스를 탄 모습을 보건대, 보통의 속도로 달리면 에나 일족의 집락은 이틀쯤 걸려 도착할 듯싶었다.

그리고 에인 족장의 말대로 이틀째 정오 무렵에는 쿠와나 평원의 한복판에 불쑥 솟아난 게르식 주거들이 늘어선 광경을 목격하게 되었다.

에인 족장에게 듣기로는 에나 일족의 집락에는 400명을 넘는 인원이 산다는데, 그 인원으로 쿠와나 평원의 최대 부족이라고 불린다는 게 놀랍다.

그러나 검은 거인이나 마수의 부류가 활개 치는 세계다. 무용에 뛰어나더라도 그리 간단히 생존권을 넓히지는 못하리라.

유목과 사냥의 민족답게 호인족의 주거 주위에는 가축으로 보이는 동물이 무리를 이루었다.

하얗고 긴 털로 덮인 그 동물은 양이라기보다는 어딘가 뿔이 없는 산양을 닮은 인상을 풍겼다.

호인족은 그 가축을 우모^{백모초양(白毛草羊)}라고 부르는 듯했다.

우모는 긴 털이 직물의 원료로 쓰인다고 해서 귀중한 외화획득용 가축인 모양이었다. 그러나 최근에는 거인에 대한 경계령이 떨어져서, 마음대로 동쪽의 파브나하에 가지 못했다는 이야기를 들었다.

일행은 그런 속사정을 들려준 에인 족장을 따라 에나 일족의 주거지로 들어갔다.

그러자 에인 족장이 윌리 일족의 수장이라는 사실을 아는 자도 많았는지, 당당히 에나 일족의 집락에 들어왔는데도 커다란 말썽 없이 계속 나아갈 수 있었다.

다만 아무리 해도 전신 갑주 차림의 아크와 다크엘프족인 아리안이 신기하게 보였던 것 같다. 집락을 걷는 일행은 주변의 이목을 끄는 요소로 부족함이 없는 탓일까, 근처의 주거에서 구경꾼들이 모여들었다.

그러나 집락의 분위기가 왠지 긴장된 분위기로 둘러싸인 듯이 느껴지는 이는 자신뿐이었을까—— 아크는 가까이 모인 구경꾼들의 얼굴을 바라보았다.

얼마 지나지 않아 일행은 집락의 중앙 부근에 있는 조금 트인 장소까지 이르렀다. 그러자 앞장서던 에인 족장이 낯익은 얼굴을 발견했는지, 드립트프스에서 내리며 미소를 띤 채 한 명의 남자에게 다가가 말을 걸었다.

"호우, 오랜만이군! 에나의 족장이 몸소 우리를 맞이하다니 무슨 일인가?"

"……순찰병에게 보고를 들었네. 월리의 족장이 묘한 외부인을 데려왔다고 말이지."

에인 족장은 집락 광장에 서 있는 우람한 호인족을 호우라고 부르며 인사를 나누었다. 그 말대로라면 눈앞의 남자가 이 집락을 다스리는 족장인 듯하다.

남자는 에인 족장과 대화를 하면서도 위압감을 띤 눈빛으로 외부인인 일행을 품평하는 분위기를 풍겼다.

호우 족장은 타고난 체격을 지닌 호인족 중에서도 유독 눈길을 끌 정도의 거구를 자랑했다.

그의 신장은 에인 족장과 나란히 세우고 비교하더라도 머리 하나는 더 컸다. 3m 남짓할까.

온몸을 단련한 갑옷 같은 근육에 무수하게 남은 흉터는 수많은 싸움을 거친 호우 족장의 내력을 보여주었다.

그처럼 엄청난 패기를 뒤에서 지켜보던 고에몬은 왠지 대항의식을 드러내듯이 긴장하며 전신으로부터 어슴푸레한 빛을 뿜어냈다.

에인 족장은 긴장감이 가득 찬 분위기를 아랑곳하지 않은 채 호우 족장에게 이번에 집락을 찾아온 목적을 거침없이 꺼내어 그의 관심을 일부러 자신에게 돌렸다.

"오늘 온 이유는 다름이 아니라, 집락 근처에 거인 둘이 나타났기 때문일세."

그 말을 들은 호우 족장은 한쪽 눈썹을 치켜세우면서 무겁게 고개를 끄덕였다.

"……그런가. 결국 동쪽 변두리에도 보이게 되었군……. 그래서 얼마나 피해를 보았나?"

호우 족장은 에인 족장과 그의 뒤에 서 있는 전사들에게 시선을 옮겼다. 그리고 에나 일족의 집락을 직접 찾아온 에인 족장의 사정을 대충 파악했는지, 곧바로 거인과의 싸움에서 받은 피해 상황을 물었다.

그 질문에 에인 족장은 거인이 출현한 경위를 설명했고, 우연히 그 자리에 있던 외부인인 아크 일행의 활약으로 위기를 넘긴 사실을 밝혔다.

그러자 이야기를 듣고 난 호우 족장이 윌리 일족의 전사들과 마찬가지로 어이없다는 듯이 한숨을 내뱉었다.

"주술사의 도움을 받아서 다행인데, 싸움에 외부인의 힘을 빌린 건가……."

호우 족장은 명백히 실망했다는 태도였다. 그러나 에인 족장은 그 반응을 신경 쓰지 않고 웃어넘기더니, 목소리를 살짝 낮추며 엷은 미소를 띠웠다.

"우리 젊은이들도 똑같이 말했다가 아내한테 한바탕 잔소리를 들었네."

그 한마디에 어깨를 움찔한 호우 족장은 에인 족장의 시선을 피했다.

"……그, 그런가. 그럼 방금 한 말은 못 들은 거로 해주게…… 부탁하네."

조금 전만 해도 무시무시한 위압감을 날리던 호우 족장이 허둥지둥 에인 족장에게 뭔가 귓속말을 했다. 그 모습을 본 아크는 에인 족장의 우람한 부인을 머릿속에 떠올렸다.

아무래도 두 족장과 유가는 비교적 가까운 사이인지도 모르겠다.

아크의 시선을 느꼈는지, 호우 족장은 짐짓 헛기침하고 금세 진지한 표정을 지었다.

"……마침 때맞춰 잘 왔군. 다른 여섯 부족의 족장들도 거인 문제로 모였으니까. 이곳은 이미 많은 집락이 녀석들 탓에 괴멸되었지. 지금은 족장들과 함께 놈들을 없앨 계획을 세우던 중이었네."

호우 족장의 이야기에 에인 족장은 한숨을 내쉬었다.

"그렇군……. 우리한테까지 거인이 왔길래 혹시나 하였는데……."

에인 족장의 말이 도중에 끊기자, 아까부터 흘끗흘끗 일행을 보던 호우 족장이 입을 열었다.

"그런데 자네 손님이 끌고 온 드립트프스는 어디서 손에 넣었나?"

호우 족장의 눈빛이 약간 험악하게 물드는 가운데, 아크는 요전에 에인 족장에게 이야기한 경위를 그대로 들려주었다.

"······그랬군. 순찰하러 나간 두 명이 돌아오지 않았는데, 그 자들이 탔던 드립트프스일 테지."

신음하듯이 말을 내뱉은 호우 족장은 잠시 눈을 감은 후 다시 아크에게 시선을 돌렸다.

"아크 님이라고 했소? 드립트프스는 전사에게 보물이기도 하오. 우리 일족이 잃은 그 보물을 돌려줄 마음은 있는 거요?"

호우 족장은 아크를 똑바로 보며 물었다. 아크는 호우 족장의 눈앞에 자신의 집게손가락을 세웠다.

"나도 이 두 마리를 기꺼이 돌려주려는 생각이오——다만, 에나 일족의 족장에게 부탁하고 싶은 게 하나 있소."

그 말에 반응하듯이 호우 족장은 또 온몸에 패기를 드러냈다.

"호오, 재밌군. 여섯 부족에 속하는 에나 일족의 족장인 내게 바라는 게 뭔가?"

호우 족장이 짙은 미소를 짓고 아크를 노려보았다. 곧이어 아크가 자신의 조건을 말하려고 했을 때, 갑자기 집락의 입구가 시끄러워지면서 모두의 시선이 자연히 그쪽으로 향했다.

이윽고 상처를 입은 드립트프스 한 마리가 맹렬하게 달려오는 모습이 시야에 들어왔다.

그 광경을 본 호우 족장은 눈을 휘둥그레 뜨고 고함을 질렀다.

"여자와 아이들은 길을 열어라!! 남자들은 저걸 붙잡는다!!"

호우 족장의 지시를 따라 근처의 주거에서 뛰쳐나온 전사 차림의 남자들이 집락을 휘젓고 다니는 드립트프스를 쫓기 시작했다.

그러나 그 소동도 드립트프스가 힘을 다한 듯이 쓰러지면서, 등에 탄 호인족 젊은이를 바닥에 내동댕이치는 형태로 멈췄다.

호우 족장은 주위에 몰려든 구경꾼들을 냅다 쳐내듯이 비집으며 나아갔다.

외부인인 아리안과 치요메, 고에몬은 먼발치에서 지켜볼 뿐이었고, 폰타는 마법의 바람으로 구경꾼들 위를 한 바퀴 선회하여 돌아왔다.

"큐, 큐큥!"

아크의 투구에 내려앉은 폰타는 뭔가를 알렸지만, 안타깝게도 어떤 말을 하는지 알아들 수 없었다.

그러자 떠들썩한 구경꾼들의 중심에서 호우 족장의 고함이 울렸다.

"아무도 없나! 주술사 할멈을 불러와라!!"

그 목소리에 남자 몇 명이 구경꾼들의 무리에서 뛰쳐나와 집락 안쪽을 향해 달려갔다.

아마 호인족이 말하는 주술사란 마법으로 상처를 치료하거나 약으로 병을 낫게 하는 존재였을 터다.

아크는 자신보다 체격이 큰 호인족 무리를 완력으로 다짜고짜 헤치더니, 한복판에서 젊은이를 안아 일으키던 호우 족장에게 다가갔다.

호우 족장의 팔에서 거친 숨을 토해내는 이는 젊은 호인족이었는데, 피투성이의 왼팔은 심하게 부서졌는지 가까스로 원형을 유지했다.

그 옆에서 아크를 쳐다본 에인 족장이 고개를 끄덕이며 뭔가를 전하려 했다.

아크도 작게 고개를 끄덕인 후 양해도 없이 마법을 발동시켰다.

"잠시 실례하겠소. 【오버 힐^{대치유}】!"

곧이어 주변에 흘러넘친 따뜻한 빛이 반짝이면서 젊은이의 왼팔에 빨려 들어가자, 영상을 거꾸로 돌린 듯이 뼈와 살이 원래의 모습으로 회복되었다.

빙 둘러싼 채 그 장면을 본 호인족이 감탄사를 내뱉었고, 얼마 지나지 않아 빛이 사라질 즈음에는 방금까지의 중상이 거짓말처럼 아물었다.

역시 이 광경에는 호우 족장도 두 눈을 휘둥그레 뜨고 아크와 젊은이를 번갈아 보았다. 그러나 호우 족장은 젊은이가 눈을 어렴풋이 뜨자, 무슨 일이 벌어졌는지 묻기 위해 말을 걸었다.

"정신이 들었나! 어떻게 된 건지 기억하나!?"

호우 족장의 목소리에 반응했는지, 젊은이는 공허한 눈을 좌우로 움직이고 제정신을 차린 듯이 벌떡 일어났다.

"으윽!?"

그러나 젊은이는 금세 힘이 다한 것처럼 휘청거리며 다시 쓰러졌다.

"상처는 나았어도 이미 흘린 피는 돌아오지 않소. 당분간 푹 쉬게 해줘야 하오."

그 말에 고개를 끄덕인 호우 족장은 가까이 있던 남자 두 명을 불러들여 자신의 집에서 젊은이를 보살피도록 지시했다.

그런데 젊은이를 이제 막 옮기려고 했을 때였다. 호우 족장에게 매달린 젊은이가 떨리는 목소리로 겨우 말을 쥐어짰다.

"집락, 부근에, 거인이 출현. 수는, 30, 혹은 그 이상, 장소는 ——."

띄엄띄엄 말하는 젊은이의 목소리는 점점 가늘어졌다. 호우 족장은 그 말을 하나도 놓치지 않으려는 듯이 자신의 머리에 달린 둥근 귀를 젊은이의 입가에 바싹 갖다 대고 들었다.

이윽고 의식을 잃은 젊은이는 힘없이 팔을 늘어뜨렸다. 호우 족장은 젊은이의 팔을 한 번 꽉 움켜잡더니, 그를 조금 전의 남자 둘에게 맡기고 일어섰다.

호우 족장의 눈에는 명백한 분노의 빛이 깃들었고, 미간에는 혈관이 불거져서 악귀와 같은 형상을 띠었다.

"지금 당장 여섯 부족의 족장들을 모두 불러라!! 집락을 지키는 자를 제외한 모든 전사는 사냥 준비를 해라!!!"

고막을 직접 때리는 듯한 호령에 한순간 적막이 찾아온 후 호인족은 전장처럼 노호를 내뱉으며 싸움을 대비했다.

어린아이들은 모두 저마다 집에 틀어박혔고, 여자들은 남자들의 갑옷을 꺼냈다.

남자들은 자신의 무기를 손질하여 사냥이라는 이름의 전투 준비에 돌입했다.

그처럼 어수선한 소란 속에서 에나의 족장인 호우가 아크에게 다가왔다.

"손님, 미안하네만——."

아크는 그렇게 입을 연 호우 족장의 말을 손으로 제지하듯이 멈추고 상대를 바라보았다.

호우 족장이 자신들에게 무슨 말을 하려 했는지는 모른다. 아마── 이야기는 거인을 토벌한 다음에 하자고 말할 셈이었으리라.

어쨌든 외부인의 도움을 받는 행위 자체를 좋아하지 않는 부족이다.

이대로는 그들 호인족이 거인을 쓰러뜨리고 올 때까지 아크 일행의 이야기를 미루게 되기는커녕, 자칫하면 호인족이 검은 거인에게 멸망할 가능성마저 있다.

그럼 한가하게 '레드네일'이나 찾을 상황은 물 건너간다.

조금 전 젊은이가 알려준 정보로, 거인의 수가 서른이라는 말을 들었다.

무용에 뛰어난 호인족이 기습을 당했다고 해도, 두 놈을 토벌하는 데 그토록 고생한 검은 거인이다. 그런 놈들이 서른이나 몰려왔다면, 이곳에 호인족 전원이 있더라도 심대한 피해는 면하지 못하리라.

그리고 아마도 검은 거인을 어떻게든 처리할 수 있는 아크 자신이 지금 이 자리에 존재한다──.

그렇다면 여기에서 내뱉을 말은 하나밖에 없다.

옛날 사람도 말하지 않았던가, '구하라, 그럼 얻을 것이다.' 라고.

"그 사냥에 우리가 끼어들어도 괜찮소?"

'레드네일'을 갖고 싶다면, 스스로 움직여서 거머쥐어야 하는 법이다.

아크의 말에 호우 족장은 시선을 똑바로 고정하고 쳐다보았다.

그리고 잠시 시선을 나눈 호우 족장은 입가에 위압적인 미소를 띠며 자신의 가슴을 쳤다.

"에나 일족의 족장, 호우가 약속한다! 사냥이 끝난 후 그 은의를 갚겠다고!"

호우 족장은 그 말만 남긴 채 발길을 돌리더니, 전투 준비를 하기 위해 떠났다.

곧이어 아크와 호우 족장의 대화를 옆에서 듣던 아리안이 요란한 한숨을 내쉬었다. 아크가 서둘러 입을 열려고 하자, 아리안은 기선을 제압하듯이 집게손가락을 들이댔다.

"말해두지만, 나도 갈 거예요! 이번에는 좀 더 잘 처리할 테니까!"

아리안은 그렇게 선언한 다음 입을 삐죽 내밀고 다른 방향으로 시선을 돌렸다.

어쩌면 검은 거인의 공격에 당할 뻔한 사실을 여전히 신경 쓰는 것일지도 모른다.

아크는 거인 토벌전에 혼자 참전할 셈이었다. 하지만 고에몬에게 눈길을 던지자, 그는 양손에 낀 금속제 토시를 맞부딪치며 패기를 띤 미소를 흘렸다.

아무래도 고에몬 역시 의욕이 넘치는 듯하다.

그리고 고에몬 옆에 잠자코 서 있는 치요메를 바라보았더니, 그녀는 조용히 눈을 감고 짤막하게 대답했다.

"저도 가겠습니다."

이러쿵저러쿵해도 이 일행은 꽤 혈기왕성한 모양이다.

일단 현재의 해골 몸에는 혈액이 한 방울도 흐르지 않으므로, 자신만은 피가 들끓어서 참전한 것은 아니라고 믿는다.

그로부터 전투 준비는 한 시간도 지나지 않을 동안 끝났고, 무장을 한 채 모여든 호인족 전사들의 무리는 에나 일족의 집락을 나섰다.

에나 일족의 집락을 방문한 다른 여섯 부족의 족장들도 에인 족장과 마찬가지로 수행원들을 데려온 상태였다. 따라서 급작스럽게 그 전사들이 이번 '거인 사냥'의 집단에 들어갔다.

그 수는 약 150여 명.

거의 전원이 드립트프스를 타고 거인에게 습격을 받은 집락으로 곧장 향했는데, 대형 이동수단인 드립트프스가 대지를 울리며 진군하는 모습은 정말 압권이었다.

아크는 맹렬하게 땅울림을 내면서 나아가는 호인족 전사들을 따라갈 뿐이므로, 지금 자신이 어느 방향을 가는지는 확실하지 않았다.

정면의 평지 저 멀리 보이는 우뚝 솟은 산봉우리들 외에, 주위에는 온통 완만한 구릉지와 평원이 펼쳐졌다.

에나 일족의 집락을 떠난 지 한 시간은 이미 넘었을까.

뒤에 앉은 아리안이 엉덩이의 통증을 호소하며 꼼지락 꼼지락 고쳐 앉을 때마다 앞에 있는 아크에게 달라붙었다. 그 때문에 아크는 전투 전인데도 왠지 안절부절못하는 기분이 들었다.

"아리안 양, 너무 움직이면 떨어질지도 모르오."

아크가 그렇게 말하고 시선을 돌리자, 하얀 눈썹을 찌푸린 아리안이 다 죽어가는 목소리로 말했다.

"아크으, 잠깐 쉬면 안 돼요? 이제 엉덩이가 한계인데……."

드립트프스가 달리는 진동으로 아리안의 두 가슴이 신나게 흔들렸지만, 정작 본인은 당장에라도 낙오될 느낌이었다.

실제로 아크의 시선을 깨닫지 못하고 끙끙 앓았다.

그러나 이곳에서 자신들만 휴식을 취하면, 평원 한복판에 버려진 채 모두가 어디로 갔는지 알 수 없게 된다.

그렇다고 여기에서 "잠시 쉬죠."라고 말할 만한 분위기도 아니다.

주변을 둘러보니 다들 동포를 습격한 거인을 없애고자 기염을 토했다. 애당초 드립트프스를 타고 장거리를 달리는 데 익숙한지, 아리안처럼 싸우기도 전에 뻗어버린 전사의 모습은 보이지 않았다.

그리고 거인 토벌에 뛰어든 또 다른 동행조인 고에몬과 치요메를 살폈지만, 둘 다 출발할 때와 마찬가지로 변함이 없었다.

다만 치요메는 고에몬의 어깨에 손을 얹고 안장에 서서 곡예를 부리는 듯하므로 예외일지도 모른다. 어쩌면 저렇게 곡예를 부리는 것처럼 올라탄 이유는 엉덩이의 피해를 막기 위한 행동일까.

주위의 호인족 전사들이 그런 치요메를 왠지 신기하다는 듯이 바라보았다.

아크가 그들의 반응에 정신이 팔려 있자, 투구 위의 폰타가 솜털 꼬리를 격렬하게 흔들었다.

"큥! 큥!"

아크는 투구를 탁탁 때리며 뭔가를 말하는 듯한 폰타의 울음소리에 시선을 앞으로 돌렸다.

그러자 조금 높은 언덕에 호인족의 집락이 보이기 시작했다.

그와 동시에 거대한 인영이 집락에서 천천히 모습을 드러냈다.

거대한 인영은 호인족이었으리라 여겨지는 숨이 끊어진 시체를 손에 꽉 쥐더니, 가슴에 달린 커다란 입을 쩍 벌려 통째로 씹어먹었다. 그야말로 괴물이다.

괴물이 호인족의 시체를 씹을 때마다 꺼림칙한 소리가 주변에 울렸다.

"저 새끼가!!"

그 장면을 목격한 호인족의 전사들이 숨을 삼키면서도 증오하는 듯한 살기를 뿜었다.

그러나 이쪽에서 거인을 인식하기 무섭게 녀석들도 지축을 뒤흔들 듯이 다가가는 집단을 알아차렸다.

『봐와데이아!! 가웃갓아아아봐아!!』

검은 거인 하나가 몹시 알아듣기 어려운, 말도 아니고 짐승이 지르는 포효 같은 소리를 입에서 토해냈다. 그러고는 자신의 무기인지 돌로 만든 거대한 망치를 움켜잡은 후 이쪽을 향해 달려왔다.

곧이어 집락에 모여 있던 다른 검은 거인들도 덩달아 손에 무기를 들고 몰려들었다.

그 수는 처음의 한 놈을 포함해서 전부 다섯이었다. 집락에는 아직 다섯 놈 정도 남은 듯했지만, 뭔가를 찾는 눈치였다.

다만 상처를 입었으면서도 에나 일족에 보고하러 온 젊은이의 말처럼 서른이나 되는 거인은 없었다.

그 사실을 깨달은 선두를 달리는 족장 집단은 빈번히 주위에 시선을 던지며 나머지 거인을 찾았다.

그러나 장해물이 별로 없는 평원 한복판에서 그 정도의 거구 스무 놈이 숨을 만한 장소는 좀처럼 존재하지 않으리라.

거인 토벌대의 수장인 호우 족장도 그렇게 이해했는지, 눈앞의 거인들에게 대응하기로 마음을 굳힌 모양이었다.

호우 족장은 손에 든 무기를 하늘로 치켜들고, 전방에서 닥쳐오는 거인을 향해 가리켰다.

그 행동을 신호로 사방에서 전사들이 함성을 지르며 저마다 무기를 들어 올렸다.

"우오오오오오오오오오오오오오!!!"

땅을 울리면서 달리는 드립트프스의 발굽 소리에 호인족의 함성이 뒤섞여, 야만족의 습격을 떠올리게 했다.

아크 일행을 앞지른 호인족은 잇달아 자신들의 무기를 검은 거인의 다리에 휘둘렀다.

둔탁한 충돌음과 무기가 부서지는 듯한 파쇄음, 그리고 검은 거인들이 내리치는 순수한 힘과 질량이 합쳐진 일격은 지면을 으깨고 파고들면서 무시무시한 파괴음을 냈다.

거인과 호인족 전사들의 공격이 뒤얽힌 가운데 어떤 이들은 다쳐서 날아갔다.

그러나 그중에는 거인에게 회심의 일격을 꽂아 넣은 자도 있었는데, 그 공격을 받은 한 놈이 다리의 상처를 누르며 뒤로 쓰러지는 모습도 보였다.

그렇게 쓰러진 검은 거인을 향해 호인족 전사들이 숨통을 끊고자 떼를 지어 무기를 휘둘렀다.

호인족 전사들과 맞서 싸우러 나온 검은 거인 다섯은 그들만으로도 충분히 대처할 수 있으리라.

집락에 남은 나머지 다섯 놈은 난전이 벌어지기 전에 마법을 사용해 얼른 끝장을 내야 한다.

아크가 마법을 쓰기 위해 드립트프스의 고삐를 잡아당겨 발걸음을 멈추자, 안도한 아리안이 한숨을 내뱉으며 안장에서 굴러떨어지듯이 내렸다.

겨우 안장에서 벗어난 아리안은 얼굴을 살짝 찌푸리고 자신의 엉덩이를 주물렀다.

아무래도 엉덩이의 통증이 상당한 듯싶었다.

아크는 아리안을 곁눈질하며 고에몬과 치요메를 바라보았다. 그러자 토벌대에서 이탈한 아크와 아리안의 움직임을 알아차렸는지, 드립트프스의 진행 방향을 돌려 쫓아오는 모습이 시야에 들어왔다.

지금 쓰려는 마법은 지난번 히드라전에서도 사용했던 소환마법이다.

주변 일대를 공격하는 마법은 몇 가지 지녔지만, 집락을 향해 쏘았다가는 아직 숨을 죽이고 숨어 있는 생존자까지 함께 휘말리게 된다.

그러나 소환수도 전투 중에는 자동으로 적을 공격하므로, 건물을 날리지 않는다는 보장도 없다. 그 사실은 이전에 라이브니차령(領)에서의 소동으로 배웠다.

따라서 직접 적을 공격하는 형태의 소환수를 불러내면 무슨 일이 벌어질지 모른다. 그럼 보조적인 수단을 특기로 삼는 소환수를 이용하여 집락에서 거인을 꾀어내면 대처할 수 있지 않을까──그럴 것이다.

"아리안 양, 집락에 남은 거인을 먼저 처리해야 하니, 잠깐 거기서 기다리시오."

"옛!?"

아크는 그렇게 알리고 조금 트인 장소로 가서 소환마법을 발동시킬 자세를 취했다.

곧이어 전방의 지면에 거대한 마법진이 그려지면서 주위가 빛으로 가득 찼다. 그 광경을 바라보며 아크는 현재의 전황에 대응할 만한 소환수를 찾았다.

게임을 할 때 썼던 소환수는 대부분 정해져 있었다. 그러나 얻기만 하고 써보지 않은 소환수의 기억 자체가 모호해서 무엇을 불러야 할지 몰라 말문이 막혀 고개를 갸웃거렸다.

"……으음, 목구멍까지 이름이 올라왔는데……."

분명 디버프 계열의 스킬을 가진 하급 소환수가 있었을 터다.

아크는 잠시 마법진을 기동시킨 채 기억을 더듬었다.

그러나 머릿속에는 하급 이상의 소환수만 떠오를 뿐이어서, 자기도 모르게 깊은 생각에 빠져들었다.

아리안이 아크의 그런 모습을 보고 상태를 살피듯이 말을 걸었다.

"저기, 아크. 마법이란 게 설마 저번처럼 난동을 부리는 거인은 아니겠죠?"

아무래도 아리안은 얼마 전 라이브니차령에서 무너진 교회를 떠올리고, 호인족의 집락도 그렇게 되지 않을까 걱정하는 것이 리라.

제아무리 아크가 안 좋은 기억을 좀 잘 잊는 성격이라고 해서 그 일을 까먹을 리 없다.

다만 지금 이 자리에서 마법의 종류를 고민하기보다는 하나하나 되새기며 제외하는 편이 확실한지도 모른다.

아크가 걱정에 잠긴 아리안의 얼굴을 바라보고 그런 결론을 이끌어내자, 그녀의 뒤쪽에서 살기를 띤 어떤 인영이 불쑥 뛰쳐나와 놀랄 만큼 엄청난 속도로 가까워졌다.

그 살기를 알아차린 아리안도 순간적으로 뒤돌아보려고 했지만, 인영의 속도가 훨씬 빠른 데다 소매에서 반짝 빛나는 칼이 엿보였다. 그 때문에 아크는 무심코 아리안을 밀쳤다.

다음 순간, 인영이 퍼붓는 공격을 막아낼 겨를도 없이 상대의 무기 끝은 정확히 목부분의 틈새를 뚫고 두개골에 파고들었다.

허를 찔린 공격을 받은 탓인지 지면에 펼쳐진 소환진도 어느새 사라졌다.

그리고 늘 전투가 벌어지면 아크의 목덜미를 휘감은 폰타는 적과의 거리도 멀어서 여전히 투구 위에 달라붙은 덕분에 인영의 칼날을 피할 수 있었다.

너무 순식간에 일어난 일에 놀란 폰타가 커다란 회오리바람을 일으키고, 아크의 투구에서 날아오르듯이 떠올랐다.

찰나에 생겨난 바람이 인영의—— 자객이 온몸에 걸친 검은 외투의 후드를 걷어 올려 그 안에 감춰진 얼굴을 드러냈다.

"후음!!"

"!!"

그 틈을 노린 아크는 검끝을 찌른 상대에게 온 힘으로 주먹을 내리치려 했다. 그러나 상대는 아크의 움직임을 깨닫고 잽싸게 그 자리에서 훌쩍 물러났다.

"아크!!"

갑자기 내동댕이쳐져서 놀란 아리안은 누군가의 칼날에 얼굴을 찔린 아크의 모습을 보더니 비명 같은 소리를 질렀다.

그러나 아크가 가볍게 손을 들어 자신이 무사하다는 사실을 전했다.

아리안은 아크의 태도에 어안이 벙벙해져 두 눈을 휘둥그레 떴지만, 그제야 갑옷의 알맹이를 떠올렸는지 옅은 자주색 뺨을 살짝 붉게 물들였다.

이성을 잃고 아크의 이름을 외친 게 부끄러웠는지도 모른다.

그나저나 조금 전의 공격은 해골 몸이 아니었다면, 확실히 치명상을 입었을 일격이었다.

두개골이 비었으므로 적도 손에 느껴지는 반응이 없다는 것을 금세 눈치챘으리라.

아크가 팔에 힘을 넣는 순간, 이미 다리에 힘을 주고 도망칠 속셈이었던 모양이다.

외투로 온몸을 가린 적은 후드 깊숙한 곳에서 붉은 눈을 빛냈다. 그러고는 눈 깜짝할 사이에 가속하더니 양 소매에서 두 개의 검을 내비치며 다시 덤벼들었다.

"으윽!!"

"아크!!"

아리안은 아크의 상황을 보고 곧바로 일어나려다 다리를 누르며 얼굴을 찌푸렸다.

아무래도 아크가 아리안을 들이받을 때 힘 조절을 잘못한 듯싶었다. 더구나 아리안은 오랜 시간 안장에서 시달려 엉덩이에 통증이 남아 약간 엉거주춤한 자세였다.

그렇게 생각하면 아리안이 움직일 수 없는 게 차라리 더 나을지도 모른다. 눈앞의 상대와 평소의 몸 상태로 싸우지 않으면, 아리안에게도 위험이 미칠 가능성이 크다.

그 정도로 상대가 실력자라는 사실은 풋내기인 아크도 충분히 안다.

그리고 아크는 그런 상대와 지금 맨손으로 맞서고 있었다.

평상시의 검과 방패를 드립트프스에게 신고, 마법을 발동시킬 때 빈손으로 내린 게 화근을 낳았다.

호인족들이 전투를 치르는 장소로부터 별로 멀지 않다면서 너무 섣불리 행동했다는 점은 부정할 수 없다.

날카로운 금속음이 주변에 메아리쳤고, 상대의 검끝이 전신 갑주의 토시에 닿았다.

상대의 움직임이 재빨라서 아크가 크게 휘두르는 공격은 스치지도 않았다.

그러나 상대도 전신 갑주를 걸친 아크의 몸이 해골이라는 사실을 모르기 때문인지, 방금처럼 깊숙이 파고드는 공격을 하지 않아서 결정타는 없었다.

그 모습을 본 아크가 이번에는 자신이 먼저 공격을 했다.

온몸의 힘을 담은 주먹에 속도와 질량을 실어 정면에서 찔러

넣었다.

그러자 공기를 진동시키는 듯한 소리가 울렸고, 아크의 주먹을 종이 한 장 차이로 피한 적이 풍압에 밀려 자세를 흐트러뜨렸다.

그 찰나의 기회를 노린 아크가 결정타를 날리기 위해 주먹을 내밀자, 공중을 박찬 상대는 무너진 자세를 바로잡았다. 그러고는 헛손질을 해서 빈틈이 생긴 아크의 등 뒤로 접근했다.

설마 이곳에서 *밀짚모자 일당의 요리사와 싸우게 되리라고는 상상도 못했다.

완전히 허를 찔린 아크에게 두 개의 검끝이 양쪽에서 가위처럼 목을 조여왔다.

아무리 알맹이가 해골 몸이고 대부분 텅 비었다고 하더라도 목뼈를 잘리면 어떻게 될까.

여기까지 온 이상 이제는 상대의 공격력과 해골 몸의 방어력 중 어느 쪽이 높은지 승부다.

그 순간, 검끝을 돌린 상대가 다시 공중을 박차고 아크에게서 벗어나려는 와중에 날카로운 금속음이 가까이에서 울렸다.

"무사하십니까! 아크 님!"

아슬아슬하게 위기를 구해준 이는 아크에게 달려온 치요메였다.

"으음, 덕분에 살았소, 치요메 양. 감사하오."

해골 몸이라서 식은땀을 흘리지는 않았지만, 아크는 목이 제

---

*일본 만화 '원피스'에서 주인공 해적단의 요리사 상디는 폭발적인 다리힘으로 공중을 차 날아오르는 스카이 워크라는 기술을 쓴다.

대로 붙어 있는지 확인하는 것처럼 목덜미를 어루만진 후 한숨을 크게 내뱉었다.

그리고 아크와 거리를 둔 적은 조용히 검끝을 내린 채 그 자리에 멈춰 섰다.

검은 외투의 후드가 크게 찢어져서 바람에 나부끼는 이유는 치요메의 공격이 스친 탓이리라.

적은 시야를 가로막는 후드를 거칠게 잡아 뜯더니, 아크에게 본얼굴을 보였다.

검은 머리와 뾰족한 짐승 귀, 약간 창백한 피부 및 붉게 빛나는 듯한 눈이 특징적인 모습—— 틀림없는 남자 수인족이다.

꼬리는 외투 속에 감춰져서 자세히는 모르지만, 귀의 모양을 보건대 치요메와 고에몬 같이 묘인족인 듯하다.

그런데 평상시 별로 감정을 드러내지 않던 치요메가 남자의 얼굴을 보더니, 말문이 막혀 메마른 목소리를 냈다.

"……사, 스케…… 오라버니……!?"

떨리는 목소리와 휘둥그레 뜬 치요메의 눈이 모든 것을 이야기해주었다.

치요메가 입에 담은 그 이름은 그녀의 동문 사형이자 인심일족을 이끄는 여섯 닌자 중 하나다.

그가 여섯 닌자의 한 명인 사스케라면, 왜 이 대륙에 있고, 어째서 이 장소에 있는 걸까. 그리고 무엇 때문에 자신들을 노리는지 전혀 알 수 없었다.

그러나 치요메가 경악한 표정으로 부르는 이름—— 그것이 지금 눈앞에서 대치하는 적의 이름이라는 사실은 의심할 여지

가 없는 데다 가짜도 아니리라.

그리고 이 모든 일을 확실하게 증명하듯이, 뒤늦게 쫓아온 고에몬도 조금 떨어진 위치에서 그자를 보고 놀라는 눈치였다.

"……사스케 오라버니! 대체 어떻게 된 건가요!? 게다가, ……게다가 그 모습은!?"

치요메의 동요한 목소리에 사스케가 붉은 눈을 가늘게 뜨고 두 개의 검을 거머쥐었다.

사스케에게는 치요메의 목소리가 닿지 않는지, 그의 움직임에는 눈곱만큼도 망설임이 없다.

그러나 이 자리에서 사스케와의 전투는 벌어지지 않았다.

『후아후아오치후아!! 치아아오오아아앗아아아!!!』

집락을 헤매던 검은 거인 다섯은 갑자기 일제히 포효하더니, 저마다 거대한 석기를 움켜잡고 아크 일행을 향해 몰려들었다.

그 주변을 살피던 호인족 전사들은 집락에서 느닷없이 뛰쳐나온 검은 거인들에게 내쫓기는 것처럼 흩어졌다. 그러나 거인들은 호인족 전사들을 아예 신경 쓰지 않는 듯했다.

거인들의 기이한 행동을 본 사스케는 아크 일행에게 흘끗 시선을 던진 후 몸을 돌려 공중을 달리듯이 떠났다.

당황한 치요메도 사스케의 뒤를 쫓기 위해 달렸다.

"자, 잠깐만요!! 사스케 오라버니!! 무슨 일이에요!?"

그러나 사스케의 발걸음은 치요메가 달리는 속도보다 훨씬 빨라서 순식간에 거리를 벌렸다.

더구나 옆에서 치요메를 따라붙은 고에몬이 그녀의 겨드랑이에 양팔을 넣어 목 뒤로 꽉 죄는 바람에 추적은 막을 내렸다.

"이거 놔! 놔줘요!! 고에몬 씨!!"

치요메는 고에몬의 팔에서 날뛰었다. 고에몬은 사스케의 작아지는 뒷모습을 묵묵히 지켜보며 낮은—— 그러나 또렷한 목소리로 말했다.

"······잘 봐라. 녀석은 이미 옛날에 알던 사스케가 아니다."

외부인인 아크로서는 고에몬의 말이 어떤 의미인지 판단하기 어려웠다.

그러나 치요메는 고에몬의 말을 이해하는지, 그저 고개를 숙이고 목소리를 죽일 뿐이다.

여기에서는 치요메의 표정을 짐작할 수 없지만, 심상치 않다는 것만은 확실하다.

곧이어 아크는 아리안이 자신을 부르는 목소리에 잡념에서 벗어났다.

"아크, 봐요! 저거!"

아크는 아리안의 말에 따르듯이 그녀가 가리키는 방향으로 시선을 보냈다.

그러자 조금 전까지 아크 일행에게 떼 지어 오던 검은 거인들이 멀어지는 모습이 눈에 들어왔다.

우렁차게 괴성을 지르며 사라진 검은 거인들은 사스케가 달아난 곳으로 향했다. 얼핏 사스케라는 사냥감을 쫓아갔다고 생각할 만한 상황이다.

주위에는 아직 많은 호인족이 있었고, 더욱이 아크 일행을 노렸는데도 급격히 방향을 틀어 굳이 사스케를 뒤쫓았다——.

집락에 머물던 검은 거인 다섯은 애당초 뭔가를 찾는 시늉을 보였다. 어쩌면 처음부터 사스케를 찾던 것인지도 모른다.

"……대체 뭐가 어떻게 된 거지?"

의문을 품은 아크의 목소리는 집락 바깥에서 검은 거인들과 대치한 호인족의 떠들썩한 소리에 파묻혔다.

아크가 함성이 들린 쪽을 바라보자, 아무래도 나머지 거인이 쓰러진 모양이었다.

제4장 타지엔트 붕괴

쿠와나 평원의 한복판에 있는, 일찍이 호인족의 소수부족이 살았던 집락터.

남쪽의 '검은 숲' 에서 갑자기 나타난 거인들은 평원에 보금자리를 마련한 호인족의 집락을 습격하며 북상하는 듯싶었다 ──.

집락 바깥에 나온 거인 다섯을 처리한 호인족 전사들의 이야기를 언뜻 들어서 그 일을 알게 되었다.

그리고 지금은 살아남은 자가 없는지, 호인족 전사들은 집락이었던 잔해를 뒤집으며 찾았다.

그러나 호인족 전사들의 어두운 얼굴을 보면, 아무런 희망도 없다는 사실 정도는 금방 안다.

검은 거인들은 애당초 별로 크지 않은 집락에 열 놈이나 모여 있었다.

에나 일족에게 도움을 청하러 왔던 그 젊은이가 이 집락의 유일한 생존자이리라.

방금까지는 거인을 토벌한 고양감으로 전사들의 얼굴이 활기를 띠었지만, 동포였던 자들의 끔찍하게 변한 모습을 눈앞에서 보고 그 분위기는 금세 안개처럼 흩어졌다.

아무리 소생 마법을 쓸 수 있는 아크라도, 머리를 잃은 자나 반대로 머리만 남기고 몸통이 거인의 뱃속에 삼켜진 자를 되살리지는 못한다.

이전에 도적들의 습격을 받아 목숨을 잃은 집단을 살렸을 때 알게 된 사실이기도 하다.

장례식장에서 밤을 새우듯이 울적한 분위기 가운데 침통한 표정을 지은 이는 치요메와 고에몬도 마찬가지였다.

사스케가 도망치고 나서 치요메는 꾹 침묵을 지킨 채 입을 열지 않았다.

그 점은 고에몬도 똑같았다. 치요메와 고에몬은 평소에도 딱히 말수가 많지 않았는데, 이번에는 그와는 전혀 다른 인상이었다.

아리안도 그 둘에게 뭐라고 말을 걸어야 좋을지 몰라서 눈꼬리를 내렸다.

아크는 그런 아리안에게 애써 밝은 목소리로 평소처럼 물었다.

"아리안 양, 다리하고 허리 상태는 문제없는 거요?"

그 질문에 아리안도 아크의 의도를 알아차렸는지 밝은 표정으로 고개를 끄덕였다.

"괜찮아요. 다리랑 허리도 이제 멀쩡해요. 고마워요, 아크."

아리안은 그렇게 대답하면서 자신의 허리를 어루만졌다.

실제로는 아리안의 허리에 문제가 있지는 않았다. 그러나 드립트프스의 안장에 앉아서 생긴 엉덩이의 통증을 여성에게 직접 이야기하기는 껄끄러웠기 때문이다.

뭐 그다지 농담을 할 만한 분위기는 아니라는 상황도 그 원인이지만 말이다.

그나저나 엉덩이에 쌓인 통증에도 회복마법이 효과를 낼지는 상상도 못했다.

그럼 이따금 아리안의 엉덩이에 회복마법을 걸면, 장시간의 드립트프스 이동도 의외로 쉬워지는 걸까.

아크가 그런 생각에 잠겨 있자, 에나 일족의 호우 족장이 다른 호인족 몇 명을 거느리고 다가오는 게 시야에 비쳤다.

호우 족장은 물론이거니와 그의 뒤를 따르는 자들도 타고난 체격을 지니고 조금 화려한 전투복을 걸쳤다. 그 모습을 보건대 여섯 부족의 족장들인지도 모른다.

호우 족장은 아크를 상대하면서도 시선을 옆에 있는 치요메와 고에몬에게 향한 채 무거운 어조로 질문을 던졌다.

"아크 님, 일행의 묘인족 동료는 분명 같은 북쪽 대륙 출신이라고 들었소만?"

아크는 사실을 확인하는 듯한 호우 족장의 물음을 의아하게 여기면서도 고개를 끄덕였다.

"집락을 덮친 거인들 절반이 갑작스레 나타난 묘인족 남자를 쫓아갔소……."

상당히 난전이었다고는 해도 목격자가 아예 없지도 않았다.

"거인들은 왜 그자를 뒤쫓았나? 그자가 거인들을 데려와서 우리 집락을 습격한 게 아닌가!?"

호우 족장이 몹시 분노한 표정을 드러내며 추궁했다.

아크는 어째서 그 일을 자신들에게 묻는지 이상하게 여겼지만, 이유는 곧 밝혀졌다.

"변명은 통하지 않는다! 거기 작은 여자! 네년은 그자와 면식이 있을 거다! 얘기하는 것을 우리 부족원이 똑똑히 봤다!!"

족장 한 명이 치요메에게 따지고 들 듯이 목소리를 높였다.

아무래도 아까 대화를 나누던 모습을 들킨 모양이었다.

그러나 사실을 언급하자면, 말을 걸기는 했지만 이야기는 하지 않았다―― 다만 지금 그런 내용을 알려도 사소한 차이에 불과하리라.

고에몬은 그처럼 머리에 피가 오른 족장 앞으로 나서서 상대를 제압하듯이 무섭게 노려보았다.

신장은 호인족 족장이 약간 컸지만, 온몸에 엷은 빛을 띤 채 패기를 뿜어내는 고에몬은 상대보다 훨씬 커 보였다.

그 빛은 아마 정령의 힘에 기인한 것이리라. 고에몬의 박력에 압도된 족장은 휘청거리는 것처럼 한 걸음 물러났다. 그 사실이 족장의 분노를 더욱 부채질했다.

그러나 기가 죽지 않은 고에몬은 뒤쪽의 치요메에게 눈길을 한 번 주더니, 다른 족장들에게도 들릴 만한 또렷한 목소리로 말을 내뱉었다.

"녀석은 예전 동료였다. 하지만 이제 우리 동료는 아니다."

고에몬이 딱 잘라 말하자, 뒤에서 고개를 숙인 치요메가 어깨를 움찔했다.

"네놈의 그 말을 누가 믿을 수 있나!? 애당초 왜 우리 싸움에 외부인이 끼어든 거냐!?"

족장의 말에 다른 이들의 시선이 아크 일행에게 꽂혔다.

아크 일행의 참전은 호우 족장으로부터 전해 들었을 테지만,

시급한 사태이기도 해서 그 이유를 설명할 틈도 없었으리라.

윌리 일족과 에인 족장은 그럭저럭 아크 일행의 사정을 아는 반면, 이 자리에 있는 대다수의 호인족은 아무것도 모르는 자들이다.

고에몬은 그들을 향해 마음을 굳힌 듯이 눈을 부릅떴다.

"녀석은 이미 내가 알던 자가 아니다. 녀석은 언데드다!"

그 말은 아크도 적지 않게 경악한 내용이었다.

족장들도 고에몬의 이야기에 놀란 표정을 지었고, 사실을 확인하듯이 서로 얼굴을 마주 보며 눈으로 대화를 나누었다.

그러나 주위의 다른 전사들은 대부분 무슨 말인지 전혀 모르겠다는 분위기였다.

그런 상반된 반응에 아크가 고개를 갸웃거리자, 뒤에서 아리안이 귀엣말했다.

"아마 이 평원에서는 언데드의 존재 자체가 드문가 봐요. 언데드는 원래 숲이나 계곡처럼 마나를 많이 가진 지역에 생기니까, 이런 평원에서는 아는 이도 적을지 모르겠죠……."

어깨를 으쓱인 아리안은 방금 고에몬이 한 말에도 놀라지 않는 눈치였다.

그것은 아리안이 다크엘프이기 때문이리라.

엘프 종족의 눈에는 인간족에게 보이지 않는 정령이나 그와 비슷한 부류의 현상을 보는 힘이 있다.

사스케가 정체를 드러냈을 때 아리안은 '언데드'가 두른 '죽음의 불결함'을 보았을 것이다.

그리고 수인족인 치요메와 고에몬은 언데드가 뿜어내는 죽음의 불결함을 보지는 못해도, 죽음의 냄새를 알아차릴 수 있다.

다만 아크에게는 죽음의 불결함이 없으므로, 아리안을 비롯한 다른 엘프족은 그의 해골 모습이 저주를 받은 몸이라고 인식한다.

그 점은 치요메와 고에몬이 속한 수인족의 인심일족도 마찬가지다.

그들의 특수한 능력이 있기에 이렇게 함께 시간을 보내지만, 그렇지 않으면 겉보기에는 언데드에 불과한 아크 자신은 지금쯤 어떻게 되었을까.

"큥!"

아크의 심정을 짐작했는지, 투구에 올라앉은 폰타가 위로하듯이 짖었다.

"그렇군, 넌 사람의 겉모습에 휘둘리지 않는구나."

아크는 폰타의 머리를 쓰다듬고 고마워하면서 눈앞의 상황을 지켜보았다.

──요컨대 이런 말이다.

치요메와 고에몬의 예전 동료였던 여섯 닌자 중 하나인 사스케는 어째서인지 이 남쪽 땅에 언데드로 나타났다.

아크가 본 사스케는 혈색이 나쁘기는 했어도, 치요메나 고에몬의 모습과 거의 다르지 않았다.

그러나 아리안이 보고 고에몬이 냄새를 맡은 그 결과는 확실하리라.

"……설령 그게 사실이라도 당장 여기서 그걸 증명할 수 없겠지!?"

족장 한 명이 높인 목소리에 다른 족장들도 동의하듯이 고개를 끄덕였다.

단지 한 명, 아니 윌리 일족의 에인 족장과 에나 일족의 호우 족장 둘만은 아크 일행의 얼굴을 바라보면서 진실인지를 살폈다.

그러나 이곳에서 느긋하게 옳고 그름을 따져도 무의미하다.

"난 치요메 양과 고에몬 공의 자세한 내막까지는 모르지만, 그들 일족이 예전 동료의 행방을 찾아다닌 일은 알고 있소. 그 둘이 완전히 달라진 한때의 동료와 마주친 건 우연이오. 애당초 이 땅을 여행하기로 제안한 이는 다름 아닌 나 자신이니까."

"누가 그런——!"아크는 자신에게 반론하려는 족장 한 명의 말을 가로막듯이 다시 입을 열었다.

"——게다가 이대로 있어도 좋나!? 보고에 따르면 거인의 수는 서른, 이 집락에서 발견한 수는 열, 그리고 쓰러뜨린 수는 다섯이오! 거인들이 왜 그자를 쫓아갔는지 몰라도, 그 방향에 이보다 큰 집락은 없는 게 맞소, 어떻소!?"

아크의 질문에 족장들뿐만 아니라, 주변의 전사들도 술렁거렸다.

그 반응을 보건대 아무래도 사스케가 사라진 방향에 짚이는 집락이 있으리라.

족장들의 주위에는 전사들이 몰려들었고, 거인들의 추격을 진언하는 자들이 많아졌다.

떠들썩한 소란에 종지부를 찍은 이는 족장들의 중심에 보이는 호우 족장이었다.

"난 이제부터 거인들을 추격한다. 또한 다른 집락의 안부 확인과 보호에 나서겠다!!"

호우 족장의 목소리에 호응하듯이 전사들은 함성을 질렀다.

아크는 전사들이 잇달아 드립트프스에 올라타는 모습을 눈으로 좇으면서, 일행에게 다가온 호우 족장에게 시선을 돌렸다.

아크를 스쳐 지나는 호우 족장은 단 한마디만 내뱉었다.

"……우리에게 보여라!"

호우 족장은 그 말만 남긴 채 다른 족장들을 거느리고 자신들이 탈 드립트프스에게 돌아갔다.

상세한 사정은 모르겠지만, 대강의 내용은 이해할 수 있었다.

빚을 지게 하면 그 후의 교섭도 매끄러워진다고 여겼지만, 이번 의혹을 풀기 위해 여러모로 애써야 하는 처지가 된 듯싶었다.

"미안하오, 아크 님."

일련의 상황을 지켜보던 고에몬이 아크에게 머리를 숙였다.

"고에몬 공이 사과할 만한 얘기도 아니오. 지금부터는 나 혼자서라도 상관없소만?"

검은 거인이 상대라면 괜찮지만, 그 뒤를 쫓는 일은 고에몬이나 치요메에게 예전 동료였던 사스케와 대치해야 한다는 의미였다.

그 말에 고에몬은 조용히 고개를 가로저으며 아크의 눈을 쳐다보았다.

"아니, 이건 우리 일족의 문제이기도 하오. 더구나…… 녀석이 저렇게 된 이상, 우리 손으로 보낼 수밖에 없소. 가자, 치요메."

고에몬은 자신의 주먹을 꽉 움켜쥐더니, 묵례하고 드립트프스에게 향했다.

그리고 치요메가 불안한 발걸음으로 고에몬을 뒤쫓듯이 따라 갔다.

어딘가 얼이 빠진 듯한 표정의 치요메는 유령 같은 모습이었다. 아크는 자신처럼 치요메를 걱정스럽게 바라보는 아리안에게 말을 걸었다.

"아리안 양, 사스케 공의 일이오만── 저런 언데드는 별로 드물지도 않은 거요?"

그 물음에 아리안은 눈썹을 찌푸렸다.

아크에게 언데드란 좀비나 스켈레톤 등이 일반적이지, 숙달된 전사의 움직임을 보여주는 사스케 같은 이미지는 별로 없다.

뱀파이어라면 그런 이미지에 가깝겠지만, 이 세계에서는 아직 본 적이 없는 데다 존재하는지 어떤지도 모른다.

이 세계에서 움직임이 민첩한 언데드는 용의 턱 동굴에서 마주친 구울 웜이 있다. 그러나 구울 웜은 이미 생김새부터 인간을 벗어난 이형체였다.

그리고 용의 턱 깊은 동굴, 아리안은 대공간에서 맞닥뜨린 거미 인간도 분명 언데드라고 했지만, 구울 웜과 마찬가지로 이형의 존재다.

반면에 사스케의 겉모습은 거의 평범한 묘인족 남자다.

엘프족은 죽음의 불결함을 보고 상대가 언데드인지 아닌지를 구분하는 듯싶은데, 공교롭게도 이 세계의 엘프족과는 다른 아크는 정령이 뿜는 빛은 보여도 죽음의 불결함은 보이지 않는다.

"나도 그렇게 평범한 모습을 유지한 언데드는 처음 봤어요……. 아버—— 마을 장로에게 물어보면 그런 존재에 대해 아는 게 있을지도 모르겠지만."

아리안은 그렇게 말하고, 사스케가 사라진 방향을 바라보며 머리를 흔들었다.

그러나 당장 엘프족의 마을로 돌아가서 이야기를 들을 만한 시간은 없다.

게다가 이곳에서 그 문제를 이리저리 생각하더라도 무의미하리라.

"——그런가. 일단 거인의 뒤를 쫓아야 하나."

몸을 돌린 아크는 주변의 풀을 뜯어 먹으며 느긋이 쉬는 드립트프스에게 걸어간 후 등에 얹어만 놓은 안장에 뛰어 올라탔다.

곧이어 아크가 고삐를 쥐고 아리안의 곁으로 오자, 그녀는 요란한 한숨을 내뱉더니 마지못해 뒤에 앉았다.

시선을 호인족에게 향하자 맨 앞에서 신호를 보내는 호우 족장이 보였다.

그 신호에 드립트프스를 탄 다른 호인족 전사들이 다시 평원을 달리기 시작했다.

에나 일족의 집락을 나섰을 때는 이 정도로 울적하지는 않았지만, 지금은 뭐라 말할 수 없는 분위기에 둘러싸인 기분이 들었다.

아니, 호인족 전사들의 거인을 향한 분노는 여전해서 토벌대에도 살짝 긴장감은 감돌지만, 딱히 다른 점은 없는지도 모른다.

다만 그렇게 느끼는 원인은 명백하리라.

조금 앞에서 달리는 드립트프스의 고삐를 쥔 고에몬.

얌전히 안장에 앉은 치요메는 고에몬의 등에 얼굴을 파묻었다.

이 위치에서는 치요메의 표정을 살피기 힘들었다.

아크는 이 대륙으로 건너는 리브벨타호의 선상에서 치요메가 크라켄의 말린 포를 동문 사형인 사스케에게 선물한다고 말하던 모습을 떠올렸다.

해골 몸인 아크는 치요메의 마음이 얼마나 괴로울지 그럭저럭 짐작은 하지만, 진심으로 동정하지는 못한다.

그러나 육체를 되돌리고 감정의 물결에 사로잡히면, 이 자리에서 제대로 판단을 내릴지 어떨지 의심스럽다.

게다가 아크는 자기자신을 그만큼 높게 평가하지 않는다.

해골 몸이기 때문에 이렇게 깊이 생각할 수 있다. 그리고 아마 이 상태는 역전의 전사가 지닌 감정 억제와 닮았는지도 모른다.

그러나 고에몬은 둘째치고 치요메는 아직 그 영역까지는 이르지 않았으리라.

——역전의 전사가 아니라고 해서 아무것도 못하는 소녀도 아니다.

아크는 갑자기 한숨을 내뱉으며 머리를 흔들었다.

별로 머리를 잘 쓰지 못하는 자신이 이런저런 생각을 해본들 소용없다.

능력이 있다면 앞으로 나아가야 한다.

적을 베는 검을 찼고, 벗을 지키는 방패를 들었고, 몸을 보호하는 갑옷을 걸쳤다.

어설픈 고민은 그저 시간만 괜히 낭비할 뿐이다.

——뭐 하지만, 검도 방패도 잊었던 아까 일은 반성하지 않을 수 없다.

그 집락터를 떠나고 어느 정도 달려왔을까.

뒤에 앉은 아리안이 이따금 엉덩이의 통증을 호소해서, 그때마다 회복 마법을 걸어준 게 세 번이다.

속도를 떨어뜨릴 수는 없었으므로, 매번 마법을 발동하는 좌표를 고정할 필요를 느꼈다. 뒤로 마법을 발동시키는 탓에, 옆에서 보면 아리안의 엉덩이를 만지려는 듯이 비치는데 어떻게 할 수 없는 걸까.

두 번째에는 드립트프스의 달리는 진동으로 정말 아리안의 엉덩이에 손이 닿아서, 그녀로부터 세게 얻어맞은 투구가 한 바퀴 돌았다.

즐거워하는 폰타의 모습이 유일한 구원이랄까.

아크는 자기도 모르게 어두워진 기분에 한숨을 내쉬며 하늘을 올려다보았다.

약간 날이 저물고 있지만, 아직은 해 질 녘이 될 정도는 아니다.

오후의 간식 시간이 지났을 무렵일까.

머지않아 토벌대가 향하는 전방의 언덕을 조금 내려간 곳에 호인족의 집락이 보였다.

집락 자체는 게르식 주거가 열 개도 못 미치는 작은 규모다.

주위에는 가축 무리도 있었는데, 전사 차림을 한 집락 주변의 남자들은 땅을 울리며 다가가는 토벌대를 손가락으로 가리켰다.

집락은 어디에도 습격을 받은 피해는 없었다. 몹시 평화롭고 한가한 평원의 경치다.

아무래도 이곳에는 검은 거인이 나타나지 않은 모양이다.

선두를 달리던 호우 족장은 토벌대의 진행 속도를 늦춘 후, 대표로 집락의 호인족에게 이야기를 듣고자 드립트프스를 내렸다.

아크도 사정을 파악하려고 집락 가까이 드립트프스를 움직였다.

그러나 호우 족장은 금세 대화를 마쳤는지 집락의 전사가 알려준 방향을 확인하고 고개를 끄덕이더니, 근처에 모인 토벌대의 전사들에게 목소리를 높였다.

"거인들은 이 집락 옆을 지나 북쪽으로 향했다! 가자!!"

그 호령과 함께 토벌대가 방향을 틀어 집락을 떠났다.

토벌대는 족장들을 태운 선두의 드립트프스 무리를 따라 북쪽을 목표로 곧장 나아갔지만, 족장들은 뭔가 상담하듯이 드립트프스를 바싹 붙여 의논하는 모습을 보였다.

무슨 문제라도 생긴 걸까.

그 대답은 이윽고 어떤 광경으로 밝혀졌다.

현재 토벌대가 늘어선 장소는 높직한 언덕이다.

아니, 지금 있는 곳은 평원에서 이어지는 높이와 거의 변함이 없는 위치이므로, 눈 앞에 펼쳐진 땅이 상당히 낮은 것이리라.

시선 전방이 저지대인 덕분에 오른쪽의 드넓은 바다를 볼 수 있었다.

그리고 비탈길 아래의 저지대에는 인공 건조물이 국경선을 긋듯이 동쪽 해안부터 서쪽 끝까지 벽처럼 이어졌다.

그 건조물은 도시나 성에서도 종종 본 성벽과 매우 비슷해서, 그 유명한 세계유산인 만리장성을 떠올리게 한다.

성에서 자주 접하는 네모진 총안들을 같은 간격으로 설치한 건조물을 보아, 방어를 주안점에 둔 방벽이 분명하다.

꽤 커다란 총안을 보건대 대포용이거나──또는 고정형 쇠뇌의 종류일까.

그러고 보니 이 땅을 향할 때 탔던 배 위에서 수인족 남자에게 평원 끄트머리에 벽을 쌓고 사는 인간족의 이야기를 들은 기억이 났다.

그럼 이 벽 너머는 인간족이 지배하는 토지라는 뜻이다.

호인족 전사 중에는 이 성벽을 처음 보는 자도 있었으리라. 놀라움을 드러낸 이들도 몇몇 눈에 띄었다.

확실히 이만큼 장대한 인공물을 목격하면 솔직히 경악할 수밖에 없다.

그것을 만드는 데 대체 얼마나 많은 시간과 노력, 그리고 자금이 들어갔을까── 상상만으로도 정신이 아찔해진다.

"칫, 거인들을 앞질렀다고는 생각하지 않지만, 설마 인간족이 지내는 북쪽 반도까지 왔을 줄이야."

호우 족장은 분하다는 시선으로, 눈 아래에 뻗은 성벽을 노려보았다.

보아하니 이 앞의 토지는 반도로 이루어진 듯싶다.

그렇다면 저 성벽은 반도의 근거지를 가로막기 위해 쌓은 걸까.

그러나 아크는 견고하게 지은 성벽을 보고 기묘한 점을 알아차렸다.

높게 우뚝 솟은 성벽에는 같은 간격으로 누각을 만들었다. 아마 망을 보는 망루의 역할을 겸하여 병사의 숙소로 이용하는 것이리라.

다만 이곳에서 보이는 누각에는 인영도 사람의 기척도 없었다.

"성벽에 사람이 없소. 여기는 늘 이런 거요?"

아크가 옆에서 턱을 어루만지던 호우 족장에게 묻자, 그는 방금보다 더욱 미간을 찌푸리더니 노려보는 듯한 눈길을 던지며 대답했다.

"아니, 항상 병사들 몇 명이 있었네. 그리고 우리가 나타나면 일부러 화살을 쏘았지."

그 말에 아크는 다시 성벽으로 시선을 돌렸지만 반응은 없었다.

오히려 유적이 된 것은 아닐까 의심스러워질 정도다.

"호우 님!!"

그때 동쪽에서 드립트프스를 탄 전사 한 명이 호우 족장에게 달려왔다.

이른바 주변을 살피기 위해 내보낸 척후병이다.

그리고 그 얼굴을 보면 누구라도 급보라는 사실을 알 수 있다.

호우 족장은 묵묵히 턱짓으로만 보고를 재촉했다. 그러자 전사는 드립트프스의 머리를 다시 동쪽을 향하게 하고, 당장에라도 호우 족장을 안내할 듯한 태도로 보고를 올렸다.

"이 앞의 동쪽 벽이 무너져 있습니다! 전투를 벌인 흔적이 많고, 거인들도 몇 놈이 죽은 걸 확인했습니다!"

그 보고에 가까이 있던 족장들은 물론이거니와 다른 전사들도 웅성거렸다.

"벽이 무너져 있다고!? 어느 정도냐!?"

"맞은편으로 완전히 뚫렸습니다. 아마 거인들은 인간족이 쌓은 벽을 공격한 듯합니다!"

주위의 전사들이 한층 더 술렁거렸고, 족장들도 경악한 표정을 지었다.

이 위치에서 보이는 성벽의 높이는 정확히 모르지만 10m쯤 될 터다.

검은 거인의 신장은 6m 남짓이다. 그러나 어설픈 날붙이 따위는 박히지 않는 단단한 몸과 엄청난 힘으로 공격하면, 성벽에서 응전하는 인간족은 커다란 장해가 안 될지도 모른다.

그런데도 거인이 몇이나 죽었다는 보고를 듣건대, 인간족이 쌓아올린 성벽도 조금은 그 괴물에게 효과를 보였다는 건가.

가슴에 달린 눈과 입을 쇠뇌로 노리면 그것도 있을 수 있는 이야기일까.

"벽이 무너졌다니!? 그동안 우리가 몇 번이나 도전해도 넘지 못했던 그 벽이!"

"혹시 거인 녀석들의 노림수는 처음부터 인간족의 도시였나!?"

호우 족장 이외의 다른 족장들은 흥분한 듯이 떨리는 목소리로 내뱉었다. 그런 가운데 뭔가 생각에 잠긴 호우 족장은 척후병이었던 자에게 시선을 돌렸다.

"전원, 벽이 붕괴된 지점까지 이동한다!!"

그 호령에 모두 다 함께 드립트프스의 진로를 동쪽으로 잡았다.

목적지는 정말 바로 옆이었다.

계속 이어지던 성벽의 일부분이 잔해더미로 변하여 끊어진 상태였다.

그곳에서 맞은편 대지가 엿보였다.

근처의 성벽에는 거인들이 새겼을 무수한 파괴의 흔적이 남았고, 그 앞에는 말뚝만한 굵은 화살이 여러 개 꽂혀 있었다.

부서진 성벽의 바로 앞에 쓰러진 검은 거인 여섯은 죄다 말뚝 같은 화살에 가슴의 얼굴을 꿰뚫렸다.

아마 저 말뚝 비슷한 화살은 성벽에 설치한 쇠뇌로 쏘았으리라.

인간족 병사들의 시체도 여기저기 널브러졌지만 생존자는 없었다.

마침 이때, 무너진 성벽의 잔해더미 너머에서 평원으로 굴러 나오듯이 뛰는 인영이 눈에 비쳤다.

"저건!?"

토벌대에서 들린 목소리에 모두의 시선이 그 인영에게 모여들었다.

나이는 20대쯤일까. 머리의 짐승 귀는 한쪽이 찢기고 꼬리도 상당히 짧아서, 어떤 종족인지는 모르지만 수인족이라는 사실은 확실하다.

다리와 목에는 검은 고리를 찼는데, 거기에 달린 쇠사슬은 끊어져 있었다.

아크는 누더기를 걸친 채 필사적으로 달아나는 그의 모습을 보고 대강의 사정을 짐작했다.

인간족에게 붙잡혀 성벽에서 강제 노동을 하던 수인족 노예이리라.

거인의 습격으로 파괴된 성벽에서 몸을 숨겼다가, 호인족의 거인 토벌대를 발견하고 도움을 구하려는 걸까.

그러나 다음 순간, 성벽의 일부가 꿍음을 내며 무너져 내렸고—— 아크는 흙먼지 속에서 검은 거인 한 놈이 나타난 광경에 자신의 판단이 착각이라는 것을 깨달았다.

평원에 거인의 우렁찬 외침이 울려 퍼졌고, 그 소리에 몸을 움츠린 수인족 노예 청년이 발을 헛디뎠다.

"전원, 거인을 저자에게 접근시키지 마라!! 거인을 쳐라앗!!"

호우 족장의 열화와 같은 호령에 일제히 함성을 지른 전사들은 드립트프스를 타고 비탈길을 맹렬히 내려갔다.

그러나 아크는 전사들의 돌격 행렬에 끼어들지 않고 언덕에 남았다.

그것도 어쩔 수 없는 일이다.

돌격이란 게 언뜻 무턱대고 돌진하는 것처럼 보이지만, 전속력으로 달리는 가운데 옆은 물론 앞뒤의 거리를 적절한 상태로 유지해야만 한다.

분명히 말하자면 풋내기가 눈으로 보고 흉내를 낼 만한 기술이 아니다.

땅을 울리고 흙먼지를 일으키며 다가오는 토벌대를 알아차린 거인도 포효를 질렀다.

그러나 토벌대와 거인 사이의 거리는 아직 멀었다. 반면에 거인은 짧은 다리로도 노예 청년에게 충분히 이를 수 있었다.

거인의 커다란 눈알이 다시 노예 청년을 향했다.

저대로는 제시간에 도착하지 못한다. 마법으로 견제하여 토벌대에게 그 틈을 노리도록 하는 수밖에 없으리라.

"전·력! 【파이어 불릿】!!"

아크가 온몸에 힘을 주듯이 전방으로 내민 손끝에서 마법을 발동하자, 눈앞에 만들어진 거대한 화염 덩어리가 가차 없이 투구 표면을 달구었다.

주위에 남아 있던 호인족의 전사들과 족장들은 그 화염 덩어리를 보더니, 누구나 경악한 표정을 지었다.

그리고 모두의 시선이 화염 덩어리에 고정된 찰나, 하늘을 가르는 듯한 소리를 낸 화염 덩어리가 거인을 노리고 날아갔다.

화염 덩어리는 돌격하는 토벌대의 머리 위를 순식간에 뛰어넘었고, 한눈을 팔던 거인의 약점이 모인 가슴에 부딪치더니 요란한 폭발음을 울리며 사방으로 튀었다.

"어라, 맞았잖아? 아리안 양!"

"뭐예요, 그게? 노린 거 아니었어요!?"

아크의 입장에서는 거인의 몸을 아무 데나 맞추고, 조금이라도 움직임을 막을 수 있기를 바랐을 뿐이다. 그래서 발동이 빠른 기본 마법을 고른 후 마력을 잔뜩 담은 구슬을 크게 부풀렸다.

아무리 표적이 컸다고는 해도 설마 약점에 직격하리라고는 생각지도 못했다.

마법에 본래 이상의 위력을 더하면 제어력을 잃는다고 할까, 마음먹은 대로 발동시키는 게 갑자기 어려워진다.

그러나 결과부터 말하자면, 토벌대의 선두가 거인에게 다다랐을 무렵에는 이미 새까맣게 불타서 나자빠진 채 꿈쩍도 하지 않았다.

애당초 검은 털로 뒤덮였으니, 확실히 불에 탔는지는 모른다고 해야 하나.

아크가 두 눈을 휘둥그레 뜬 족장들에게 노예 청년의 처우를 묻자, 다들 제정신을 차린 듯이 허둥대며 그 청년을 향해 움직였다.

"──다른 동포들은 거인이 성벽을 부쉈을 때 모두 죽고…… 나만."

아크의 회복 마법으로 상처를 치료한 청년은 호우 족장의 물음에 분하다는 듯이 대답하며 주먹을 꽉 움켜쥐었다.

입은 옷도 너덜너덜하고 몸도 야위어서 명백한 영양실조다.

"그런데 이 앞의 인간족 도시, 타지엔트였던가? 여전히 많은 수인족이 잡혀 있나?"

거듭되는 호우 족장의 질문에 청년은 묵묵히 고개를 끄덕였다.

청년의 말에 족장들은 이후의 대응을 어떻게 할지—— 저마다 의견을 나누었다.

"어쩌겠소? 인간족이 쌓은 이 벽이 허물어진 지금이 좋은 기회 아니오?"

"거인들이 타지엔트에서 한바탕 말썽을 일으키는 중이라면, 솔직히 혼란을 틈타기란 쉬울 테지."

"서둘러 결단을 내려야 하오. 당장은 압도당하는 인간족이지만, 한 번 태세를 바로잡으면 파고들 틈이 없어질 거요."

"도시 규모가 얼마나 되는지 몰라도, 동쪽의 페르난데스 정도라면 전부 살피는 건 불가능하오."

"그럼 이대로 내버려 두라는 건가?"

족장들이 의논하는 주위에서는 전사들도 각자의 의사를 밝히며, 중앙에 우뚝 서 있는 호우 족장에게 시선을 보냈다.

그리고 호우 족장은 뭔가를 결정한 듯이 팔짱을 풀고 눈을 부릅떴다.

"우리는 이제부터 인간족의 도시로 가서 수인족 포로를 해방한다! 인간족 무리는 집락을 습격하고 동포를 잡아간 자들이다. 하지만 이번에는 놈들을 상관하지 말고, 수인족 해방에만 전념해라! 거인들이 막아서면 쓰러뜨려라! 철수 신호를 놓치지 마라!!"

호우 족장이 말을 끝내자, 주변의 전사들이 환성을 질렀다.

곧이어 그 흐름을 따라 약 150여명의 토벌대를 7개의 부대로 나누었는데, 아마 타지엔트로 잠입시킬 속셈인 듯했다.

덧붙이자면 여덟 번째 부대는 아크 일행으로 이루어졌다.

아크는 뜻하지 않게 자이언츠 VS 타이거즈에 휘말렸다며 어깨를 늘어뜨렸다.

그리고 고에몬과 그의 뒤에서 주위로 시선을 던지는 치요메를 보고, 이들의 문제도 남았다는 사실을 떠올렸다.

일단 그때그때 상황에 따라 일을 처리하는 한편, 나머지는 운에 맡기는 수밖에 없다.

남쪽 대륙에서 북쪽을 향해 튀어나온 형태로 펼쳐진 반도는 레브란 대제국이 지배하는 땅이다.

반도의 동부 연안에 자리 잡은 항구 도시는 이 땅에서 얻은 많은 물자를 대제국으로 출하하기 위해 만든 근거지로부터 비롯되었다. 그러나 현재 그 규모는 북쪽 대륙에서 손꼽을 만큼 두드러진 도시에 맞먹을 정도로 커졌다.

힐크교의 교회는 그런 거대한 항구 도시 중심에 우뚝 솟아 있었다. 또한 커다란 한 쌍의 첨탑을 가진 부지 내의 대성당은 신관과 교회 기사들이 지내는 숙사, 그리고 추기경이 머무르는 저택으로 이루어졌다.

붉은 벽돌 양식으로 지어진 그 저택은 함께 쓰인 하얀 석재와의 대비가 아름다웠다. 곳곳에 하얀 석재를 깎아 만든 장식 기둥이나 조각을 배치하여, 벽돌로만 지어진 주변의 주거와는 달리 우아하다는 점에서 한 획을 그었다.

3층 저택의 어느 한 방에는 이 땅에서 교회 활동을 맡은 추기경이 있었다.

높은 천장으로 확보된 넓은 공간의 벽에는 정밀한 붓놀림으로 풍부한 색채를 띤 벽화를 그렸고, 발밑에는 튼튼하게 짠 카펫을 깔았다.

배치된 가구는 어느 하나 수수하지 않았고, 왕의 방 같은 분위기를 풍겼다.

그런 방의 한복판에는 특별히 주문하여 만든 큼직한 침대를 두었다.

방의 천장처럼 높은 위치에 설치한 침대 덮개에서 드리운 커튼은 정교한 자수를 놓아 화려했는데, 커튼 너머로 비대한 그림자가 떠올랐다.

침대에 드러누운 비대한 그림자── 큰 몸집에 지방이 가득한 거구, 홀딱 벗겨진 머리와 서로 동떨어진 눈, 축 늘어진 턱 등 마치 거대한 개구리를 연상케 하는 그 인물이 바로 이 방의 주인이다.

차로스 아카디아 인더스트리아 추기경.

그는 평소와 같이 침대에 드러누운 채 옆에 놓인 그릇의 과일을 집어 들고 볼이 미어지도록 잔뜩 집어넣었다.

"오늘도 평화롭구나아. 본토에서 온 녀석도 그 이후에는 딱히 아무 말도 안 하고. 후후후, 역시 고작 100명 정도의 사령병(死靈兵)으로는 별다른 일도 못하고 포기한 거야. 나님은 책사라니까아 ♪"

거구를 흔들며 웃은 차로스는 침대에서 팔다리를 버둥거렸다.

그리고 손에 묻은 과일즙을 보더니, 옆에 드리워진 커튼으로 닦아냈다.

"하아, 할 일은 있는데 아무것도 안 하고 그냥 이렇게 침대에서 빈둥빈둥 지내는 시간. 참을 수 없게 행복한 반면, 뭔가 재밌는 일이라도 생기지 않으려나아 생각하는 건 나님의 배부른 소리일까아?"

혼잣말을 중얼거리는 차로스는 둥근 몸을 침대에서 이리저리 뒹굴었다.

그러자 그의 말을 이루어주는 것처럼 누군가 방문을 거칠게 두드렸다.

"차로스 님! 긴급사태입니다! 실례하겠습니다!"

평상시라면 허가를 받은 후 들어오는 신관이 구르듯이 뛰어들었다. 그러고는 손발을 내저으며 침대 옆으로 다가와서 엎드렸다.

차로스는 잠시 어안이 벙벙해졌지만, 금세 불쾌한 표정을 지었다.

그러나 그 사실을 알 리 없는 신관은 얼굴을 바닥에 향한 상태로 입을 열어 긴급사태의 내용을 알렸다.

"방금 시가지에서 화급한 보고를 받았습니다. 남쪽에 설치한 경계벽을 넘어 본 적도 없는 괴물이 스물 남짓이나 침입하고, 지금은 바로 옆의 방벽에 이르렀답니다! 그 모습은 그야말로 거인이라고 합니다. 경계벽을 넘었다는 점으로 생각건대, 당장 맞서 싸우기 위한 교회 기사의 힘도 빌리고 싶다는 총독님의 요청입니다!!"

신관은 마구 지껄여대듯이 보고를 올리더니, 차로스의 지시를 바라는 것처럼 그 자리에서 더욱 납작 엎드려 이마를 바닥에 대었다.

보고를 들은 차로스는 몹시 귀찮다는 듯이 얼굴을 찌푸리며 침대에서 몸을 일으켰다.

"에에~ 괴물이라고 해도 겨우 스물 남짓이잖아? 왜 우리가 교회 기사를 내보내야 하는데? 총독 밑에는 병사들이 2천 명쯤 있지 않았어? 우리 교회 기사는 5백 명도 안 되는데, 그것까지 끌어내야 하냐고오?"

침대에서 일어난 차로스는 가까운 창가로 가서 거리의 풍경을 내다보려 했지만, 교회의 숙사와 대성당만 보일 뿐이었다. 부지 주위를 높은 벽이 둘러싼 탓에 교회의 바깥 경치는 볼 수 없었다.

뒤에서 그런 사실을 알아차린 신관은 먼 곳을 보려고 발돋움하는 차로스의 등을 향해 진언했다.

"차로스 님, 교회 탑에서는 거리가 한눈에 보입니다. 거기라면 현 상황을 파악하는 데 딱 알맞습니다! 모쪼록 부탁드립니다!"

"에에~~ 무슨 일이 벌어지기를 바란 건 맞는데, 진짜로 그렇게 되지 않았어도 좋았을 텐데. 더구나 이런 성가신 문제는 정말 싫다고오~."

볼을 부풀린 차로스는 불만을 잔뜩 쏟아냈다. 그러나 엎드린 채 탄원하는 신관을 내려다보며 한숨을 내뱉더니, 어깨를 으쓱이고 방문을 향해 걸어갔다.

그러자 깜짝 놀란 신관은 고개를 들고 추기경의 등을 눈으로 쫓았다.

곧이어 차로스 추기경은 움직이지 않는 신관을 돌아보더니, 가볍게 휘휘 손짓했다.

"나 참, 얼른 안내해! 보통은 탑을 올라가지 않으니까 나님은 길을 모른다고!"

"네, 넷! 알겠습니다!"

그 말에 기뻐한 신관은 다시 구르듯이 추기경을 앞지른 후, 주인을 기다리는 개처럼 차로스를 데리고 종종걸음으로 걸었다.

차로스도 앞장서는 신관을 따라 그 거구로는 상상하기 힘든 민첩한 동작으로 뛰어오르듯이 뒤쫓았다.

그 모습은 어딘가 거대한 개구리같이 보였다.

대성당에 이어지는 형태로 우뚝 솟은 첨탑 중 하나. 숨을 헐떡이는 차로스는 첨탑 내부의 나선 계단을 오르면서 이마의 땀을 닦았다.

"하아, 대체 누가 탑을 세우자고 했을까? 딱히 탑을 지어도 좋은지 모르겠다만, 반드시 만들 이유는 없다고. 괜히 올라갈 필요성이 생기니까……."

거구를 흔들고 불평을 늘어놓으면서도, 발밑의 계단을 착실히 밟는 모습은 단순히 비만 덩어리가 아니라는 점을 드러냈다.

오히려 앞에서 걷는 호리호리한 신관이 숨을 가쁘게 몰아쉬며 쓰러질 것처럼 보일 정도다.

아직 탑의 꼭대기에는 이르지 않았지만, 이따금 통풍과 채광을 위한 창문이 계단 옆에 열려 있었다. 비틀거린 신관은 조금 앞에 달린 그 창문으로 얼굴을 내밀고 밖을 바라보았다.

서향에 설치된 창문에서는 마침 저녁 햇빛이 비쳐서 신관의 눈을 부시게 했다.

이윽고 그 빛에 익숙해지자, 거리의 풍경이 내려다보였다.

잠시 후 거리의 모습을 본 신관은 경악한 얼굴로 돌아서서 소리를 질렀다.

"차, 차로스 님! 여기서! 여기서도 거리를 보실 수 있습니다!! 놈들입니다!"

커다란 탑의 내부라고 해도, 세로로 크고 면적이 별로 넓지 않은 곳이다. 신관의 고함이 메아리쳐서 뒤에 있던 차로스는 얇은 눈썹을 찌푸리며 귀를 막았다.

"알았어, 알았다니까 그러네! 그렇게 큰 소리로 말하지 않아도 들린다고오."

투덜거린 차로스는 신관의 말대로 그가 가리킨 창문에 얼굴을 맞대었다.

탑 외벽에 뚫린 창문은 외벽만큼 두꺼워서 내려다볼 수 있는 범위는 그다지 넓지 않았다. 그런데도 흥분한 신관이 창문에 얼굴을 바싹 대어서, 내다보이는 범위는 더욱 좁아졌다.

차로스는 자신의 거구로 신관을 밀어내고 창밖을 바라보았다.

맨 처음 시야로 들어온 저녁 햇빛에 눈을 가늘게 떴지만, 서서히 적응되자 거리의 이곳저곳에 붉은 불길이 치솟은 사실을 깨달았다.

불길이 오른 곳은 방벽 부근이었는데, 도시 중앙에 자리 잡은 교회에서는 아직 먼 거리였다.

그리고 멀리 보이는 벽돌로 지은 가옥의 지붕에 그 이상한 괴물이 나타났다.

저녁 햇빛의 역광 탓인지 검은 그림자처럼 보이는 괴물은 머리가 없었지만, 주위의 가옥과 비교하면 그 크기는 이 위치에서도 충분히 짐작이 갔다.

건물의 지붕을 부순 머리 없는 검은 거인은 거기에서 뭔가를 끄집어내더니, 가슴에 뚫린 커다란 구멍으로 밀어 넣는 몸짓을 취했다.

차로스가 거구에 어울리지 않는 둥글고 귀여운 눈동자를 휘둥그레 뜬 채 그 광경을 지켜보았다.

거인은 볼이 미어지도록 과자를 먹듯이 움켜잡은 인간을 잡아먹었다.

탑의 창문을 통해 보이는 거인의 수만 하더라도 넷은 확인할 수 있었다.

그리고 그런 상황의 거리에서 바람을 타고 사람들의 비명과 노호가 어렴풋이 들려왔다.

창문에서 몸을 뗀 차로스는 창틀 자국을 남긴 늘어진 얼굴로 신관을 마주 보았다.

"후아아아아아아아!!!"

갑자기 비명을 지른 차로스는 또 한 번 창문에 얼굴을 들이댔다.

"잠깐, 뭐야 저게!? 나님의 도시가 습격받잖아!? 어떻게 된 거야아!?"

차로스가 얼빠진 소리를 내고 신관을 쳐다보았지만, 신관도 자세한 사정을 파악한 것은 아니었다.

머리를 흔들어 대답할 뿐인 신관은 차로스에게 어떤 식으로 대응해야 좋을지 묻는 눈빛을 보냈다.

"핫, 교회 기사! 어쨌든 교회 기사를 전부 내보내도록 말하고 와!!"

"네, 네엣!!"

차로스의 지시에 신관은 머리를 숙였다.

그리고 다시 머리를 든 신관의 눈에 허둥지둥 계단을 뛰어 내려가는 차로스의 뒷모습이 비쳤다.

"차, 차로스 님! 어디로 가십니까!?"

신관의 물음에 차로스는 돌아보지도 않고 대답했다.

"원군이야! 아무튼 원군을 불러올 테니, 너는 빨리—— 웃!!"

대답하던 도중 발을 헛디딘 차로스가 그 기세를 이어 계단을 굴렀다. 그러더니 맞은편 벽에 격렬하게 부딪친 거구가 고무공처럼 튀었고, 탑 중앙부에 뚫린 통층 구조로 곧장 추락했다.

"차로스 님!! 차로스 니임!!"

당황한 신관은 계단 가장자리에 달라붙어 탑의 최하층을 내려다보았다.

그러자 벌떡 일어난 차로스가 허겁지겁 뛰쳐나가고 있었다.

떨어진 높이는 거의 4층에 가까울 터다.

그 장면에 신관은 경악한 표정을 지었지만, 곧 제정신을 차린 후 차로스에게 지시받은 대로 교회 기사를 소집하기 위해 숙사로 서둘렀다.

한편 차로스는 대성당 내의 지하에 와 있었다.

어두컴컴한 계단을 다 내려오자 거대한 금속문이 나타났는데, 바로 앞에는 열쇠 구멍이 없는 이상한 자물쇠를 매달아 놓았다.

좀처럼 사람을 들이지 않은 탓에 돌바닥에는 먼지가 엷게 쌓였고, 문 너머에서는 짜증 나는 독특한 냄새가 새어 나왔다.

커다란 문 앞으로 다가간 차로스는 열쇠 구멍이 없는 자물쇠에 손을 댔다.

그리고 차로스가 손바닥에 마력을 모으자, 윗부분에 달린 굵은 금속막대기가 쏙 빠졌다. 문은 금세 무거운 소리와 함께 잠금 상태가 풀렸다.

차로스는 금속문을 팔로 밀어젖혔다. 천장이 높은 대공간의 벽 전체는 온통 선반이 차지했고, 한복판쯤에도 여러 개의 선반이 늘어섰다. 그 풍경은 차로스가 가진 마도구의 불빛이 닿지 않는 안쪽까지 죽 이어졌다.

그런 선반 위에는 검게 칠한 네모난 나무관이 셀 수 없을 만큼 놓여 있었다.

이곳은 일단, 이 도시의 지하묘지로 알려진 장소였다.

차로스는 수많은 관에 시선을 던지더니, 선반 사이의 통로에 발소리를 울리면서 나아갔다.

"차암~ 왜 이렇게 된 거냐고오. 이대로는 타지엔트가 정말 붕괴하겠어."

혼잣말을 내뱉던 차로스는 그때 문득 뭔가를 깨닫고 발걸음을 멈추었다.

"설마 본토에서 왔다는 그 녀석이 무슨 일을 꾸민 걸까!? 아 아~ 그치만."

차로스는 관이 즐비한 지하묘지 한가운데서 요란하게 중얼거리며 머리를 감쌌다.

그리고 잠시 후 결심을 굳힌 듯이 일어난 차로스가 잰걸음으로 지하묘지의 중앙―― 그곳에 설치된 제단으로 뛰어오르더니, 네모난 검은색 상자를 단단히 움켜잡고 들어 올렸다.

"아아, 정말 성가시네! 검은 놈도 그 녀석도 전부 처리해서 없었던 일로 만들겠다고오!!"

큰소리로 선언한 차로스는 오른손에 마력을 품었다.

그러자 네모난 검은 상자는 수상한 빛을 뿜어냈다.

곧이어 거기에 반응하듯이 무수한 관의 뚜껑이 일제히 열렸고, 관에서 담흑색 전신 갑주 차림의 병사들이 몸을 일으켰다.

관에 들어 있던 무기를 든 갑옷 병사들의 동작에서는 전혀 생기를 느낄 수 없었다. 차로스는 갑옷 병사들을 둘러보고 고개를 끄덕이더니, 다시 상자를 높게 치켜들며 선언했다.

"네놈들에게 검은 거인의 토벌을 명한다! 한 놈도 놓치면 안 될 것이야!!"

지하묘지에 흘러넘친 갑옷 병사들이 그 명령을 듣고 동시에 움직이기 시작했다.

대성당의 지하 깊숙이 만들어진 광대한 지하묘지는 지하통로를 통하여 도시 곳곳의 교회 시설과 이어졌다.

이윽고 지하통로를 이용한 엄청난 수의 갑옷 병사들이 보통은 닫혀 있는 문을 열고 나타나서, 그대로 개미떼처럼 도시에 퍼져나갔다.

갑자기 교회 시설의 지하로부터 등장한 수수께끼의 갑옷 병사들. 각처에서 대기하던 소수의 교회 기사들은 그들의 진로를 막으려 했지만, 맥없이 베여 죽거나 맞아 죽고 시체를 남겼다.

갑옷 병사들의 수는 자그마치 1만에 가까웠다.

타지엔트 인구의 3분의 1 남짓한 갑옷 병사들이 느닷없이 출현했다는 소식은 도시를 더욱 혼돈의 도가니에 빠뜨렸다.

그리고 그 광경을 재밌다는 듯이 바라보는 한 명의 인물——다름 아닌 본토의 교회에서 파견된 사제 차림의 남자였다.

그는 벽돌 양식의 주거 옥상에 선 채 교회 시설에서 쏟아져 나오는 갑옷 병사들을 보고 엷은 미소를 띠었다.

그러나 갑옷 병사들이 갈팡질팡하는 주민들을 밀쳐내고 거인에게 향하는 모습에 사제 차림의 남자는 눈썹을 찌푸리며 한숨을 내뱉었다.

"이런이런. 이 혼란한 상황에서 주민들을 죽이면 모를까, 거인을 처치할 생각을 할 줄이야. 교황님의 명을 거슬러서 어쩌려는 겁니까. 역시 추기경 자리에는 제가 앉는 게 낫겠군요."

사제 차림의 남자는 흐뭇해하는 웃음소리를 내더니, 품에서 괴이한 빛을 뿜는 둥근 수정체를 꺼냈다.

그리고 수정체를 하늘로 올린 사제 차림의 남자는 희열을 띠었다.

"산 자를 죽여라! 살아 있는 자를 모조리 죽이고, 이 도시를 교황님에게 바치는 죽은 자의 도시로 만드는 겁니다!!"

그 말에 반응하듯이 수정체가 괴이한 빛을 더욱 강하게 내뿜

자, 그의 주위에 있던 갑옷 병사들의 움직임이 잠시 굳었다.

그리고 다음 순간, 갑옷 병사들은 손에 든 검으로 스쳐 지나는 주민을 베었다.

그때부터 지옥이 시작되었다.

걸음이 느린 노인들은 금방 살해당하고 길가에 시체를 드러냈다.

아이를 지키려던 아버지의 목이 날아가서 아이의 품에 떨어졌다.

아이를 안고 울면서 떨던 모친이 아이와 같이 꿰뚫렸다.

"하하하핫!! 그렇습니다, 당신들은 앞으로 교황님을 섬기는 첨병이 되는 겁니다!! 아아, 눈물로 얼굴을 적실 만큼 고마워하다니. 저도 당신들과 함께하는 길을 간다고 생각하면——!?"

거기까지 말한 남자는 갑자기 뒤에 나타난 기척을 느끼고 돌아섰다.

그러자 검은 머리에 뾰족한 짐승 귀가 달린 수인 소년이 한쪽 무릎을 꿇고, 붉은 눈동자로 남자를 올려다보았다.

"당신입니까. 거인의 아이와 암컷을 죽이고 도시로 꾀어 들인 게—— 대단한 성과입니다. 그럼 이제 벽 옆에서 거인들에게 맞서는 무리와 조금 놀아주세요."

남자는 웃으며 말하더니, 턱짓으로 어서 가보라는 듯이 재촉했다.

그 지시에 수인족 소년——일찍이 여섯 닌자 중 한 명이었던 사스케는 살짝 고개를 숙인 후 지붕 위를 날아가는 것처럼 달렸다.

사스케의 뒷모습을 눈으로 좇던 남자는 다시 엷은 미소를 지었다.

"매우 뛰어난 장기 말이군요. 추기경의 자리에 오르면, 교황님에게 넘겨달라고 부탁을 해볼까요. 후후후."

남자는 눈 아래에 펼쳐진 처참한 지옥으로 시선을 돌렸다.

아크 일행을 포함한 호인족의 거인 토벌대 150여명은 드립트프스를 타고 북쪽에 있다는 인간족의 도시 타지엔트를 곧장 향했다.

반도 전체를 경작지로 삼았는지 어디를 둘러보아도 사람의 손길이 들어간 밭이 끝없이 펼쳐졌고, 아크는 그처럼 인간이 해낸 일에 순수하게 놀라움을 금할 수 없었다.

멀리 밭 한복판에는 몇 개의 가옥이 모인 외벽 없는 작은 촌락도 보이지만, 이쪽 세계에서는 별로 접하지 못하는 풍경이다.

곳의 길목에 쌓아 올린 성벽의 존재로, 이 땅은 육지에서 서식하는 마수의 침입을 받을 위험성이 없다. 아마 그 덕분에 만들어진 촌락이리라.

그러나 보통은 한가로운 전원 지대일 그 경치도 지금은 불온한 그림자에 휩싸였다.

밭을 마구 짓밟은 듯이 남긴 거대한 흔적——— 몇 줄기나 푸른 전원 지대에 꼬리를 끄는 것처럼 그려진 그 흔적은 똑바로 한 지점을 노렸다.

틀림없이 거인들이 거쳐 간 자취이리라.

그리고 전원 지대에 뻗은 정비된 가도—— 폭이 넓은 길에서 짐을 짊어진 가족이나 겨우 옷만 걸친 인간족을 많이 볼 수 있었다.

그들은 대형 드립트프스를 탄 호인족의 삼엄한 집단을 발견하자마자, 밭 그늘에 몸을 숨기고 숨을 죽인 채 이들이 지나가기를 기다렸다. 그러고 나서 약간 빠른 걸음으로 멀어졌다.

수인족 집단을 마주쳤는데 소란을 피우지 않고 겁에 질려 달아난 모습을 보건대, 이미 타지엔트에 거인이 침입했는지도 모른다.

그들은 저 걸어 다니는 재앙 같은 존재로부터 도망쳐 온 것이리라.

호우 족장을 비롯한 호인족의 전사들은 노려보기만 하더니, 줄행랑치는 인간족에게 불쾌하다는 듯이 코웃음을 쳤다. 그리고 다시 앞으로 시선을 돌린 후 가던 길을 나아갔다.

"벽 안쪽에 있는 인간족은 연약한 놈들뿐이군. 벽만 없으면 별거 아니라고."

허둥지둥 도주하는 인간족의 뒷모습을 바라보며 비웃는 어떤 호인족 전사의 말에 다른 이들도 맞장구를 쳤다.

"하지만 우리를 이 땅에 다가오지 못하게 했던 벽을 쌓은 것 또한 인간족이다."

맨 앞에서 달리는 호우 족장이 전사들의 너스레를 나무라듯이 어깨너머로 노려보자, 그들의 웃음소리가 전부 사라졌다.

해가 서쪽으로 꽤 기울고 하늘이 붉그스름하게 변할 무렵, 토벌대는 타지엔트를 한눈에 바라볼 수 있는 장소까지 이르렀다.

그곳에서 목격한 광경은 시뻘겋게 타오르는 타지엔트였다.

붉게 물든 거리에서 비명과 노호가 메아리쳤고, 더욱이 꺼림칙한 포효가 여기저기에서 들렸다.

그리고 이따금 벽돌 양식 가옥의 지붕에 검은 거인의 모습이 어른거렸다.

타지엔트에는 반도의 입구에서 본 것처럼 높은 성벽은 없었다. 그러나 정확히 거인의 키만한 높이를 가진 방벽이 있었으리라.

그 방벽도 현재는 곳곳이 무너져 내려서, 크게 뚫린 자리를 통해 거리의 모습이 엿보였다.

붕괴된 방벽의 커다란 틈에서는 인간족의 주민이 뛰쳐나왔는데, 그중에는 수인족도 있었다.

호우 족장은 당초의 예정대로, 수인족의 구조와 확보를 위해 나눈 7개의 부대를 각 방면에서 잠입시킬 준비에 들어갔다.

"알겠나!? 모쪼록 쓸데없이 인간족까지 죽이지 마라! 수인족과 우리 동포를 해방하는 데 전념하고, 방해하는 놈들만 제거해라!! 전사의 긍지를 잊지 마라!! 가라!!"

호우 족장의 호령 아래, 각 부대의 대장을 맡은 자들이 다른 전사들을 거느리고 타지엔트에 들어갔다.

도시 자체는 꽤 크고 길의 폭도 좁지는 않은 듯했다. 그러나 골목처럼 드립트프스로 들어갈 수 없는 장소도 나오리라는 예상에, 대로를 확보할 드립트프스 부대와 도보로 가옥을 탐색할 부대를 나누었다.

호우 족장을 중심으로 하는 부대는 도시 바깥에서 나머지 드립트프스의 관리와 탈출한 수인족의 보호를 위해 후방 대기를 책임졌다.

아크는 호우 족장이 전선에서 날뛰는 유형이라고 여겼지만, 생각해 보면 호인족은 대부분 앞으로 나서려는 종족이었다. 그런데도 굳이 후방에서 대비하기를 꺼리지 않기에, 그는 평원 최대의 부족 족장이 되었는지도 모른다.

그런 호우 족장에게 살짝 고개를 끄덕인 아크 일행도 전장으로 탈바꿈한 도시에 발걸음을 옮겼다.

이번에 아크를 포함하여 아리안과 고에몬, 치요메로 이루어진 네 명만의 소수정예는 걸어 다니는 유격부대다. 그 역할은 호인족의 구조 과정에서 고전을 면치 못할 경우의 지원이나 방해하는 적성세력의 제거다.

이것은 호우 족장의 명령이 아니라, 자주적으로 제안한 부대 목표다. 단적으로 말하자면 탐색을 할 때 마주친 적을 처치한다──라는 평소와 별로 다르지 않은 내용이다.

"슬슬 가볼까, 아리안 양, 고에몬 공, 치요메 양도."

아크는 뒤에서 기다리는 일행에게 시선을 맞추듯이 돌아보고 물었다.

"요컨대 이전의 수인족 해방 작전과 같은 거죠?"

아리안은 평상시처럼 사자왕의 검 손잡이를 가볍게 잡고, 거리의 모습에 황금색 눈동자를 가늘게 떴다.

"……알겠소."

고에몬은 양팔에 낀 금속제 토시를 맞부딪쳐서 상태를 확인한 후 시선을 옆으로 돌려 치요메의 머리에 손을 얹었다.

치요메는 한 번 고개를 끄덕이더니, 크게 한숨을 내뱉고 앞을 바라보았다.

"……저도 괜찮다고는 하기 어렵지만, 지금 할 수 있는 일을 하겠습니다."

"큥!"

똑똑히 대답한 치요메에 이어 투구 위의 폰타도 씩씩하게 짖었다.

"다들 미안하오. 내가 프리마스에서 '레드네일'을 구하지 않았더라면, 이런 일은 없었을지도 모를 텐데."

그 말에 고에몬은 머리를 가로저었다.

"아니, 아크 님이 여기로 오지 않았다면, 소식이 끊긴 동료에 관한 정보를 얻지도 못했을 거요. 감사하오."

"……그런가."

고에몬의 대답을 들은 치요메는 머리에 달린 고양이 귀를 살짝 움직였다.

검은 거인을 앞장서서 이끈 자가 치요메의 예전 동료라면, 이 도시 어딘가에 있을 가능성은 크다.

그 점은 치요메나 고에몬도 느끼고 있을 것이다.

"그럼 가도록 하지! 다들 모이시오!"

그렇게 말하자 일행은 아크의 등이나 어깨에 손을 대고 대비했다.

아크는 다들 참 익숙해졌다고 생각하면서 마법을 발동했다.

"【디멘션 무브】"

경치는 순식간에 바뀌었고, 지금은 무너진 방벽 너머에 들어와 있었다.

방벽에 가까운 주거나 대로에는 인영이 없었다. 거인의 습격을 받은 시점에서 이미 파괴된 방벽을 통해 도시 바깥으로 벗어났으리라.

화재가 발생하여 불길이 활활 타오르는 소리는 몹시 크게 들렸다.

그리고 그런 소리에 뒤섞여 거리에서 칼을 부딪치는 금속음과 비명이 흘러나왔다.

아크는 다시 대로를 따라 【디멘션 무브】를 쓰며 나아갔다.

대로는 붕괴한 주거의 잔해가 길을 막거나 해서, 드립트프스부대는 거인들이 지났을 대로를 이용할 수 없을 것이다.

도시의 규모도 엄청나게 큰 탓에 호우 족장이 말했다시피 모든 수인족을 해방하기란 어려울 게 분명하다.

그렇다고 마구잡이로 살육을 되풀이하는 거인을 내버려 둔 채 혼란을 틈타 시간을 번다는 말도 원래 인간이었던 아크의 입장에서는 썩 내키지 않는다.

일단 검은 거인은 발견하자마자 쓰러뜨려도 상관없으리라.

아무튼 최초의 보고가 맞는다면, 아직 스물 정도는 남은 셈이다.

"고에몬 공, 치요메 양, 어떻소?"

아크의 단적인 질문에 고에몬과 치요메는 조용히 머리를 흔들었다.

그들은 닌자라는 직업상 기척에 민감하여 주위를 살피고 있지만, 아크는 새삼스레 이 작업이 꽤 힘들겠다는 생각이 들었다.

이전에 로덴 왕국의 왕도에서는 미리 인심일족이 해방할 목표를 정하고 계획대로 일을 진행한 까닭에 별로 어렵지도 않았다.

그러나 타지엔트는 사전 조사를 전혀 하지 않은 상태이므로, 무슨 일이 어디에서 생길지 불확실하다.

우선 뭐든 실마리가 될 만한 것을 찾아야 한다.

얼마 지나지 않아 아크는 몇 번째 전이를 거듭한 후 대로 앞에 있는 조금 트인 장소로 이동했다.

중앙에 석상으로 장식한 분수가 놓인 그곳은 거리의 광장이었으리라.

주변의 가옥에서 불길이 올랐고, 광장으로 피난한 인간족을 여러 명 확인할 수 있었다.

그리고 그들을 지키듯이 경갑 차림에 방패와 창으로 무장한 병사들이 담흑색의 전신 갑주를 걸친 기사들과 격렬한 전투를 벌이는 중이었다.

"뭐지? 어떻게 된 거야? 이 도시는 거인에게 습격당한 게 아니었나?"

눈 앞에 펼쳐진 광경을 보고 무심코 내뱉은 의문에 다른 일행도 당황한 표정으로 고개를 저었다.

아크가 다시 시선을 돌리자, 경갑 차림의 병사가 찌른 창이 상대의 투구를 튕겨낸 참이었다.

광장의 돌바닥에 금속음을 울리면서 구르는 투구.

그러나 투구가 벗겨진 갑옷 병사는 아무렇지도 않다는 듯이 손에 든 검으로 병사와 대치하며 서로의 무기를 맞대었다.

곧이어 드러난 갑옷 병사의 본얼굴을 보고 모두 숨을 삼켰다.

갑옷 위에 드러난 얼굴은 사람의 형태가 아닌, 아크와 똑같은 해골이었다.

"아리안 양, 내가 있소! 혹시 저 갑옷 병사들이 전부 나란 말인가!?"

"그럴 리 없잖아요! 저게 전부 아크였다면── 이거 전에도 했던 말이죠?"

아크의 얼빠진 목소리에 평소처럼 아리안의 냉정한 핀잔이 들어왔다.

"하지만 이게 대체 무슨 상황일까요? 저 갑옷 병사는 틀림없는 언데드입니다."

치요메가 갑옷 병사를 관찰하듯이 눈을 가늘게 뜨고 작은 코를 벌름거렸다.

그러나 그럴수록 점점 상황을 판단할 수 없었다.

어째서 이 도시에 전신 갑주를 걸친 언데드가 이렇게 흘러넘치는 걸까, 더구나 언데드의 무구는 명백히 인간의 손으로 만든 것이다.

한둘이라면 죽은 기사나 병사가 언데드로 변하여 매장품인 무구를 몸에 걸쳤다고 설명할 테지만, 현재 광장에는 갑옷 병사가 열 이상은 있다.

게다가 잔해를 기어오르고 광장에 나타나는 갑옷 병사의 수는 서서히 늘어났다.

"여기서 아무리 말해도 소용없겠군. 인간족 병사를 구하고 사정이라도 들어볼까!"

혼잣말을 내뱉은 아크는 광장으로 뛰쳐나가더니, 등에 멘

『칼라드볼그』를 뽑아서 단숨에 갑옷 병사에게 향했다.

그러나 아크의 모습을 본 인간족의 병사들은 새로운 갑옷 기사의 출현으로 오해하여, 일제히 방패를 움켜잡고 창을 내밀었다.

뭐, 이 자리에서 밝힐 사실도 아니지만, 갑옷 속의 정체를 결코 틀렸다고는 할 수 없는 셈이다.

아크는 인간족의 병사들을 크게 우회하듯이 피하고, 그들이 대치하던 갑옷 병사들에게 일섬을 그었다.

하늘을 가르는 소리와 함께 갑옷이 종이처럼 잘리면서 돌바닥에 금속과 뼈의 비를 내렸다.

전신 갑주인데도 별로 두껍지 않고, 특별한 재질도 아닌 듯하다.

평범한 검이나 창이라면 통할 수 없을 테지만, 신화급의 『칼라드볼그』 앞에서는 골판지 수준의 강도나 마찬가지다.

"거인을 사냥할 셈이었는데, 설마 동족을 사냥하게 될 줄이야……."

아크는 푸념을 늘어놓으며 다시 검을 휘둘렀다. 그때마다 해골 병사가 소리를 내고, 날아가고, 산산조각이 나서 쓰레기 더미로 변하였다.

그리고 열 이상이었던 해골 병사는 즉석 라면이 끓는 것보다 빨리 문자 그대로 잔해만 남겼다.

"이 정도인가……. 그나저나 잠깐 그쪽에게 묻고 싶은 말이 있소만?"

아크가 검을 어깨에 메고 돌아보자, 어안이 벙벙해진 표정으로 창을 거머쥔 인간족의 병사들과 이 도시의 주민들이 있었다.

어떤 상황인지 전혀 파악이 안 된다는 얼굴이다.

아크가 이야기를 조금 나누기 위해 발걸음을 내디뎠더니, 병사들은 공포에 질린 나머지 창을 든 손에 힘을 꽉 주었다.

"아크, 뒤!!"

후방에서 검을 뽑고 달려오는 아리안의 모습이 시야 끝에 들어왔다. 그 말이 의미하는 바를 이해한 아크는 왼손의 방패로 뒤에서 날아온 검의 궤도에 맞혔다.

딱딱한 금속음이 울렸고, 아크를 기습한 상대는 공중을 박찼다.

그리고 그 반동으로 다시 도약한 상대가 이번에는 눈앞의 인간족 병사들에게 덤벼들었다. 잇달아 칼을 휘두른 상대는 그들을 피의 바다에 가라앉혔다.

"사스케 오라버니!!"

상대의 정체를 확인하고 유달리 동요해서 소리를 지른 이는 치요메다.

자신의 이름을 부르는 치요메의 목소리를 들었는지, 사스케는 무표정한 유령 같은 얼굴을 아크에게 돌렸다.

그리고 아크가 반응을 보이기 전에 낯익은 포효가 머리 위를 덮었고, 발밑의 돌바닥에 커다란 그림자를 드리웠다.

그 사실을 알아차린 아크는 즉시 【디멘션 무브】를 발동시켜 위기를 벗어났다.

주변 건물을 뒤흔들 정도의 땅울림과 함께 방금까지 서 있던 장소에는 신장 6m 남짓한 검은 거인이 무기를 들고 나타났다. 발밑의 돌바닥은 이제는 원형조차 남지 않고 잘게 부서졌다.

위험했다. 저런 놈에게 짓밟히면 책갈피용의 말린 꽃처럼 납작해지리라.

포효를 지른 검은 거인은 손에 든 거대한 돌도끼를 사스케에게 내리쳤다.

그러나 사스케는 그 공격을 여유롭게 피해 보이더니, 주위의 건물 벽을 차고 곧장 공중에 뛰어오르듯이 지붕으로 사라졌다.

"기, 기다려요! 사스케 오라버니!!"

치요메도 사스케를 쫓아 좁은 골목으로 들어가서 삼각뛰기를 하는 것처럼 벽을 올랐다. 그리고 사스케가 모습을 감춘 지붕을 향해 몸을 날렸다.

그 뒤를 고에몬이 벽을 수직으로 달려서 따라갔다.

벽에는 고에몬이 지나간 흔적이 뚜렷하게 남았는데, 아마 발끝을 벽에 찔러넣어 움직인 듯싶었다. 완전히 힘에 의지한 기술이다.

아리안은 치요메와 고에몬이 사스케를 뒤쫓은 방향을 걱정스럽게 바라보았다. 그러고 나서 아크와 검은 거인을 번갈아 쳐다보며 자신이 어디로 가야 할지 망설이는 몸짓을 했다.

"아리안 양은 치요메 양과 고에몬 공을 맡아주시오! 여기 있는 덩치는 나 혼자 충분할 거요!"

그 말을 따른 아리안은 한 번 지붕 위를 올려다본 후 아크에게 고개를 끄덕이더니, 당장 치요메와 고에몬이 사라진 골목으로 뛰어들었다.

이윽고 광장에는 검은 거인과 아크 둘만 남게 되었다.

검은 거인이 돌도끼를 손에 들고 뒤돌아서서 아크를 내려다보았다.

머리가 없어서 커다란 눈동자만이 위에서 내려다보는 모습은 별로 기분이 좋지 않았다.

아크는 돌도끼를 크게 치켜드는 검은 거인을 보고 자신도 손에 든 검을 꽉 움켜쥐었다.

그러자 아크의 검에 빛이 모여들었다. 곧이어 아크는 눈부시게 빛나는 검을 단숨에 지면을 향해 꽂았다.

"【저지먼트】!"^{심판의 검}

그 순간, 검은 거인의 발밑에 마법진이 펼쳐졌다. 그와 동시에 빛의 검이 우뚝 솟아 거인의 몸을 아래부터 꿰뚫었다.

거인의 커다란 입에서 빛의 검이 튀어나오며 주변에 금속음을 울렸다. 거인을 뚫은 빛의 검은 유리처럼 산산이 부서졌다.

빛의 파편이 사방으로 흩어지는 가운데 거인의 몸이 심하게 떨렸다.

"흐음, 체모는 딱딱한 모양이지만, 엉덩이는 역시 거인이라도 똑같은가."

지면에 꽂은 검을 뽑아 든 아크는 넘어지는 거인을 등지고 광장을 떠나려 했다. 그때 벽돌 건물이 무너진 골목 구석에서 한 명의 소년을 발견했다.

아크가 검을 등의 검집에 넣고 그 소년에게 다가가자, 소년은 명백히 공포에 질린 표정으로 각목을 양손에 쥔 채 들이댔다.

그리고 그런 소년의 뒤에는 벽돌에 다리를 깔린 여성이 머리에서 피를 흘리며 쓰러져 있었다.

"제발…… 너만이라도, 도망……치렴."

소년의 모친으로 여겨지는 여성은 가냘픈 어조로 소년에게 말했다.

그러나 각목을 든 소년은 눈물을 흘리면서 모친의 부탁을 따르지 않았다.

"엄마를 놔두고 갈 수 없어! 엄마랑 함께 가지 않으면 싫단 말이야!"

왠지 자신을 악인으로 잘못 알고 흥분한 눈치여서 미안하지만, 딱히 아크는 소년과 모친을 어떻게 할 마음이 없었다.

──그러나 눈앞의 소년에게는 아크도 조금 전의 해골 병사와 똑같아 보이는 듯했다.

"킁! 킁!"

목덜미에 감긴 폰타는 아크가 수상한 인물이 아니라는 사실을 설명해주는 것처럼 끼어들었지만 역시 효과는 없다.

그때 허리에 매단 비밀도구의 존재를 떠올린 아크는 고개를 뒤로 돌려 비밀도구── 물통의 내용물을 들이켰다.

그러자 온몸이 떨리고 급격한 두통에 휩싸여 눈앞이 흐려졌다.

그런 반응을 강제로 억누른 아크는 크게 한숨을 내뱉었다.

아마 방금 아크를 덮친 온몸의 떨림은 육체를 되돌리는 과정에서, 그동안 쌓인 감정의 여파를 받아들였기 때문이리라.

거인과 접근전을 벌였을 때 느낀 감정의 부하가 원인으로서는 강렬했겠지.

아크는 심호흡을 한 번 하고 나서 다시 시선을 소년에게 돌리더니, 투구를 벗어 민얼굴을 드러냈다.

"……아저씨, 인간이 아니야?"

소년이 아크의 뾰족하고 긴 귀를 보고 의아하다는 듯이 고개를 갸웃거렸다.

"나는 엘프족이다. 알고 있느냐? 엘프족은 마법이 특기다. 그래서 상처를 치료하는 마법도 알지."

아크가 투구를 도로 쓰면서 말하자, 소년의 얼굴에 희색이 떠올랐다.

"어, 엄마도 고칠 수 있어!?"

그 질문에 묵묵히 고개를 끄덕인 아크는 소년의 뒤에 있는 모친에게 다가갔다.

그리고 모친의 머리에 회복 마법을 걸어 피를 멎게 한 후 벽돌을 치우고 그 밑에 깔린 다리에도 마법을 사용했다.

다리가 부러진 듯하다, 약간 센 회복 마법이 필요할까.

"아저씨, 진짜 엘프족이야? 엘프족은 신의 기술을 훔친 교활한 종족이라고 하던데."

아크는 소년의 말에 무심코 몸을 젖히고 웃을 뻔했다.

아무래도 소년은 교회에서 그런 식으로 힐크교의 가르침을 배우는 모양이다.

"흐음, 그럼 꼬마 네 주위의 인간족 중에는 교활한 사람이 단 한 명도 없었냐?"

아크의 물음에 소년은 뭔가를 떠올렸는지, 싫다는 듯이 얼굴을 찌푸리며 머리를 흔들었다.

누군가 가까이에 짚이는 사람이 있었으리라.

"물건을 훔친 자가 인간족이라면, 인간족은 모두 물건을 훔칠까? 꼬마도 꼬마의 엄마도 남의 물건을 훔치나? 네 얘기는 그런 거겠지?"

"엄마도 나도 남의 물건을 훔치지 않아!"

아크의 시시한 이야기에 소년은 목소리를 높이며 반론했다.

회복 마법을 끝낸 아크는 모친의 다리 상태를 보고 고개를 끄덕였다. 괜찮을 것이다.

"죄, 죄송합니다. 정말 감사합니다."

아크는 소년의 모친이 고맙다는 인사를 하자, 고개를 저으며 일어섰다.

"도시 벽 바깥은 아직 비교적 안전했소. 초조해하지 말고 그늘에 숨어서 가는 게 좋을 거요."

그 말에 비틀비틀 몸을 일으킨 모친은 다시 머리를 숙였다.

소년은 그런 모친을 걱정스럽게 올려다보았다. 시선을 내린 아크는 소년에게도 회복 마법을 걸었다.

"꼬마야, 엄마를 잘 지켜라."

회복 마법의 빛을 신기하게 바라보던 소년은 아크의 말에 크게 고개를 끄덕이더니, 모친의 손을 끌고 광장을 벗어나 대로로 모습을 감추었다.

그런데 예상외로 시간을 빼앗겼다. 아크는 일단 자신도 지붕에 올라가서 상황을 살피기로 했다.

타지엔트 시가지, 그곳의 지붕을 두 개의 그림자가 질주했다.

맨 앞에서 달리는 자는 검은 외투로 몸을 감싸고 검은 옷을 걸친 묘인족의 소년이다.

붉은 눈동자와 창백하고 무표정한 얼굴은 유령 같았다.

그리고 소년을 뒤쫓는 이는 마찬가지로 검은 닌자 복장을 한 묘인족의 소녀다.

푸른 눈동자 속에 비치는 소년의 등을 쫓아, 어떻게든 놓치지 않기 위해 지붕 기와를 부술 만큼 힘껏 밟았다.

일찍이 동문 사형으로서 함께 단련한 소년은 부모를 잃고 형제도 없었던 소녀를 여동생처럼 귀여워해 주었다. 소녀 또한 소년을 진짜 오빠같이 여기며 따랐다.

인심일족을 이끄는 여섯 닌자의 한 명, 아직 어린데도 그 지위를 물려받은 자랑스러운 오라버니── 사스케. 그러나 지금 눈앞에서 달아나는 소년은 더 이상 소녀를 기억하지 못하리라.

행방이 묘연해지고 나서 겨우 다시 만난 소년에게는 이미 생명의 숨결은 없었고, 이 세상에서 꺼림칙한 존재의 하나로 변하여 소녀 앞에 나타났다.

언데드── 그것은 이 세상에 속하지 않는 존재. 생명을 가진 자를 질투하고, 죽음을 뿌리는 존재.

영혼이 없는 시체, 정말 그럴까.

치요메의 눈에 비치는 소년의 모습은 이전과 전혀 바뀌지 않았다.

한조 님에게 함께 혼나고, 같이 수제비를 먹었던── 그 무렵과 전혀 다르지 않다.

"사스케 오라버니! 기다려요!"

치요메는 인술로 만든 수수리검(水手裏劍)을 사스케의 발밑에 던졌지만, 재빨리 반응한 사스케가 풍수리검(風手裏劍)을 이용하여 튕겨냈다.

그러나 사스케의 발이 잠시 멈춘 틈을 파고들고, 후방에서 거구의 남자가 주먹을 휘둘러 올리더니 금속처럼 변한 오른손의 힘을 해방했다.

"고에몬 씨!?"

『토둔, 폭쇄철권!!』

고에몬은 그 거구에서는 상상하기 어려울 정도의 민첩한 움직임으로 주먹을 내리쳤다. 그러나 제자리에서 몸을 비튼 사스케는 공중을 박차며 주먹의 궤도를 빠져나갔다.

그와 동시에 고에몬의 주먹이 꽂힌 지붕은 폭파된 듯이 날아갔고, 주변 일대에 잔해의 비와 흙먼지를 흩뿌렸다.

치요메가 고에몬의 그런 행동을 따지고 들었다.

"무슨 짓이에요, 고에몬 씨! 사스케 오라버니한테 맞았다면 ──!"

고에몬의 날카로운 눈빛이 그 말을 가로막는 것처럼 치요메에게 박혔다.

"──알고 있을 거다. 사스케는 여섯 닌자 중 하나였다, 그리고 지금은 언데드로 타락했다. 여동생인 네가 이 이상, 오라버니에게 불명예를 안길 셈이냐!"

두 눈을 부릅뜬 고에몬의 외침이 주위에 울려 퍼졌다.

그 말에 치요메는 눈앞의 사스케와 고에몬 사이에서 시선을 갈팡질팡했다.

그리고 치요메의 망설임을 알아챘으리라. 순식간에 거리를 좁힌 사스케는 허리에 찬 쌍검을 뽑고 치요메에게 덤벼들었다.

치요메는 최초의 일격을 그럭저럭 피한 후 잇단 두 번째 공격을 단검으로 쳐냈지만, 사스케의 날카로운 발차기가 그녀의 복부에 파고들어 지붕 위로 튀어 오르듯이 날아갔다.

"우으읏!"

입에서 피를 토해낸 치요메는 자신이 일어서려고 할 때 숨통을 끊을 것처럼 맹렬히 따라붙은 사스케를 멍하니 바라보았다.

그런 사스케의 뒤에서는 고에몬이 온몸을 강철같이 변화시켜, 문자 그대로 몸통째 돌진해왔다.

그러나 사스케는 그 공격을 공중을 박차고 피하더니, 살짝 자세를 무너뜨린 상태로 자신의 품에서 금속제 수리검을 꺼내어 던졌다.

예리하지만 변화무쌍하게 궤도를 바꾸는 사스케의 주특기.

수리검은 고에몬을 피해 호를 그리면서 치요메의 앞가슴에 닥쳤다.

──과녁에 던져서 맞히려 하지 말고, 과녁을 향해 손을 뻗는 감각이야──.

일찍이 과녁을 제대로 맞히지 못하던 치요메에게 수리검을 던지는 방법을 가르쳐준 그 말이 뇌리를 스쳤다.

날이 저물도록 늦게까지 함께 수련을 해주었다.

그 당시 사스케의 얼굴을 떠올린 치요메는 눈앞에서 담담히 무기를 휘두르는 존재를 바라보았다.

곧이어 금속끼리 맞부딪치는 소리가 들렸고, 사스케가 던진 수리검이 지붕에서 떨어져 대로의 돌바닥을 울렸다.

어느새 수리검을 튕겨낸 검의 주인이 길고 하얀 머리카락을 나부끼면서 서 있었다.

"치요메 양! 위험하니까 물러나요! 나하고 고에몬 씨가 상대할 테니까!"

옅은 자주색 피부를 가진 다크엘프족의 아리안은 대치하는 사스케에게 시선을 고정한 채 뒤에 있는 치요메를 향해 말했다.

그러나 그때 좌우에서 나타난 검은 거인 둘이 도시 전체를 진동시키는 포효를 질렀다.

『부아후오후오부부아아아아아!!!』

그와 동시에 검은 거인 둘은 중앙의 사스케를 가리키더니, 자신들의 거대한 돌도끼를 휘두르며 뛰어갔다.

상당한 체중을 지녔을 무거운 거인들은 달릴 때마다 내려앉는 주거지의 지붕 때문에 몹시 움직이기 어려울 듯싶었다.

그러나 거인들은 상관없다는 것처럼 근처의 건물을 돌도끼로 때려 부수었다.

마침내 발판으로 삼은 주거가 무너지며, 주변 일대에 잔해더미를 만들어냈다.

거인들은 잔해와 함께 떨어졌고, 고에몬도 온몸을 금속 같은 신체로 변화시킨 상태에서 그대로 붕괴의 물결에 삼켜졌다.

아리안은 흙의 정령마법으로 발판을 만들어 위기를 벗어났고, 치요메는 붕괴 직전에 다른 주거의 지붕을 통하여 아래로 내려갔다.

한편 방금까지 그들과 전투를 벌였던 사스케는 공중으로 뛰어올라 그대로 공중에 멈춰 서서 붕괴 현장을 내려다보았다.

그러나 금세 흥미를 잃은 것처럼 시선을 다른 장소로 돌리고 탈출하려 했다.

그때 금속제의 별모양 수리검이 호를 그리며 사각에서 들어오더니, 허를 찔린 사스케의 발에 깊숙이 박혔다.

육체에 파고든 이물질이 공중을 이동하는 평형감각을 어지럽혔는지, 사스케는 곧장 잔해더미에 떨어지며 흙먼지를 일으켰다.

"치요메……."

"치요메 양."

고에몬과 아리안이 놀란 목소리를 내뱉고, 수리검을 던진 상대에게 시선을 보냈다.

수리검을 던진 이는 치요메였다.

"괜찮아요? 나, 이래 봬도 싸움에 꽤 익숙하거든요?"

걱정하듯이 말을 거는 아리안에게 치요메는 머리를 흔들고 대답했다.

"제가 하겠습니다. 저는 치요메입니다……. 여섯 닌자의 이름을 받았을 때부터, 다른 여섯 닌자를 보내는 역할을 맡았습니다. 아리안 님에게 잠시 거인의 발목을 붙잡도록 부탁해도 되겠습니까?"

조금 어색한 미소를 띤 치요메는 좌우의 주거터에서 잔해더미를 밟고 일어선 검은 거인 둘을 바라보며 아리안에게 도와달라는 말을 꺼냈다.

"좋아요. 발목을 붙잡는 게 아니라, 먼저 끝낼게요!"

미소를 지은 아리안은 가벼운 발걸음으로 잔해더미를 향했다.

아리안의 발밑에는 생물처럼 발판이 생겨났고, 그 위를 달리는 그녀에게 잔해더미는 걸림돌이 되지 못했다.

 검을 뽑아서 눈앞에 치켜든 아리안은 황금색 눈동자를 크게 떴다.

 아리안의 온몸을 엷은 빛이 둘러쌌고, 전신을 덮은 빛의 입자가 주위에 흘러넘쳤다.

 그리고 그 주홍빛이 붉고 새빨갛게 변해가자, 아리안의 입에서 낭랑한 노랫소리 같은 주문이 이어져 나왔다.

 『──불꽃이여 춤춰라, 불꽃이여 흩날려라, 모든 것을, 모든 영혼을 먼지로 돌려보내라──.』

 아리안이 자아내는 언령을 타고 그녀의 곁에 몇 개의 붉은 빛덩어리가 생겨났다. 빛덩어리는 서서히 붉게 빛나는 여러 마리의 나비 형태를 갖추고 주변을 훨훨 날아다녔다.

 그처럼 붉게 흔들리는 불꽃 나비를 따라, 아리안은 검은 거인에게 다가갔다.

 검은 거인은 아리안을 보고 포효를 지르더니, 손에 든 돌도끼를 쳐들었다.

 머리 위로 높이 치켜든 상태에서 내리친 돌도끼는 겹겹이 쌓인 잔해더미를 날리며 시야를 가릴 정도의 흙먼지를 일으켰다.

 사냥감을 놓친 검은 거인은 자신의 손으로 흙먼지를 걷어내려고 했다. 그러자 갑자기 검은 거인의 손이 불타오르면서 횃불처럼 불길이 솟구쳤다.

 『부아아아아아부아아아아아아아아아!!!』

 검은 거인은 활활 타는 팔의 불길을 누르고 잔해더미를 굴렀다. 그리고 아직 멀쩡한 근처의 주거에까지 몸통박치기를 해서 다시 잔해를 만들더니, 거기에 팔을 짓눌러 불을 끄려는 모습을 보였다.

그러나 그런 방법으로는 불은 꺼지지 않았고, 점점 불길이 거세져서 팔을 다 태워버렸다.

그리고 이번에는 숨통을 끊을 듯이 검은 거인의 입에서도 불꽃이 치솟았다.

들리지 않는 비명을 지른 거인이 발버둥 치고 괴로워하는 가운데, 커다란 눈알이 쪼그라들면서 떨어졌다. 곧이어 텅 빈 눈구멍으로부터 불길이 일렁이며 여러 마리의 붉은 불꽃 나비가 튀어나왔다.

갈수록 늘어난 불꽃 나비는 검을 지휘봉같이 휘두르는 아리안에게 모여들어 더욱 새빨개졌다.

아리안의 새하얀 머리는 주위를 에워싼 불꽃 나비의 붉은색을 반사하여 커다란 불길처럼 바람에 나부꼈다.

그 광경을 본 나머지 검은 거인은 본능적으로 공포를 느꼈는지도 모른다.

6m는 될 법한 거구치고는 짧은 다리로 뒷걸음질하며 발길을 돌렸다.

"불을 무서워하다니, 거인도 동물이었나 보네!"

섬뜩한 미소를 지은 아리안은 불꽃 나비를 두르고, 도망치기 시작한 검은 거인의 뒤를 쫓아서 달려 나갔다.

치요메는 일련의 전투라고도 할 수 없는 지옥도를 시야에 넣으면서, 분노한 얼굴의 아리안을 상상하고 몸을 떨었다.

그렇다, 치요메는 스스로 아리안에게 선언한 것이다.

자신의 손으로, 한때는 오라버니로 여기며 따랐던 존재와의 매듭을 짓겠다고.

옆에는 검은 거인이 문자 그대로 새까맣게 타 있었다. 거대한 횃불로 변한 거인의 주변에는 이상한 열기와 살이 눌어붙은 독특한 악취가 가득했다.

치요메는 오감을 예민하게 하도록 크게 숨을 들이마신 후 천천히 내뱉었다.

주위의 풍경이 뚜렷하게 머릿속에 떠올랐다.

고에몬은 조금 먼 곳, 사스케가 떨어진 장소를 끼고 대각선 위에 있는 듯했다.

날카롭게 공중을 가르는 소리에 반응한 치요메는 오른손에 쥔 단검으로 흙먼지의 그늘에서 나타난 수리검을 튕겨냈다.

치요메가 아까 사스케를 향해 던진 수리검이다.

그리고 이번에는 수리검이 날아온 방향과는 정반대 쪽에서 사스케가 뛰쳐나왔다.

그러나 그 움직임을 미리 짐작한 치요메는 냉정히 자신의 단검으로 첫 번째 일격을 쳐냈고, 흐르듯이 이어지는 두 번째 공격을 뒤로 피하는 와중에도 단검을 휘둘러 견제했다.

사스케는 그 공격을 한쪽 검으로 받아넘기더니, 빈틈을 드러낸 치요메의 몸통을 베기 위해 다른 검으로 거리를 좁혔다.

다음 순간, 사스케의 발밑—— 잔해 아래에서 수수리검 두 개가 그의 발을 노리고 날아들었다.

사스케는 공중을 차는 기술로 자세를 일부러 무너뜨려 수수리검 하나를 피했다.

그러나 나머지 한 개의 수수리검은 앞서 수리검에 상처를 입은 발을 꿰뚫었다.

언데드는 기본적으로 통증을 느끼지 않는다고 하지만, 육체에 문제를 일으키면 그대로 몸의 움직임이 둔해진다.

팔이 부러지면 물건을 들어 올릴 수 없듯이, 발에 부담이 생기면 통증은 못 느끼더라도 활발하게 움직이기 힘들어지는 것이다.

별로 상처의 영향을 받지 않는 듯한 표정과 움직임이지만, 확실히 지구력과 내구력은 떨어졌다.

치요메는 단검을 움켜쥔 채 사스케에게 시선을 맞추었다.

말할 수 없는 뭔가가 치요메의 뇌리를 스쳤다—— 눈치채여서는 안 된다, 생각해서는 안 된다고 되뇌면서도 의식하지 않을 수 없었다.

머리를 한 번 흔들어 잡념을 떨쳐낸 치요메는 인을 맺고 상대를 바라보았다.

『수둔, 수랑아(水狼牙)!!』

치요메의 발밑에서 번지기 시작한 물은 두 개의 덩어리로 변하더니, 금세 늑대 두 마리의 형태를 이루었다.

그러나 이전에 로덴 왕국의 왕도에서 썼을 때보다 더 작았다.

상대는 쌍검, 자신은 단검 한 자루, 남은 방법은 인술로 그럴듯한 공방을 주고받으면서 결정타를 날리는 수밖에 없다.

치요메는 스스로를 그렇게 타일렀다. 수랑 두 마리를 사스케

에게 풀어놓은 치요메는 자신도 그늘에 숨듯이 움직이며 기회를 엿보았다.

두 마리의 수랑이 엇갈리는 것처럼 사스케를 덮쳤고, 사스케는 수랑을 쌍검으로 공격했다.

평범한 검으로는 수랑에게 피해를 주지 못하기 때문에 사스케의 첫 번째 공격은 헛손질로 끝났다. 그러나 두 번째 공격에서는 수랑이 소멸하여 한 마리만 남게 되었다.

바람이 둘러싼 사스케의 쌍검이 희미한 빛을 띠었다.

검을 이용한 상대의 날카로운 공격이 차츰 늘었고, 치요메는 남은 수랑과 협공을 하는 형태로 사스케를 쫓았다.

사스케는 뒤에서 덤벼든 수랑의 습격을 피하더니, 한쪽 검을 휘둘러 수랑을 쓰러뜨리려 했다.

그때 거리를 좁힌 치요메가 파고들었고, 사스케는 그녀를 견제하다 수랑을 놓쳤다. 그러자 사스케의 반격을 피한 치요메는 다시 수리검을 던졌다.

이번에는 수리검을 막지 않고 몸을 비틀어 흘려보낸 사스케가 사각에서 공격하려던 수랑의 목을 떨어뜨렸다.

그리고 수랑의 목을 벤 검을 되돌리는 순간, 사스케의 팔을 또 한 마리의―― 최초의 두 마리보다 작은 수랑이 물고 늘어지며 머리를 흔들었다.

다만 질량이 작은 탓에 결정적인 타격을 주지 못하는 것처럼 보였다.

그 상황을 먼저 내다본 치요메는 수랑이 물고 늘어진 찰나의 틈을 노려, 단검을 사스케의 얼굴을 향해 던졌다. 사스케는 단검을 간단히 튕겨냈지만, 치요메는 그의 행동을 이미 알고 있었다.

함께 수련하면 사스케는 언제나 견제하거나 기습하고 속이는 데도, 치요메의 생각을 읽고 빈틈이 없었다.

그래서 치요메는 단검이 사스케의 시야를 가리고, 상처를 입은 그의 발이 손이 닿을 정도로 가까워진 사실에 경악했다.

치요메의 오른손에 맺힌 인술이 사스케의 다친 발에 닿는다 —— 닿고 말았다.

그 순간, 치요메와 사스케의 시선이—— 푸르고 붉은 시선이 엇갈린 후 빨간 눈동자가 감겼다.

치요메의 파란 눈동자가 흔들리며 눈물로 얼룩졌다.

떨리는 입술을 꽉 깨문 치요메는 자신을 여동생이라고 불러준 이의 피부에 손을 댔다.

차갑고 핏기를 느낄 수 없는 피부를 만진 치요메는 이를 악물었다.

『수둔, 수혈침옥장!!』

뾰족한 원뿔형으로 이루어진 치요메의 인술이 왼손에서 뿜어지며 사스케의 다친 발을 찔렀다.

그러자 사스케의 발부터 온몸이 부풀어 오르나 싶더니, 신체 곳곳에서 무수한 물의 침이 밖으로 튀어나와 고슴도치처럼 변했다.

투명한 물의 침이 내부에서 피가 섞여 붉게 물들자, 사스케는 경련을 일으키듯이 몸을 크게 떨었다. 곧이어 물의 침이 사라지는 것과 동시에 사스케는 그 자리에서 쓰러졌다.

눈이 감긴 사스케는 움직이지 않았다. 그 모습을 묵묵히 내려다보던 치요메의 눈가에 맺힌 눈물은 한줄기 선을 그으며 사스케의 얼굴에 흘러 떨어졌다.

"……사스케, 오라버니. 왜, 인술을 더 쓰지 않았나요……."

본래라면 사스케는 좀 더 많은 바람의 인술을 썼을 것이다.

그러나 실제로 사용한 인술은 기본적인 종류뿐이었고, 공중을 달리는 '공보(空步)'도 예전에는 훨씬 뛰어났다.

지금의 치요메라도 이전의 사스케는 그리 쉽게 이길 만한 상대는 아니었다.

치요메의 메마른 듯한 목소리에 사스케의 눈동자가 살짝 움직였다.

"…………여동생한테, 진짜로…… 덤벼들 수는…… 없으니, 까…… 말이야……."

정말 희미해서 주위의 불길이 타오르는 소리에도 지워질 것처럼 작은 목소리. 그러나 틀림없이 그 목소리는 일찍이 치요메가 오라버니라고 따랐던 자의 목소리였다.

"오라버니……! 다, 당장 아크 님을 불러서, 치료를——!"

말을 끝내자마자 치요메는 눈물을 흘리면서 일어나려고 했다.

그러나 옆에 걸어온 고에몬이 가로막았고, 치요메는 따지는 듯한 눈으로 그를 올려다보았다.

"죽은 자의 육체는 치료술로는 돌아오지 않는다…… 마지막 작별 인사를 해줘라."

고에몬의 말에 치요메가 오열하고, 시선을 다시 사스케에게 돌렸다.

"……울지마…… 미아. ……네 손으로…… 갈 수 있어서……
고맙게…… 생각……해."

"……읏! ……로우, 오라버니……! 우웃…….."

치요메는 눈물을 흘리면서도 사스케의 말을 똑똑히 듣고자, 그
의 상처투성이 몸에 매달리듯이 필사적으로 목소리를 죽였다.

그런 치요메의 체온을 느꼈는지, 사스케는 입가를 약간 실룩
이며 미소를 지었다.

"고에몬…… 여동생을…… 부탁한다……."

그 말을 들은 고에몬은 단지 눈을 감고 한 번 크게 고개를 끄
덕일 뿐이었다.

사스케는 간신히 뜬 눈꺼풀 속에서 고에몬의 모습을 알아차
리고 안도했는지, 온몸의 힘이 빠져 깊은 잠을 자는 것처럼 움
직임이 멈추었다.

그리고 사스케의 몸은 발끝부터 작은 먼지로 변하여 바람을
타고 날아올랐다.

(……교회를………… 심……해…….)

"……! 오라버니, 방금 뭐라고요!? 무슨 뜻이에요!?"

갑자기 눈을 휘둥그레 뜬 치요메는 누워 있는 사스케에게 물
었다.

그러나 그 질문에 대답은 돌아오지 않았다. 사스케의 몸은
완전히 먼지가 되었고, 땅거미에 물들기 시작한 하늘로 흩날리
며 사라졌다.

그 광경을 그저 눈으로 좇는 치요메의 손바닥에는 무지개색
으로 빛나는 조금 큼직한 마름모꼴의 보석 하나만 남았다.

◆ ◇ ◆ ◇ ◆

타지엔트 시가지, 아크는 어느 주택 지붕에서 주위를 둘러보고 한숨을 내쉬었다.

"다른 일행은 어디로 가버렸는지…… 전혀 짐작을 못 하겠군."

아크는 혼잣말을 중얼거리며 이곳저곳에서 불길이 치솟는 거리를 바라보다가, 이따금 【디멘션 무브】로 이동하여 주변을 살폈다.

해골 병사를 발견하면 일단 지붕에서 마법 공격으로 쓰러뜨리는 중이지만, 대체 녀석들의 수는 얼마나 많은 걸까. 벌써 백 이상은 없앴을 것이다.

그리고 검은 거인도 새로이 한 놈을 처치했다.

역시 다수를 상대로는 어렵지만, 일대일이라면 빈틈을 노린 【저지먼트】 관장이 제일 효과적이다.

최소한의 노력으로 최대의 효과를 본다.

폰타는 그런 엉뚱한 생각에 빠진 아크에게 투구 위에서 짖으며 뭔가를 알려주었다.

"큐!"

"읏. 왜 그러냐, 폰타?"

아크가 폰타에게 되묻고 주위에 시선을 돌리자, 지붕 위에 있는 검은 거인이 눈에 띄었다.

지붕은 전망이 좋은 까닭에 거인이 나타나면 금방 눈치채서 편하다.

그러나 건물 사이나 아래의 상황은 전혀 모르게 된다.

타지엔트는 3층 건물이 많으므로, 6m 남짓한 거인은 건물 그늘에 파묻혀 버린다. 그 때문에 지붕의 지평선을 계속 보는 한 거리의 상태는 알 수 없다.

또 곤란한 점은 지붕을 부실 공사한 경우다. 아크의 전신 갑주로 지붕에 올라가면, 가끔 바닥이 내려앉아서 다락방에 떨어지기도 한다.

잠자코 입을 다물면 거인의 짓이 될 테지만, 애당초 이런 전신 갑주 차림으로 지붕에 오르는 것이 잘못이다.

아크는 그런 생각을 하면서 앞에 보이는 검은 거인의 등을 향해 좌표를 맞추었다.

"【디멘션 무브】!"

거리는 300m쯤일까. 단숨에 검은 거인의 뒤로 이동한 아크는 등에 멘 검을 뽑아 들고 선제공격했다.

"【저지먼트】!!"

검은 거인의 발밑에 펼쳐진 마법진에서 거대한 빛의 검이 출현했다. 빛의 검은 정확히 거인의 엉덩이 정중선을 찔렀고, 가슴에 뚫린 커다란 입에서 검끝이 엿보였다.

곧이어 빛의 검은 산산이 부서져 사라졌다. 그와 동시에 기우뚱한 검은 거인의 몸은 지붕에서 떨어지며 대로의 돌바닥에 부딪쳤다.

그러나 위에서 내려다보면 아직 희미하게 숨이 붙은 듯했다. 놀라운 생명력이다.

그때 좁은 골목으로부터 모습을 드러낸 해골 병사들이 검은 거인에게 떼 지어 몰려가더니, 손에 든 무기로 숨통을 끊기 시작했다.

"……저놈들의 행동원리를 잘 모르겠군."

처음에 해골 병사들은 타지엔트의 시민과 병사를 노렸다.

이번 검은 거인의 타지엔트 습격은 치요메의 동료였던 사스케를 이용하여 거인을 꾀어냈다고 보는 게 마땅하리라.

사스케 본인이 계획하고 인간족의 도시를 덮치도록 만들었을 가능성도 있지만, 그렇다면 그가 어째서 행방이 묘연해진 후 언데드로 나타났는지 의문이 남는다.

치요메와 고에몬의 예전 동료였던 자를 의심하기 싫다는 심정도 다분하지만 말이다.

어쨌든 거인을 도시로 불러들인 세력이 있고, 해골 병사도 그 세력이 준비했다면 보통은 거인을 공격하지 않으리라.

그러나 세상일은 그처럼 뜻대로 굴러가지 않기도 한다.

평범하게 생각하면 사냥감을 향해 풀어놓은 호랑이와 늑대가 사냥감을 내버려 둔 채 서로 싸우는 경우도 충분히 있을 법한 일이다.

그러나 때때로 해골 병사가 타지엔트의 주민을 그냥 지나치는 장면도 몇 번 목격했다.

혹시 갑옷만 똑같을 뿐이고 알맹이는 인간족인 자도 있는 걸까.

그렇다 해도 아크가 쓰러뜨린 해골 병사는 죄다 인간족이나 수인족을 해치려던 자들이었다. 그래서 부담 없이 마법을 퍼부었지만, 대체 이 도시에서 무슨 일이 벌어진 걸까.

그러는 동안 해골 병사들이 집요하게 때려눕히던 검은 거인이 죽었고, 놈들은 또 다른 사냥감을 찾는 듯한 기색을 보였다.

아크는 그런 해골 병사들의 눈앞에 지붕 기와를 떼어서 던졌다.

대로의 돌바닥에 떨어진 지붕 기와는 시끄러운 소리를 내며 부서졌는데도 불구하고, 해골 병사들은 잠깐 시선만 돌리더니 바로 그 자리를 떠났다.

조금 전의 모습은 어떻게 보아도 알맹이가 인간족의 부류는 아니리라.

소리에는 반응했지만 지붕 기와가 어디에서 떨어졌는지를 확인하려고도 하지 않았다.

"점점 더 영문을 모르겠군……."

아크가 그런 생각에 잠겨 시간을 빼앗기자, 다시 어디에서 거인의 포효가 들렸다.

해는 이미 꽤 기울어서 하늘은 땅거미색으로 물들었다.

또 한 번 거인의 포효가 울렸고, 사람들의 비명이 바람을 타고 흘러왔다.

투구 위의 폰타는 거인의 포효에 반응하는 것처럼 꼬리를 흔들며 어느 한 곳을 가리켰다.

아크도 소리가 들린 장소를 찾듯이 시선을 보내고, 폰타와 같은 방향으로 얼굴을 돌렸다.

그러자 넓은 대로의 전방, 도시 중앙 부근에 사리 잡은 눈에 띄는 커다란 건물이 보였다.

두 개의 높은 첨탑에 이어지는 형태로 우뚝 솟은 거대한 건물이었다. 구조나 분위기는 약간 다르지만, 비슷한 건물을 동 레브란 제국의 라이브니차령에서 본 적이 있었다.

저 건물도 아마 똑같으리라—— 힐크교의 교회다.

지난번 가까이에서 소환마법을 썼을 때 요란하게 박살 낸 일이 기억에 새롭다.

도시 중앙 부근의 교회로 뻗은 대로에서 검은 거인 여럿을 확인했다.

그리고 검은 거인들 앞에서 흩어지며 꿈틀대는 작은 알갱이로만 보이는 것은 도망치려고 갈팡질팡하는 이 도시의 주민들이리라.

아크는 그들로부터 시선을 떼고 하늘의 땅거미를 바라보았다.

슬슬 주변이 땅거미에 둘러싸여 시야가 나빠질 무렵이다. 그럼 전이마법은 훨씬 사용하기 어려워진다.

본래 목적은 도시의 혼란을 틈타 사로잡힌 수인족을 풀어주는 것이지만, 아무리 그래도 저만한 수의 검은 거인을 그대로 놔두면 그 피해는 엄청나다.

아니, 피해는 이미 현재진행형으로 커지는 중이다.

이곳에서 보면 교회 근처에 모여드는 검은 거인은 전부 일곱이다.

아크는 숨을 크게 들이마신 후 등에 멘 『칼라드볼그』를 뽑았다. 이어서 『테우타테스의 하늘 방패』를 왼손에 든 채 무게를 확인하듯이 움직였다.

"큥!"

아크의 전투 준비를 알아차린 투구 위의 폰타가 재빨리 목덜미로 내려오더니, 그 자리에서 목도리처럼 휘감겼다. 아크는 살랑거리는 솜털 꼬리가 오른쪽 눈을 가려서 폰타를 살짝 옆으로 돌렸다.

"갈까……."

아크가 작고 길게 한숨을 내뱉으면서 【디멘션 무브】를 발동시켰다. 그리고 교회 주변의 부지 밖에 만들어진 광장을 한눈에 내려다볼 만한 건물 옥상으로 이동했다.

교회는 이 도시의 어느 건물보다 크고 장식에도 공을 들였지만, 북쪽 대륙의 제국령에서 본 교회만큼 화려하지는 않았다.

가장 특징적인 점은 교회의 부지를 따라 높은 벽을 쌓았다는 것일까.

예전 세계에서는 부지 근방에 벽을 세운 교회를 보지 못했다. 교회의 이념에 맞추어 누구에게나 열린 장소라는 인상이었다고 기억하지만 실제로는 어땠을까.

그러나 이곳은 이세계다. 아직 도시가 별로 크지 않았던 시절에 마수의 위협에서 벗어나기 위한 피난장소로 쓰였는지도 모른다.

지금도 검은 거인에게 쫓기는 사람들이 잇달아 교회의 문으로 몰려들어 아비규환의 참상을 빚어냈다.

검은 거인들은 허둥대는 사람들을 쫓아 광장으로 오더니, 사람들을 붙잡아서 생선회를 먹는 것처럼 가슴의 쩍 벌린 큼직한 입으로 계속 쳐넣었다. 그 때문에 멀리서도 사람을 씹어먹는 끔찍한 소리가 아크의 귀에 들려왔다.

그 장면은 보기만 해도 기분이 나빠질 듯했다.

교회를 둘러싸는 벽 너머의 부지로 어떻게든 달아난 사람들에게도 그곳은 안전한 보금자리는 아니었다.

교회 안으로 도망친 사람들을 뒤쫓은 일부의 검은 거인들이 손에 든 석기를 있는 힘껏 교회 벽을 향해 내리친 것이다.

굉음과 비명.

무너져 내린 벽의 커다란 틈새로 신이 나서 들어온 검은 거인들은 웃는 듯한 포효를 지르며 사람들을 유린하기 시작했다.

벽에 가려서 내부의 상황이 어떤지 자세히 보이지 않았지만, 벽 너머로부터 새어 나오는 비명과 통곡이 그 광경을 여실히 전해 주었다.

검 손잡이를 쥔 손이 살짝 떨렸고, 아크는 그 반응에 무심코 자신의 오른손을 들여다보았다.

저 광경 속에 뛰어든다는 사실에 공포를 느끼는 걸까? 어째서?

아크는 아까 상처를 입은 채 쓰러진 여성을 구해줬을 때의 일을 떠올렸다. 그리고 검을 지붕에 찔러넣은 후 자신의 투구를 벗어서 얼굴을 만져 보았다.

평소의 딱딱하고 차가운 해골이 아니다.

아크는 손끝에 느껴지는 뚜렷한 피부의 감촉에 한숨을 내뱉었다.

로드 크라운의 샘물을 마신 몸은 여전히 그 효과를 유지하는 모양이다.

거인들을 앞에 두고 다리가 얼어붙는 듯한 감정——그렇다,

육체를 찾으면서 공포의 감정도 생생하게 되살아나는 한편 족쇄가 되어 아크의 자유를 빼앗았다.

여러 번 자신의 손을 움켜쥐는 동작으로 감정의 억제를 시험했다.

아무리 육체가 오버 스펙이라도 그 육체를 다루는 정신이 경험과 수련을 쌓지 않으면 돼지 목에 진주 목걸이다. 아크는 약간 자조 섞인 미소를 흘렸다.

"큥?"

폰타는 목덜미에 휘감긴 채 아크를 걱정하듯이 올려다보았다.

"……아무것도 아니다, 폰타. 이건 좋은 경험이 될 거다. 육체를 되찾은 상태에서 적과 대치하는 마음의 수련으로 여기면 괜찮다……."

아크는 폰타에게 말하면서 스스로를 타이르듯이, 다시 쓴 투구 위에서 자신의 이마를 주먹으로 두드리며 한 번 눈을 꼭 감았다.

"……좋았어."

그리고 예습 삼아 이후의 전투에서 쓸 만한 전투 기술 몇 가지를 마음 속으로 정한 후, 지붕에 꽂은 『칼라드볼그』를 기합과 함께 뽑았다.

광장에 있는 검은 거인 일곱 중 무리에서 조금 떨어진 녀석을 먼저 노리기로 했다.

전술의 기본으로 말하자면 우선은 기습이다.

──그러고 보니, 이 세계에 오자마자 싸우게 된 도적 집단, 그들도 분명 지금같이 기습으로 섬멸했던가.

남아도는 능력을 지녔으면서 한심한 일이지만, 이것만큼은 천천히 경험을 쌓아 가는 수밖에 없다.

표적으로 찍어둔 검은 거인의 뒤에 좌표를 맞추고 검을 거머쥐었다.

"【디멘션 무브】!"

아크는 가옥 옥상에서 단숨에 광장의 거인 뒤쪽을 잡는 형태로 전이하더니, 움켜쥔 검을 높이 쳐들고 전투 기술을 발동시키려 했다.

그때 어디선가 교회 내외로 울려 퍼지는 듯한 남자의 커다란 목소리가 들렸다.

『정말정말정말정말!! 나님의 집에 멋대로 들어와서 마음대로 부수다니!!』

땅속에서 울리는 것처럼, 왠지 정신을 불안하게 만드는 목소리.

그러나 꺼림칙한 목소리로 내뱉는 말은 너무 유치했는데, 오히려 그게 섬뜩하게 느껴졌다.

『이제 화났거든!! 모두 토막 나 버려!!』

유치하고 섬뜩한 목소리가 파도처럼 주위로 퍼진 순간, 교회의 부지와 도시를 갈라놓은 벽 일부분이 엄청난 굉음과 함께 날아갔다.

이리저리 도망치던 사람들이나 그들을 포식하던 거인들도 벽 너머에서 조금씩 그림자를 짙어지게 만드는 거대한 뭔가에 시선이 못 박혔다.

그리고 자욱이 끼인 흙먼지 속에서 나타난 존재는 검은 거인들의 추악함을 웃으며 흘려넘길 수 있을 정도로 끔찍하고 기분 나쁜 이형의 덩어리였다.

　전체적인 형상은 비교적 전갈 같은 모습을 띠었다고도 할 수 있다.

　그러나 결코 전갈은 아니다. 표면의 물렁물렁한 질감은 애벌레에 가깝다.

　전체 길이 10m 남짓한 거대한 몸은 푸르스름하고 포동포동한 연체동물처럼 이루어졌다.

　몸의 표면에는 괴로워하는 듯한 인간의 얼굴이 무수하게 달라붙어서, 지금도 그 입으로부터 원망의 목소리가 끊임없이 흘러나왔다.

　그리고 긴 몸통을 떠받치는 것은 수많은 인간의 창백한 다리였다.

　섬모같이 생긴 인간의 다리가 꿈틀꿈틀 기괴한 움직임을 취하자, 10m나 되는 거구가 지면 위를 미끄러지듯이 나아갔다.

　몸의 한쪽을 새우처럼 꺾은 부위에는 개구리와 인간의 합성체를 닮은 뭔가가 붙어 있었다. 아무래도 거기에서 말을 하는 듯했다.

　그리고 개구리 남자의 뒤에 부풀어 오른 살에는 긴 관절이 무수한 인간의 팔이 솟아났는데, 손에는 손도끼며 철퇴니 하는 살벌한 무기를 쥐고 있었다.

　그 조형은 그야말로 악몽을 구현한 존재였다.

　다음 순간, 섬뜩한 전갈 애벌레의 뒷부분에 달린 무수한 팔의 일부가 근처에 있던 검은 거인 하나를 노렸다.

검은 거인의 털은 딱딱해서 평범한 무기로는 치명상을 입히기 어렵다.

그러나 수많은 무기를 든 팔에 습격당한 거인은 자신의 석기를 휘두르며 맞섰지만, 금세 너덜너덜해진 모습이 되어 그 자리에 쓰러졌다.

그리고 숨이 끊어진 거인에게 미끄러지듯이 서서히 다가간 거구는 몸 앞쪽의 돌출부를 상하로 쩍 찢더니 무수한 이가 가지런한 입을 열었다.

거인의 입은 아무렇지도 않을 만큼 거대한 악어 같은 입이 검은 거인을 통째로 삼킨 후 성대하게 씹어대는 소리를 울리며 모조리 먹어치웠다.

전갈 애벌레의 몸이 아무리 거대해도 어떻게 하면 저 검은 거인을 통째로 삼킬 수 있는 걸까.

아크는 눈앞에서 벌어지는 광경에 두 눈을 의심했다.

저런 형태인데도 인간족을 도와주는 듯한 행동에 아크는 자신처럼 소환사라도 있나 싶었지만, 세상일은 그렇게 간단하지 않은 모양이었다.

사람들은 너무나 비현실적인 검은 거인과 이형의 전투에 기겁하고 덜덜 떨기만 했다. 이형체는 섬모 같은 다리를 움직여서 그들에게 가까이 가더니, 거대한 입을 벌리고 사람을 홀랑 삼켜버렸다.

그 모든 광경을 보고 나서야 사람들은 비로소 눈앞의 존재가 교회에 강림한 천사가 아니라, 말 그대로 거인마저 삼키는 정말 터무니없는 괴물이 나타났다는 사실을 깨달은 눈치였다.

공황 상태에 빠지는 게 오히려 당연한 결과라고 할 수 있다.

어쩔 줄 모르는 경악한 사람들의 맞은편에서 이형의 괴물은 느긋한 목소리를 내었다.

『아아, 이 몸은 금방 배가 고파지네에~』

이형의 괴물은 언뜻 한가롭다고도 할 만한 말을 내뱉으며, 고래가 크릴 새우를 먹듯이 주변에 있던 사람들을 커다란 입으로 씹어먹기 시작했다.

진짜 닥치는 대로 먹는 모습이었다.

그러는 가운데 동료를 잡아먹힌 다른 검은 거인들이 잇달아 그 이형에게 싸움을 걸었지만 결과는 변하지 않았다. 그 과정에서 교회를 벗어나려던 사람들도 한데 섞여 이형의 내장으로 들어갔다.

기분 탓일까, 이형의 몸에 떠오른 괴로워하는 표정의 얼굴이 늘어난 듯한——.

푸르스름한 살덩어리 같은 몸은 꺼림칙하게 꿈틀거렸다. 아크는 개구리와 인간의 합성체를 닮은 존재가 웃으면서 사람이나 거인을 잡아먹는 광경에 그저 멍하니 서 있을 뿐이었다.

"큐~웅."

아크는 목덜미에서 자신을 보고 걱정스럽게 짖는 폰타의 울음소리에 겨우 제정신을 차렸다.

"미안하구나, 폰타."

아까부터 중앙의 교회로 도망쳐 오는 사람들을 쫓아 광장에 나타난 해골 병사 몇몇도 이형에게 짓밟혀 흔적도 없이 부서지고 사라졌다.

일단 아크는 눈앞의 이형이 어떤 존재인지는 나중으로 미루었다.

호인족이 저놈과 마주치더라도 좋은 꼴은 보지 못하리라.

녀석이 아직 자신을 인식하지 않는 동안 선제공격을 하기로 했다.

아크가 『칼라드볼그』를 치켜들자, 푸르고 날카로운 검신에 빛이 모여들었다. 그 상태에서 아크는 단번에 검을 내리쳤다.

"【저지먼트】!"

다른 장소로 주의를 돌린 녀석에게 확실히 일격을 가했다고 여겼다.

이형의 발밑에 커다란 마법진이 펼쳐진 그 공격은 거구를 뚫을 정도의 힘이 깃들었다. 그러나 무수한 얼굴이 우는 것과 동시에 녀석은 섬모 같은 다리로 꿈틀대며 재빨리 피해버렸다.

그리고 표적을 잃은 장소의 마법진에서는 빛의 검이 하늘을 향해 솟구쳤다.

엄청난 거구로 잘도 저렇게 움직이는구나 싶었다.

그 모습은 등에 달라붙은 개구리와 인간의 합성체가 자동으로 동작하는 고깃덩어리 차에 올라탄 듯했다.

──악취미로 만든 장난감 자동차를 타고 다니는 것 같군.

아크는 속으로 욕을 하면서 헛손질로 끝난 일격에 이어 두 번째 공격을 준비했다. 그러나 녀석이 아크를 인식하는 게 더 빨랐던 모양이다.

민첩한 동작으로 꿈틀대는 거구가 그 자리에서 아크를 향해 돌아섰다.

『나님을 방해하는 놈들은 전부! 전부! 부숴버릴 거야아!!』

이형의 존재는 섬뜩한 목소리로 응석받이 아이 같은 말을 내뱉더니, 무수한 다리를 물결처럼 꿈틀거리며 아크를 전속력으로 쫓았다. 들킨 모양이다.

녀석의 뒤로 젖혀진 몸에 무수하게 달린 긴 팔이 아크를 으깰 것처럼 뻗어왔다.

"【홀리 실드】!"

방패를 거머쥐면서 달린 아크는 방어력을 높이기 위한 전투 기술을 발동시켰다.

그와 동시에 여러 무기를 든 이형의 팔이 공격을 퍼부었다.

아크는 엷은 빛을 뿜어내는 방패로 그 공격을 튕겨내고, 자신에게 육박하는 팔 몇 개를 검으로 잘랐다.

아무래도 평범한 공격 자체는 통하는 듯하다. 전체적으로 창백한 고깃덩어리로 이루어진 이형의 육체는 거인 같은 방어력은 없는지도 모른다.

『건방져! 건방져!! 건방지다고오오오!!!』

이형의 존재는 아크에게 짜증이 났는지 섬뜩한 목소리로 투정을 부리더니, 거구로 찌부러뜨릴 듯이 돌진했다.

그 공격을 단거리 전이마법으로 피하자, 녀석은 잠시 아크를 놓치고 거구를 좌우로 흔들었다.

——녀석의 시야는 고정되어서 거구도 방향을 바꾸지 않으면 볼 수 없는 걸까.

그럼 빈틈을 파고들어 뒤에서 공격하면 된다. 그렇게 판단한 아크는 녀석이 자신을 찾지 못한 틈을 노렸다.

다시 검을 움켜잡은 아크가 전투 기술을 발동시켰다. 이번에는 발동이 빠른 근거리의 기술이다.

"【홀리레이 소드】!"

아크는 빛을 두른 검을 아래에서 치켜들더니, 빛의 띠를 일직선으로 그으며 녀석의 거구를 받쳐주는 다리 일부를 날렸다. 이형의 몸속에서 비명 같은 통곡이 울려 퍼졌다.

그러나 조금 전의 공격으로 금세 위치를 들킨 탓에 이형체가 그 자리에서 빙그르르 돌았다.

──움직임이 하나하나 기분 나쁘군.

그런 욕설을 내뱉으면서 아크는 무수하게 쏟아지는 무기를 든 팔을 지나쳐 거리를 벌리기 위해 물러났다. 그러나 이형체는 아크에게 거리를 벌리도록 만들어줄 생각은 없는 듯했다.

『촐랑촐랑! 촐랑촐랑!! 짜증난다고오!!! 웬 놈이냐아!!?』

새우처럼 꺾인 등에 달라붙은 개구리 남자가 마구 소리치면서 무수한 팔로 공격을 퍼부었다.

아크는 그 공격을 피해 또 【홀리레이 소드】를 발동시켰다. 그러나 이형체는 다리 몇 개를 잃는 정도의 피해로 그쳤다.

──정말 촐랑촐랑, 촐랑촐랑 신경질 나는군.

아크는 속으로 이형체와 똑같은 욕을 하면서 상대를 노려보았다.

그러자 녀석의 거구가 한 번 크게 부풀어 올랐고, 이형체에 달라붙은 무수한 인간의 얼굴이 일그러지며 저마다 입을 커다랗게 벌렸다. 동시에 인간의 몸통 둘레만한 창백한 고깃덩어리를 계속 토해냈다.

그리고 지면에 떨어진 고깃덩어리가 소름 끼치게 꿈틀거리더니, 자신의 힘으로 일어서기 시작했다.

좋게 말하자면 붕장어과의 정원 장어 비슷하게 보이기도 한다.

그러나 좌우에서 무수한 촉수를 뻗으며 자벌레같이 꿈틀꿈틀 움직였을 때 머릿속의 그런 인상은 아예 지워졌다.

*불쾌한 골짜기의 꿈틀이라고 말할 수밖에 없는 그놈들은 다음 순간에 벼룩처럼 뛰어오르면서 아크를 덮쳤다.

"으아!! 징그러!!!"

아크는 무수한 소형 이형체를 방패로 막고 검으로 베었다.

시야 한가득 덤벼드는 꿈틀이 때문에 전이마법을 써서 도망칠 수도 없다.

아크에게 다가오는 꿈틀이들은 공격력이 딱히 없는지, 몸통 박치기와 촉수만 휘두를 뿐 별로 위협은 되지 않았다. 그러나 너무 혐오스럽고 괜히 수만 많았다.

이래서는 끝이 없다고 판단한 아크는 마도사의 범위 마법을 발동시켰다.

"【플레임 바이퍼】!!"
염사초래(炎蛇招来)

그 순간 발밑에서 불길이 치솟나 싶더니, 아크를 중심으로 원을 그리듯이 지면을 통해 불의 뱀이 나타나 문자 그대로 주위에 있던 무수한 꿈틀이를 불태웠다.

보아하니 불에는 내성이 없는 모양이었다.

꿈틀이들이 불길에 타오르며 몸부림치는 광경은 에일리언의

---

*언캐니 밸리 효과. 로봇이 인간과 어설프게 비슷할수록 로봇에 대한 호감도가 급감한다는 이론.

유충을 퇴치하는 기분을 느끼게 해주었다.

그리고 비로소 본체와 대치하려고 할 때 이형체의 악어 같은 커다란 입에서 무척 견디기 힘든 불쾌한 소리가 흘러나왔다. 그 소리에 맞추어 합창하듯이 몸속의 얼굴들이 통곡했다.

『베베베베벳베베베에에아아에!!』

소리만 들으면 꺼림칙하고 불쾌한 소음 정도일 테지만, 아크는 발밑이 휘청거리며 온몸의 힘이 빠져나가는 듯한 기분 나쁜 느낌에 한쪽 무릎을 꿇었다.

목덜미에 감겨 있던 폰타도 축 늘어져서 당장에라도 미끄러져 떨어질 것 같았다.

"큭, 설마 디버프 공격인가!?"

검을 지팡이 삼은 아크는 어떻게든 일어나서 자신이 가진 모든 상태회복마법으로 약체화 효과를 중화시키려 했다.

"【안티커스】! 【안티디지즈】"

마법의 효과가 있었는지, 아크의 몸은 그럭저럭 원래 상태로 돌아왔다.

아크는 혹시 몰라서 자신과 폰타에게 모두 회복마법을 걸었다. 그리고 얼른 본체를 치기 위해 거리를 좁힐 듯이 앞으로 나갔지만, 그제야 조금 전의 공격이 무슨 의미인지 눈치챘다.

골치 아프게도 본체인 이형체의 잘려나간 다리 몇 군데의 살이 눈 깜짝할 사이에 부풀더니, 다시 새로운 다리를 만들어내고 있었다.

재생 속도는 그렇게 빠르지는 않았지만, 매우 곤란한 상황이었다.

게임에서는 보통 이런 재생능력을 가진 적에게는 여러 명이 달려들어 적의 공격을 받는 자와 상대의 회복을 방해하는 자 등으로 역할을 나누고 계속 공격하여 쓰러뜨리는 법이다. 그러나 현재 이곳에는 아크 혼자밖에 없다.

보스전에 홀로 도전하는 기분이다.

해결방법은 단순하다. 녀석이 재생할 틈도 없이 끊이지 않고 공격을 퍼부으면 되는데…….

아크가 그런 생각을 하는 와중에도 녀석은 무수한 팔로 폭력을 행사하였다.

팔도 몇 개나 잘라냈을 텐데 그다지 줄어든 실감은 나지 않았다.

——난감하군, 일단 물러나서 전투 태세를 바로잡을까?

아크가 주위에 시선을 던지면서 필사적으로 작전을 생각했다.

땅거미의 장막이 내려오는 광장에 어둠이 퍼져나가서, 전이할 수 있는 장소도 꽤 제한되었다.

어쩔 수 없군. 별로 하고 싶지 않지만, 정면에서 밀어붙이는 그 전법을 쓸까——.

아크는 이형체로부터 가장 멀리 떨어진 장소로 전이마법을 발동시킨 후 충분한 거리를 두었다.

"폰타! 미안하다만 잠시 하늘에서 산책하고 있어라!"

"큥? 큥!"

폰타는 아크의 말에 처음에는 고개를 갸웃거렸다. 그러나 목덜미에서 빠져나와 투구 위로 올라가더니, 마법의 바람을 부르고 비막을 이용하여 날아올랐다.

이제 됐다.

폰타를 밑에서 올려다보던 아크는 시선을 이형체에게 돌렸다.

우선 사전 준비로서, 이 세계에 온 이후 한 번도 사용하지 않은 소환마법을 발동시켰다.

"오라, 영원한 시간의 파수꾼이여! 【아이온】(시간의 뱀사자)!!"

아크의 발밑에 거대한 마법진이 빛을 내며 나타났다. 여러 개의 용수철로 이루어진 기계식 시계 같은 마법진은 규칙적으로 돌아가기 시작했다.

곧이어 발밑의 마법진이 크게 휘어졌고, 그곳에서 사자의 머리를 가진 거대한 뱀이 모습을 드러냈다.

뱀사자는 그대로 천천히, 그러면서도 재빨리 아크의 발에 얽히더니, 온몸을 둘러싼 상태로 기어올라왔다.

옆에서 보기에는 이형의 거대한 뱀에게 습격당하는 듯한 그림이겠지만 문제없다.

이윽고 사자의 머리가 어깻죽지까지 오르자, 날카로운 엄니를 보이며 단숨에 목덜미로 파고들었다.

동시에 뱀사자가 백은의 갑옷에 휘감기는 듯한 문양으로 변했고, 전신이 엷은 무지개색을 띠었다.

이것은 소환사의 상급 기술이며 소환수의 이름은 【아이온】이라고 불린다.

그 특성은 【아이온】을 불러낸 시점의 플레이어 상태를 3분 동안 고정시킨다는 점에서 매우 특수하고 변칙적인 스킬이다.

상태를 3분간 고정시킨다는 설명은 알아듣기 어렵지만, 요컨대 3분 동안 무엇을 하든 현재의 스테이터스를 유지한다는 뜻이다.

즉 어떤 공격을 받더라도 체력은 줄지 않고, 아무리 마법을 써도 마력이 줄지 않는 무적상태가 된다는 터무니 없는 효과다.

그렇다고 해서 무척 편리한 것도 아니다.

먼저 이 스킬을 습득할 수 있는 소환사는 상당한 직업 레벨이 필요하다. 그러나 힘들게 익혔는데도 불구하고, 소환사 자신이 쓸 때는 몹시 사용하기 불편한 소환수이기도 하다.

근본적인 원인은 불러낼 수 있는 소환수가 항상 하나뿐이라는 제한 때문이다.

무적상태가 되어 마법을 마구 쓸 수 있더라도, 소환사로는 공격성을 지닌 소환수를 부르지 못한다.

더욱이 효과가 효과인 만큼 소환할 때의 마력 소비가 심하고, 보조 직업에 넣을 만한 중급직의 마법을 쓰려고 해도 본전을 뽑기 전에 3분이라는 시간이 지나버리는 것이다.

그 때문에 이 【아이온】을 효율적으로 운용하려면 똑같이 마력 소비가 높고 위력도 큰 전투 기술을 가진 직업——다시 말해 소환사와 동일한 상급 이상의 직업을 주 직업이나 보조 직업으로 두는 수밖에 없다.

더구나 게임에서는 지금의 아크처럼 자신이 익힌 직업 스킬을 전부 쓸 수는 없다. 주 직업이나 보조 직업으로 소환사를 넣은 상태에서, 나머지 범위에 맞추어 공격성이 높은 다른 직업을 골라야 한다. 그 시점에서 상당히 공격에 치우친 직업 구성이 되는 것이다.

말하자면 폐인 플레이어를 만드는 소환수다.

"단번에 몰아붙인다!! 먼지도 남기지 않고 날려버리마!!"

아크는 이형체가 섬모같이 달린 무수한 다리를 꿈틀거리며 다가오는 모습에 검과 방패를 단단히 잡았다.

【아이온】으로 체력이 줄어들지 않는다고 해도, 현실에서는 어느 정도 효과를 보일지 알 수 없다.

과신은 금물이지만, 약간의 피해를 무시하고 어쨌든 계속 공격해야 한다.

아크는 이형체로부터 쏟아지는 무수한 팔의 공격을 무시하고 몸통으로 돌진했다.

여러 개의 팔이 아크에게 무기를 휘둘렀지만, 충격은 조금 있어도 통증을 느낄 정도는 아니었다── 아무래도 이 소환수의 효과는 문제없이 발휘되는 모양이다.

그러나 발동 이후 얼마나 시간이 지났는지 모르는 상태였다. 3분 동안이라는 시간을 최대한 쓰지 못하는 게 아쉽다.

상대의 맹렬한 공격을 받는 도중에 효과가 끊겨서는 그야말로 끔찍한 상황에 처한다.

"【세이크리드 실^{봉 사 성 검}】!"

그렇다 해도 자신이 할 일은 시간 내에 가능한 한 상대의 힘을 깎는 것이다.

아크가 성기사의 전투 기술을 발동시키자, 손에 쥔 검을 따뜻한 빛의 입자가 둘러쌌다.

그리고 그 검을 적의 팔이 퍼붓는 맹공 속에서 이형체의 몸통에 내리쳤다.

검의 궤도에 잔상같이 빛의 띠가 생겨났고, 검날이 이형체의 일부를 소멸시켰다.

『아파아아아아아아아아아아뜨거워어어어어어어어어!!!』

언데드 계통에게 절대적인 효과를 발휘하는 전투 기술이지만, 상대의 모습을 보건대 상당히 유효한 듯하다. 이 기술을 발동한 검은 일반 공격에도 몇 번이든 그 효과를 나타내고 유지하므로, 마력을 쓰는 관점에서 말하자면 매우 효율이 뛰어난 전투 기술이다.

일부러 【아이온】을 사용하면서까지 쓸 전투 기술은 아니지만, 이번의 주 전투 기술은 이게 아니다.

이형체가 자신의 몸을 감싸듯이 뒤로 젖힐 때 아크는 곧바로 다음 공격을 이었다.

"사라져라! 【크로스 아벤트^{파 사 강 림}】!!"

직업 '교황'이 가진 범위 마법을 발동시키자, 이형체의 상공에 커다란 빛의 마법진이 펼쳐졌다. 그곳에서 십자 형태를 띤 빛의 기둥이 천사의 사다리처럼 이형체의 머리 위에 쏟아졌다.

『아파아아아아아아아아아아아아아앗!!!』

이형체가 지르는 절규와 함께 그 거구는 증발하듯이 연기를 피워 올렸다.

격렬한 고통을 견딜 수 없었는지 몸을 펄쩍 뛰며 물러난 이형체는 거인 몇 놈을 치어 죽였다.

그 과정에서 이형체는 뒤에 있는 교회 벽에 심하게 부딪쳤고, 벽은 눈사태를 일으키듯이 무너져 내렸다.

그러나 여기에서 공격의 손을 늦출 수는 없다.

이형체를 쫓아간 아크는 다시 그 몸에 【세이크리드 실】을 꽂아 넣었고, 대기시간이 돌아왔을 적당한 시기에 즉시 【크로스 아벤트】를 발동시켰다.

갑옷에 새겨진 뱀사자의 문양이 사라졌을 즈음, 이형체는 이미 원형을 잃은 채 녹아내려 하얀 고깃덩어리로 변해 있었다.

허물어진 육체는 무수한 사람이 뒤섞인 듯한 이상한 모습을 보였다.

"큥!"

"그래, 수고했구나."

아크는 투구 위에 올라탄 폰타에게 위로의 말을 건네면서, 쓰러진 이형체로부터 시선을 떼어 주위를 둘러보았다.

이형체와의 전투로 인하여 교회는 엄청난 손해를 입었다.

그러나 이번에는 아크가 원인이 아니라, 상대인 이형체가 날뛴 탓이다. 이것은 불가항력이다.

그렇게 자기 자신을 타이른 아크는 녹아내린 이형체를 또 한 번 쳐다보았다.

어쩌다 보니 해치웠다고는 해도 정말 어떤 자였을까?

그나저나 아리안과 치요메, 고에몬은 괜찮을까.

아크는 교회의 잔해더미 뒤에서 자신을 살피는 도시 주민들의 시선을 등으로 느끼며 교회 부지를 떠났다.

일단 이 주변에 닥친 위협은 없어졌고, 우선 다른 일행과 합류해야 한다.

완전히 밤하늘로 바뀐 하늘을 올려다보면서, 손에 쥔 검을

등에 메고 발걸음을 옮겼다.

타지엔트에는 여전히 불길이 곳곳에서 치솟았고, 그 불길이 조금은 가로등의 역할을 맡았다. 그러나 밤중의 거리를 돌아다니며 일행을 찾을 수 있을지 상당히 의심스러웠다.

"으~음. 먼저 도시 밖으로 나가고, 호우 족장이 있는 곳에서 기다리는 게 확실할까?"

"큥?"

아크가 광장을 이동하면서 혼잣말을 중얼거리자, 투구 위의 폰타가 고개를 갸웃거린 후 뭔가를 알아차린 듯이 솜털 꼬리를 살랑살랑 흔들어댔다.

"큥! 큥!"

폰타의 반응을 따라 앞으로 시선을 돌리자, 세 명의 인영이 아크를 향해 걸어오는 모습이 눈에 들어왔다.

그들은 틀림없는 아리안과 치요메, 그리고 고에몬이었다.

아크는 생각지도 않게 모두와 합류한 사실에 안도의 한숨을 내쉬었다. 이제 길을 헤매지 않고 돌아갈 수 있을 것 같다.

"오오, 아리안 양. 무사했군."

아크는 광장 앞쪽의 대로에서 걸어오는 아리안에게 한쪽 손을 들고 흔들며 말을 걸었다.

그러나 아크를 알아본 아리안이 무엇 때문인지 한숨을 내뱉는 듯한 몸짓으로 머리를 저었다.

점점 서로의 거리가 가까워지자, 고개를 숙인 채 아직 한 마디도 꺼내려 하지 않는 치요메의 모습이 보였다.

늘 쫑긋 세운 치요메의 뾰족한 귀는 머리 위에서 축 늘어졌다.

치요메는 도시 입구 부근에서 마주친 예전의 동문 사형인 사스케의 뒤를 쫓아갔다.

무슨 일이 있었으리라.

그렇게 생각한 아크는 옆에 서 있던 아리안에게 살짝 귀엣말했다.

"사스케 공은 어떻게 됐소?"

아크의 물음에 아리안은 말없이 작게 고개를 저을 뿐이었다.

그런 아크의 말에 반응하듯이 치요메의 늘어진 귀가 살짝 움직였다.

그리고 치요메가 아까부터 가슴 앞에 꼭 움켜쥔 손을 천천히 펴자, 무지개색으로 희미하게 빛나는 마름모꼴의 보석이 나타났다.

그 보석은 전에도 본 기억이 있다.

치요메의 앞가슴에 박힌 보석과 똑같았다. 정령과 계약을 맺은 육체와 융합하여 강력한 인술을 다룰 수 있게 되는 인심일족의 비보다.

『언약의 정령결정』.

그것이 지금 치요메의 손에 있다는 말은…… 요컨대 사스케가 죽었다는 뜻이리라.

아크는 얼굴을 옆으로 돌려 아리안에게 시선을 보냈지만 그녀는 고개만 살짝 끄덕였다.

그러자 당사자인 치요메가 평소보다 약간 작은 목소리로 말했다.

"……사스케 오라버니는 마지막에 『교회를 조심하라』는 말을 남기고…… 죽었습니다."

치요메의 말에 아크는 아리안과 고에몬을 바라보았다. 그러나 둘 다 묵묵히 고개만 저을 뿐 입을 열려고 하지 않았다.

'교회를 조심하라'는 말은 어떤 의미일까?

조금 전까지 이형의 괴물과 싸웠던 아크는 뒤를 돌아보고 교회를 향해 시선을 던졌다.

사스케를 언데드로 만들고 그를 조종하여 꾀어낸 거인들로 도시를 습격하게 시켰다.

그런 일련의 움직임이 교회의 음모라는 걸까.

그러나 만약 그게 교회의 짓이라면, 어째서 교회는 자신들의 교구를 공격하게 놔뒀을까──그런 일을 벌였다가는 이번처럼 교회도 무사하지 않을 가능성이 큰데도 말이다.

교회 자체가 하나의 의지로 움직인다고도 할 수 없는 걸까.

아크는 턱을 어루만지며 입을 굳게 다물었다.

원래 세계의 종교도 많은 종파와 파벌에 의해 이루어져서, 이 세계의 교회 역시 내부는 단결되어 있지 않다는 가정을 충분히 생각할 수 있다. 그렇다면 내부항쟁 같은 것일까.

아크는 복잡한 생각으로 얽힌 머릿속의 실타래를 풀어내듯이 한 번 크게 머리를 흔들었다.

이 문제는 당장 아무리 고민해도 소용없는지 모른다.

상대의 목적을 알 수 없으면, 그 행동의 원리도 확실하지 않은 법이다.

게다가 엘프족과 수인족에게 교회를 조심하라는 말은 새삼스러운 이야기도 아니다.

엘프 종족을 '찬탈자', 수인 종족을 '사람이 아닌 자'로서 가르치는 교회를 그들이 조심하지 않을 이유는 없다.

지금은 경계심을 강화하는 것 외에는 마땅한 대책이 없다.

어쨌든 도시 밖으로 나가서 호우 족장 일행과 합류해야 한다.

그렇게 생각을 정리한 아크는 눈앞에 우뚝 솟은 교회를 천천히 올려다보았다.

밤의 장막 속에 거대한 묘비처럼 선 두 개의 꺼림칙한 검은 그림자를 응시한 후 그 풍경에서 시선을 떼어 일행에게 돌아섰다.

종장

북대륙 동부지역을 지배하는 신성 레브란 제국.

그 중심도시인 제도(帝都) 하바렌에는 드넓은 국토의 곳곳으로 이르기 위해 장대한 가도를 여러 개 정비했다. 그것이야말로 광대한 제국을 떠받치는 주춧돌이기도 했다.

그런 제국을 지탱하는 가도 중 하나, 남서 방면으로 뻗은 가도에 삼엄한 분위기를 풍기는 집단이 있었다.

앞장서는 기마의 수는 적었지만, 그 뒤에 대열을 이룬 보병이 질서정연하게 늘어섰다. 또한 그보다 후방에는 짐 마차를 이끄는 말도 많이 보였다.

전원이 무장한 상태로 가도 위에 긴 열을 만든 광경은 장관이었다.

그 집단의 중앙 부근을 호화로운 사두마차가 병사들의 호위를 받으며 나아갔다.

화려한 장식으로 꾸며진 검은 마차에는 신성 레브란 제국의 황가인 발레티아펠베가(家)의 문장이 달렸다.

그러나 화려한 마차의 내부에는 평소에 황제를 섬기는 두 명의 시녀만 보였고, 정작 중요한 황가의 인물은 없었다.

그처럼 주인이 자리를 비운 마차가 위치한 중앙 부근에서 꽤 앞으로 이동하면, 근사한 안장에 걸터앉은 30기 정도의 기마대가 가도를 나아가는 모습이 보인다.

그 집단 속에 검은 털이 가지런한 멋진 말을 타고 고삐를 쥔 남자 한 명이 있었다.

또렷한 이목구비, 약간 곱슬한 검붉은 머리, 그리고 말머리를 나란히 하는 주위의 기마대보다 약간 꾸밈이 적은 군복을 단단한 몸에 걸친 청년.

그의 이름은 도미티아누스 레브란 발레티아펠베.

동쪽의 대국, 신성 레브란 제국을 다스리는 젊은 황제였다.

그런 도미티아누스 옆에서 어깨를 나란히 하듯이 말을 탄 커다란 몸집의 중년 남자는 조금 난감하다는 얼굴로 젊은 황제에게 귀엣말했다.

"폐하, 괜찮습니까? 영내라고는 해도 폐하가 직접 고삐를 쥐고 행군하다니, 밀정이나 복병이 노리기라도 하면 어쩌렵니까?"

그 말을 들은 도미티아누스는 웃으면서 대답했다.

"네가 말했듯이 이곳은 아직 영내다. 그렇게 긴장할 필요 없어. 더구나 저렇게 커다란 명패를 매단 상자 속에 있느니, 여기서 병사들과 뒤섞이는 게 의외로 들키지 않을지도 모르지? 큭큭큭."

"아니, 그건……. 으음, 글쎄요."

황제의 대답에 말문이 막힌 중년 남자는 정말 그럴까 싶어서 고개를 갸웃거렸다.

도미티아누스는 그처럼 진지한 반응을 보이는 남자에게 어깨를 으쓱였다.

"마차 안은 지루해, 눈치 좀 채라. 그리고 만일을 위해 너희가 있는 거 아닌가?"

황제는 중년 남자를 향해 짓궂은 미소를 띠었다.

"넷! 물론입니다, 폐하! 저희 모두, 목숨을 걸고——."

그러자 기마대의 기병들은 말 위에서 황제 도미티아누스에게 예를 취했고, 중년 남자는 장광설을 늘어놓으려 할 때 황제에게 채찍으로 넓적다리를 맞았다.

"그만둬라, 그만둬. 넌 밀정에게 내 위치를 알려줄 셈이냐? 큭큭큭."

어이없어하는 황제의 웃음에 기병들은 살짝 고개를 숙였다.

그리고 화제를 바꾸고자 시선을 조금 뒤로 돌린 황제는 가도를 메운 전열을 눈을 가늘게 뜨고 바라보았다.

"예비로 1군을 넣어서 2만 2천입니까, 장관이군요……."

중년 남자의 목소리에 황제도 엷은 미소를 띠고 고개를 끄덕였다.

"나 자신도 나섰으니, 티시엔 이남을 이 전투로 확실히 손에 넣겠다. 서쪽 늙은이는 엉덩이가 무거워서 전선에 나올 일은 없지. 녀석의 시대를 끝내줘야겠어."

황제의 말에 주위에 있던 자들도 동조하듯이 고개를 끄덕였다.

"우선 남황군의 키링 장군이 나오겠군요."

"후후후, 오랜만의 전선이다. 제도에서 자리를 지킬 벨모아스한테 장군의 목 정도는 작은 선물로 갖고 돌아가지."

중년 남자의 말에 섬뜩하게 웃은 도미티아누스는 허리에 찬 검의 손잡이를 두드렸다.

그 동작이 의미하는 바는 황제 자신의 손으로 직접 키링 장군을 죽이겠다는 것이리라.

중년 남자는 젊고 용맹한 황제의 행동에 눈꼬리를 내리면서도, 이후에 격전을 벌일 서쪽 하늘로 시선을 옮기며 입을 열었다.

"하지만 키링 장군이 다른 황군과 합류하면, 저희 역시 2만의 병력이라도 힘들지 모르겠군요."

"훗, 이번 원정의 움직임은 넌지시 아스파니아에도 흘렸다. 놈들은 이걸 기회로 뒤에서 상황을 살필 테지. 그럼 서쪽은 당분간 다른 황군을 움직이지 못할 거다."

황제 도미티아누스는 전열이 나아가는 가도의 멀리 떨어진 전방을 응시하며 입꼬리를 올렸다.

북대륙에 사는 대부분의 인간족이 신앙하는 힐크교.

그리고 그런 힐크교의 정점에 서는 자, 교황이 다스리는 힐크 교국은 델프렌트 왕국, 노잔 왕국, 사루마 왕국 등 삼국과 국경을 접한다. 더욱이 내륙으로 들어간 내해(內海) 비크해를 경계로 레브란 대제국과도 이웃하는 관계다.

그 힐크교의 신앙 중심지는 레브란 대제국과 또 다른 경계인 루티오스 산맥 중 미스릴 광상(鑛床)이 자리한 알사스산의 평탄한 산기슭에 놓였다.

산 중턱에 사람의 손으로 만든 광대한 광장 주위를 거대한 복도 같은 건물이 둘러싸는 형태로 지어졌다. 그리고 광장 정면에는 장엄하고 거대한 하얀 성당이 우뚝 솟아 있다.

알사스 중앙대성당.

힐크교의 모든 것을 쥔 교황 타나토스 실비웨스 힐크가 거처를 둔 장소이기도 했다.

그러나 신앙의 정점인 대성당의 바닥을 밟을 수 있는 자는 극히 일부뿐이다.

권력을 과시하듯이 호화로운 실내 장식으로 꾸민 대성당——그 대성당의 안쪽에 마련된 방도 휘황찬란한 모습이었다.

보통 가옥의 세 배 이상은 될 법한 통층 구조의 높은 천장, 세밀한 자수를 놓은 카펫이 깔린 바닥, 그리고 그 위에 늘어선 가구는 어느 것이나 솜씨 좋은 직인이 만든 예술적인 일품이다.

그런 방의 중앙에는 거대한 원탁이 있었고, 방 안의 실내 장식에도 뒤지지 않는 화려한 옷차림의 여섯 사람이 저마다 자리에 앉아 이야기를 나누는 중이었다.

"확실히는 모르나 남쪽 대륙에 있는 서 레브란 제국령(領) 타지엔트를 담당한 인더스트리아 추기경이 누군가의 손에 죽었다고 하지 않습니까?"

그렇게 말을 꺼낸 이는 실내의 원탁에 앉은 여섯 명 중 한 사람이다.

검은 머리를 머릿기름으로 깔끔하게 가다듬고, 성직자가 몸에 걸치는 법의보다 더욱 화려한 법의를 입은 부드러운 미소를 띤 30대 정도의 남자였다.

그의 이름은 팔루모 아바리티아 리베랄리타스 추기경.

힐크 교국에서 교황 다음으로 높은 지위인 추기경에 임명되어, 리베랄리타스라는 이름을 허락받았다.

그러나 추기경의 자리에 앉은 자는 그뿐만이 아니다.

그의 발언에 시시하다는 듯이 코웃음을 친 이는 여섯 명 중에서도 상당히 체격이 좋은 남자다.

"흥……. 차로스는 어차피 우리 일곱 추기경 가운데 제일 약했다……. 어디의 누군지도 모르는 녀석에게 죽다니, 추기경의 지위에 망신을 줘도 단단히 줬어. 애당초 차로스는 뭔가를 집중하고 할 마음이 없는 남자였지. 인더스트리아의 자리가 비었다면, 교황님께 이번에는 좀 더 유능한 자를 앉히도록 진언하고 싶군."

그런 말을 내뱉은 사람은 마르코스 인비디아 휴머니타스 추기경이었다.

190cm 정도의 신장, 보기 좋게 손질한 금발과 짧은 턱수염, 그리고 타고난 체격을 화려한 법의로 감싼 모습은 왠지 성직자라기보다는 군인을 떠올리게 했다.

그러나 얼굴은 조금 수척했고, 눈 밑에도 새까만 기미가 끼었다.

그처럼 입을 다물고 찌푸린 남자에게 방 안의 유일한 여성이 웃어 보이듯이 입을 열었다.

"어머, 당신은 교황님이 뽑는 인물에 불만이 있나 보죠? 그럼 당신은 교황님의 안목을 믿지 못하겠다는 건가요?"

그 여성은 길고 밝은 금발에 청초한 용모였지만, 그런 분위기와는 정반대로 커다란 앞가슴을 타인에게 일부러 드러내는 것처럼 벌어진 하얀 옷을 몸에 걸쳤다. 그러면서 옆이 크게 트인 스커트의 옷자락으로 엿보이는 하얗고 긴 다리를 보란 듯이 꼬고 앉아 있었다.

그녀의 이름은 엘린 룩스리아 카스티타스 추기경.

그녀는 입가에 고혹적인 미소를 지으면서, 휴머니타스 추기경의 동요한 듯이 흔들리는 눈동자를 들여다보았다.

"나, 난 딱히 그런 뜻으로 말한 게 아니라, 그러니까…… 차로스의 불성실한 태도를……."

커다란 몸집을 가진 휴머니타스 추기경은 할 말을 찾지 못해 허둥지둥 주위를 둘러보았다. 그리고 자신의 시야에 교황 타나토스의 모습이 없다는 사실을 알자마자 크게 한숨을 내뱉었다.

그 대화를 듣던 백발노인은 미간을 찌푸리며 눈을 감은 채 입을 열었다.

"흥, 추기경의 자리에는 예하의 축복을 견뎌낸 자만 앉는다. 적지 않은 후보 중에서 골라냈을 뿐, 예하의 인선에 따른 잘못이 아니다. 여기에도 주어진 지위에 어울리지 않는 녀석이 있다는 게 그 증거일 텐데."

팔짱을 낀 그 노인의 나이는 넉넉히 쉰을 헤아린다.

그의 이름은 아우그렌트 이라 파티엔티아 추기경.

백발과 멋진 하얀 콧수염. 그러나 화려한 법의를 걸친 목 아래에는 싫어도 알 수 있을 만큼 단련된 근육질의 몸을 감추었는데, 거구의 휴머니타스 추기경조차 능가하는 체격을 지녔다.

그리고 그 발언에 휴머니타스 추기경은 분노를 나타내며 덤벼들었다.

"뭐라고!? 내가 이 자리에 있는 게 걸맞지 않다는 거요!?"

그러자 여전히 눈을 감은 파티엔티아 추기경이 시치미를 뗀 얼굴로 되물었다.

"아무도 네놈이라고 말하지 않았다. 그리 생각한다면 적잖이 뭔가 자각이라도 하는 건가?"

"이제 그쯤에서 그만두는 게 어때? 시끄러워서 못 참겠다고. 머릿속까지 근육이 꽉 찬 너희는 내가 보기엔 다 똑같으니까."

설전이라고도 할 수 없는 두 사람의 대화에 끼어든 이는 그 둘과는 전혀 다르게 날씬하고 마른 체형의 남자다. 검은 테 안경을 쓰고 머리를 전부 깎은 남자가 법의를 걸친 모습은 이 여섯 명 중에서 가장 성직자처럼 보였다.

그러나 자신이 흥미를 느끼지 않으면, 그밖에는 조금도 관심을 나타내지 않는 괴짜이기도 했다.

그의 이름은 발토드 수페르비아 후밀리타스 추기경.

그는 옆에 둔 담흑색 쇠고리를 손대면서, 앞서 언급한 차로스를 처치했다는 인물에 대해 말했다.

"그보다 난 차로스를 쓰러뜨렸다는 백은의 기사한테 마음이 끌리는데 말이야. 저래 봬도 차로스는 명색이나마 추기경의 자리에 있었거든. 그런 추기경을 없앤 자가 나타나다니, 세상은 정말 넓어."

후밀리타스 추기경은 즐거워하면서 이야기를 했지만, 그에게 분노의 시선을 보낸 것은 방금까지 말다툼을 하던 두 사람이었다.

"네놈, 듣자 듣자 하니까!"

"흥!"

후밀리타스 추기경의 말에 휴머니타스 추기경과 파티엔티아 추기경의 분위기가 험악해졌다. 그 모습을 본 카스티타스 추기경은 어쩔 도리 없다는 듯이 어깨를 으쓱였고, 법의 안쪽에서 엿보이는 하얀 앞가슴을 모으며 크게 한숨을 내뱉었다.

그리고 그녀는 화제를 다른 방향으로 돌리기 위해, 후밀리타스 추기경이 줄곧 만지작거리던 투박한 쇠고리에 천천히 시선을 옮겼다.

"그런데 아까부터 당신이 만지는 그건 뭔가요?"

촉촉하게 곁눈질하며 모든 몸짓이 남자를 유혹하는 듯한 그녀의 질문에, 후밀리타스 추기경은 눈곱만큼도 동요하지 않은 채 희색을 띠고 고개를 들었다.

"이거? 이건 동 레브란 제국에서 내가 만든 물건이야. 그쪽에서는 『임플로이 링^{사역의 쇠고리}』이라고 불리지. 생긴 건 이래도 웬만한 마수는 다룰 수 있거든."

신이 나서 설명하는 후밀리타스 추기경을 보던 카스티타스 추기경은 그가 지금 잠입한 장소를 떠올리고 입을 열었다.

"그러고 보니 후밀리타스 추기경은 신성 레브란 제국의 마법원(魔法院)에 가 있다고 했죠."

"나는 아주 순조로우니까, 다음에는 순조롭지 않은 지역을 담당한 사람들만 모였으면 좋겠네."

카스티타스 추기경의 맞장구에 후밀리타스 추기경은 실망스럽다는 듯이 어깨를 과장되게 으쓱이고, 원탁에 둘러앉은 여섯 명의 추기경을 바라보았다.

후밀리타스 추기경의 말에 점점 자리의 분위기가 나빠지는데도 불구하고 그는 딱히 신경 쓰지도 않았다.

그리고 갑자기 시선을 멈추더니, 눈을 가늘게 뜨며 한 명의 인물을 응시했다.

"그런데 넌 언제까지 먹고 있을 셈이야?"

후밀리타스 추기경은 살짝 내려간 안경을 밀어 올렸다. 그러면서 원탁 구석에 늘어놓은 식사를 계속 한마디 말도 없이 볼이 미어지도록 쑤셔 넣는 작은 몸집의 소년에게 말을 걸었다.

다른 다섯 명과도 꽤 동떨어진 복장이어서, 장소에 어울리지 않아 보이는 소년.

그러나 소년 역시 이 원탁에 앉을 수 있도록 허락받은 일곱 추기경 중 한 명이었다.

티스모 구라 템페란티아 추기경, 소년은 그렇게 불렸다.

소년은 후밀리타스 추기경이 묻는 말에 대답할 마음이 없는지, 한 번 고개를 갸웃거린 후 다시 묵묵히 식사를 시작했다.

그 모습에 나머지 추기경들도 어깨를 으쓱이며 한숨을 내쉬었다.

"다 모인 듯하군……."

그때 방 안에 낮고 차분한 목소리가 들려왔다.

그 목소리를 들은 추기경들은 여섯 명 전원이 원탁에서 일어나 제자리에 한쪽 무릎을 꿇었다.

"평안하셨습니까, 타나토스 교황님."

여태껏 조금도 기척을 느낄 수 없었던 그자는 여섯 명의 인사에 가볍게 고개를 끄덕였고, 원탁 안쪽의 한 단 높은 장소에 마련된 호화로운 의자에 앉았다.

손에는 교황의 위엄을 나타내는 아름답게 꾸민 성장(聖杖)을 쥐었고, 추기경들이 입은 법의보다 더욱 화려한 법의를 걸쳤다.

머리에는 교황에게만 허락된 성인(聖印)을 새긴 커다란 모자를 썼지만, 그 아래에 있는 교황의 얼굴은 안면 전체를 덮은 면포에 가려서 볼 수 없었다.

한쪽 무릎을 꿇고 머리를 숙인 여섯 명의 추기경 앞에 여유롭게 앉은 면포의 남자가 바로 힐크 교국을 다스리는 자, 타나토스 실비웨스 힐크 교황이다.

타나토스 교황은 본얼굴을 알 수 없는 면포 안에서 모두의 얼굴을 둘러보더니, 천천히 입을 열었다.

"전부 모인 모양이군. 이미 전해 들었으리라 생각하지만, 남쪽 땅으로 보낸 차로스── 인더스트리아 추기경이 누군가에게 죽임을 당했다."

거기에서 일단 말을 끊은 교황은 다시 방 안에 있는 이들에게 시선을 옮겼다.

또랑또랑하게 울리는 목소리에 전원이 귀를 기울였고, 교황의 말을 막는 자는 한 명도 없었다.

그런 추기경들의 모습에 고개를 끄덕인 타나토스 교황은 거듭 말을 이었다.

"하나 차로스 나름대로 확실하게 일을 해준 점은 기뻐해야겠지. 서 레브란 제국의 타지엔트령(領)은 심대한 피해를 본 듯하다. 좀 더 파멸에 이르렀으면 재밌었을 텐데, 차로스에게 거기까지 바라서는 안 되겠지."

곧이어 면포 안에서 목이 쉰 듯한 작은 웃음소리가 터졌다.

추기경들은 눈을 휘둥그레 뜨고 놀란 표정을 보였다.

타나토스 교황이라는 남자는 이곳에 있는 추기경들의 앞에서조차 좀처럼 웃음을 흘린 적이 없었다.

교황은 추기경들의 놀란 반응을 아랑곳하지 않고 이후의 계획을 이야기했다.

"이 일로 또 동서 제국의 전쟁이 동 레브란으로 조금 기울 터다. 지금 노잔, 델프렌트, 사루마에서 진행하는 공작도 좀 더 본격적으로 서둘러도 좋겠지. 다들 부탁하마."

교황의 말에 추기경들은 머리를 숙이고 대답했다.

"잘 알겠습니다."

만족스럽다는 듯이 고개를 끄덕인 교황은 의자에서 내려오더니, 그대로 등을 돌려 방을 떠났다.

방을 나오고 복도를 혼자 걷는 발소리만 울리는 가운데, 면포 안에서 교황의 은밀한 웃음이 새었다.

"……마침내 커다란 이벤트가 움직이기 시작했군. 길었다, 정말 길었어. 후후후."

교황이 내뱉은 목소리에 복도의 창가에 앉아 있던 작은 새가 고개를 갸웃거렸다. 그리고 아무 일도 없었다는 듯이 하늘로 날아올랐다. 얼마 지나지 않아 작은 새는 바람을 타고 산맥의 하늘을 날아갔다.

그 앞에 펼쳐진 루티오스 산맥의 하늘에는 어두운 잿빛 구름이 끼기 시작했다.

（土遁）

토둔, 폭쇄철권!!

（爆碎鐵拳）

고에몬 （산야의 민족·묘인족）

인심일족을 일컫는 은밀부대의 후예이자, 치요메와 마찬가지로 22대 족장 한조를 섬기는
여섯 닌자의 한 명. 아크 못지않은 거한이며 단련된 강철 육체에서 뿜어나오는 기술은
상당한 파괴력을 자랑한다. 말수는 적지만 치요메의 오라버니뻘 같은 언동을 보일 때도 있고,
동료들의 신뢰도 두텁다.

후기

이번에 「해골기사님은 지금 이세계 모험 중 V」를 구입해 주셔서 진심으로 감사드립니다. 하카리 엔키라고 합니다.

마침내, 마침내 해골기사님의 이야기도 5권을 발매할 수 있었습니다. 늘 이 이야기를 응원해주시는 독자 여러분의 덕분이기도 합니다.

이 자리를 빌려 다시 인사 말씀을 올립니다. 감사합니다.

그리고 이 시점에서는 아직 띠지 디자인의 내용은 확실히 알 수 없지만, 5권 초판 띠지에서 제 작품 「해골기사님은 지금 이세계 모험 중」을 원작으로 한 코미컬라이즈를 발표했을 겁니다.

이 책을 구입해 주실 미래의 독자 여러분은 그 띠지를 볼 수 있을까요?

저도 이렇게…… 실눈을 뜨고 PC 모니터를 뚫어지라 보면, 미래의 그 모습이 보이…… 보이지 않네요.

얌전히 담당 편집자님의 연락을 기다리도록 하겠습니다.

설마 제 작품이 만화로 나오는 날이 오리라고는 상상도 못했습니다. 아크가 어떤 느낌으로 만화 속에서 움직일지…… 망상하면 이상한 웃음이 새어 나올 것 같습니다.

이 이야기를 좋아해 주는 독자 여러분과 함께 앉아서 기다리겠습니다. 그리고 만화가 시작될 때는 주변의 친구에게도 추천을…… 아니, 아무것도 아닙니다.

이야기가 옆길로 조금 벗어납니다만, 친한 친구에게 만화를 추천받기는 해도 소설이나 라이트노벨은 거의 추천을 받은 적이 없다는 생각이 문득 들었습니다.

역시 가볍게 읽을 수 있는 만화는 그만큼 가볍게 추천할 수 있기 때문일까요?

이렇게 말하는 저도 좋아하는 소설은 여러 가지 있습니다만, 그 소설을 다른 사람에게 추천해보지는 않았다고 기억합니다. 아무래도 상대방이 책을 읽는 데 거부감을 느낄지 어떨지 하는 걱정이 먼저 듭니다.

따라서 만화가 시작될 때는 모쪼록 친구에게 가볍게 추천을…… 아니, 아무것도 아닙니다.

슬슬 페이지도 다 쓴 듯싶습니다.

이번에도 담당 편집자님과 일러스트를 담당하는 KeG님, 교정자님 등 많은 분에게 민폐를 끼치는 한편 많은 도움을 받아 이렇게 무사히 해골기사님 5권을 발매할 수 있었습니다.

정말 감사합니다.

앞으로도 「해골기사님은 지금 이세계 모험 중」을 응원해주

시기를 잘 부탁드립니다.

　그럼 다음 권에서도 독자 여러분과 다시 만나기를 바라며 이만 줄이겠습니다.

2016년 9월 하카리 엔키

역자 후기

독자 여러분 해골기사님 5권은 재밌게 잘 보셨나요?

어느덧 5권까지 발매되고, 현지에서는 만화도 연재하다니 시간이 참 빠르네요.

이번 편의 주석은 딱히 부연 설명이 필요하지 않아 다행입니다. 너무 유명한 작품들이니 모르는 분들도 거의 없으리라 여겨집니다.

어쨌든 치요메의 오빠인 사스케가 그렇게 될 줄은 몰랐네요.

그래도 아크의 능력으로 어떻게 해주리라 생각했는데 만능은 아니었나 봅니다.

본격적으로 교회와도 대립 관계에 놓이게 될 듯한데 앞으로의 전개가 정말 기대됩니다.

그런데 이번에는 라키 일행의 번외편이 나오지 않아서 의외군요. 나름 뒤 내용이 궁금했는데 말이죠. 다음 권에는 나오리라 기대하며 기다려 보겠습니다. 개인적으로는 그동안 주인공 일행과 잠깐 스치듯이 지나친 로렌, 리타, 세나, 우나 등등 여러 등장인물과 좀 더 깊은 교류를 맺었으면 하는 바람입니다.

나름대로 괜찮은 캐릭터들인데 한 번 등장하고 그 뒤로는 거의 언급도 되지 않으니 아쉬울 따름입니다. 분량이 정해져 있으니 어쩔 수 없겠지만 말이죠.

　이제 본격적으로 여름인데 다들 건강 조심하시고, 저는 6권에서 다시 뵙겠습니다.

이상호

해골기사님은 지금 이세계 모험 중 V

2017년 08월 23일 제1판 인쇄
2018년 04월 12일 3쇄 발행

지음 하카리 엔키 | **일러스트** KeG | **옮김** 이상호

펴낸이 임광순 | **제작 디자인팀장** 오태철
편집부 황건수 · 신채윤 · 이병건 · 이홍재 · 김호민
디자인팀 박진아 · 박창조 · 한혜빈
국제팀 노석진 · 엄태진

펴낸곳 영상출판미디어(주)
등록번호 제 2002–000003호
주소 21311 인천광역시 부평구 평천로 132 (청천동)
전화 032–505–2973(代) | **FAX** 032–505–2982

ISBN 979–11–319–6341–8
ISBN 979–11–319–5122–4 (세트)

骸骨騎士様、只今異世界へお出掛け中 V
©2016 by Ennki Hakari
First published in Japan in 2016 by OVERLAP, Inc.
Korean translation rights reserved by YOUNGSANG PUBLISHING MEDIA, INC.
Under the license from OVERLAP, Inc., Tokyo JAPAN

대인기 이세계 판타지 『방패 용사 성공담』의 아네코 유사기, 대망의 최신작!
밑바닥을 벗어나 살아남아라! 학급 전체 소환 이세계 서바이벌, 드디어 개막!

나만 집에 가는 학급전이
1

하네바시 유키나리(고2)는 같은 반 아이들과 함께 이세계로 소환된다.
반 아이들이 능력을 각성해 가는 가운데, 유키나리가 얻은 능력은 물체를 이동시키는 『전이』.
그러나 비전투계 능력인 탓에 학급 내에서 밑바닥 취급을 받아
전투계 능력자들에게 지배당하는 하루하루가 이어지는데…….
그 와중에 유키나리는 자신이 얻은 능력의 특이성을 깨닫게 된다.
물체 말고도 움직일 수 있는 게 하나 있다는 것을.
자기 자신만, 집으로 돌아갈 수 있다는 사실을──!

© Aneko Yusagi 2016
Illustration : Yukyu ponzu

아네코 유사기 지음 / 유큐폰즈 일러스트

영상출판
미디어㈜

변경의 팔라딘
1~2

과거에 멸망한 망자의 도시── 외딴 이 땅에 한 명의 살아 있는 소년이 있었다.

그 소년, 윌을 키운 것은 세 명의 불사자(언데드).

소년은 그들 세 명에게 사랑을 받으며 자라났고, 하나의 의심을 품는다.

「…………『나』의 정체는 대체 뭐지?」

윌에 의해 밝혀지는, 변경의 도시에 숨겨진 불사자들의 수수께끼.

그리고 선한 신들의 사랑과 자비, 악한 신들의 집착과 광기.

──그 모든 것을 알았을 때, 소년은 팔라딘이 되는 길을 걷기 시작한다.

야나기노 카나타 지음 / 린 쿠스사가 일러스트

영상출판
미디어㈜